SHERLOCK ACADEMY

JN072430

ーロック+アカデミー

マクベス・ジャック・ジャック

紙城 境介 [illust.] しらび

When the two meet to become detectives, the story begins.

CONTENTS

SHERLOCK ACADEMY

KYOSUKE KAMISHIRO and
SHIRABII PRESENTS

シャーロック+アカデミー
Logic.2 マクベス・ジャック・ジャック

紙城境介

MF文庫J

読者への説明書

事件の手掛かりは、
すべて**太字**で示される。

口絵・本文イラスト●しらび

[登場人物リスト]

不実崎未咲 (Misaki Fumisaki) ……………… 犯罪王の孫

詩亜・E・ヘーゼルダイン (Shia E Hazeldine) ……………… 探偵王の娘

万条吹尾奈 (Fiona Banjo) ……………… 真理峰探偵学園シャーロック・ランク7位

宇志内蜂花 (Hoka Ushinai) ……………… 真理峰探偵学園1年3組

円秋亭黄菊 (Ogiku Enshutei) ……………… 真理峰探偵学園1年3組

本宮篠彦 (Shinohiko Motomiya) ……………… 真理峰探偵学園1年3組

カイラ・ジャッジ (Kyla Judge) ……………… 詩亜の助手・真理峰探偵学園1年3組

✤ ✤ ✤

ロナ・ゴールディ (Rona Goldy) ……………… ベイカー・ディテクティブ・カレッジの生徒

月読明来 (Akira Tsukuyomi) ……………… 三偵理襲末家・月読家の嫡男

天野守建 (Moritate Amano) ……………… 三偵理襲末家・水分家の分家

門刈千草 (Chigusa Kadokari) ……………… 医療探偵

✤ ✤ ✤

大江団三郎 (Danzaburo Oe) ……………… 大富豪・〈劇団〉マニア

竜胆 (Rindo) ……………… バイトのメイド

✤ ✤ ✤

恋道瑠璃華 (Rurika Rendo) ……………… 黒幕探偵

0013 ……………… MI6のエージェント

✤ ✤ ✤

ソポクレス ……………… 〈劇団〉の〈詩人〉筆頭

推定〈マクベス〉第2号——アメリカ合衆国

……全部、あの時に始まったんだ。

友人が海で拾ってきた、日本語の紙の束……。

あいつは日本語ができなかった。だから俺のところに持ってきたんだ。海で古風なメッセージボトルを拾ってきたんだが、訳してくれないかってな。

気の利いた悪戯《いたずら》だと思ってた。

だってそうだろう。ミゼン・フミサキなんて名前、今時ジョークでだって名乗らない。

ああ、そうだ。表紙にはしっかり書いてあった。執筆者も、タイトルも……。

〈計画書マクベス〉。

シンプルに、そう書いてあった……。

「実行に移そうと思ったのは？」

……わからない。いつの間にか、そのことで頭がいっぱいになって……。

たまたま行ったスキー旅行で、たまたま吹雪《ふぶき》で足止めを食らった。みんなでロッジに閉じこもって、一晩温まっていれば山を下りられるだろうと……。

一晩。

その間は、誰もやってこない。警察も、探偵も……。

頭の端にその思考がよぎった瞬間、アイデアが爆発するように溢《あふ》れ出《だ》してきた。計画書を読んだ瞬間から常に脳の端っこにあったアイデアの山——それが堰《せき》を切ったように頭の中を満たしていって……。

「やってみたくて仕方なくなった？」

……悪魔に取《と》り憑《つ》かれたみたいだった……。

一緒に旅行に行くような仲間たちだった。そりゃあ確執がなかったわけじゃない。息が詰まると思ったことが何度もある。殺してやりてーって思ったことだって……。でも、実行に移すほどじゃなかったはずだった。こんなことをしなくたって、文明的な会話ってやつで解決できる程度の、そんな関係だったはずだった……。

なのに、やらずにはいられなかった……。

一度思いついてしまったら、もう……その欲望に抗《あらが》うことはできなかった。

悪魔だ。あの計画書を書いた奴《やつ》は、本物の悪魔だ。俺は知らなかった。あの紙ペラの日本語を読むその時までは、俺の人生にそんな手段があるなんて考えもしなかったんだ。

「計画書を拾った、あなたの友人は？」

……………最後に……。

「彼は、やってみようとは言わなかった？」

……ああ、そうだ。

「であれば、受け入れなさい。あなたの人生は歪《ゆが》められたのではない。その本懐を遂げたのだと」

…………………………最後に、あいつは言った。

これで満足か？

俺ははっきり答えられる。

これで、満足だ。

極秘

推定〈マクベス〉第2号・調査報告

発生国 アメリカ合衆国

環境類型 山荘型

被害者数 6人

事件推移

　吹雪によって出入りを封鎖されたスキーロッジで宿泊者7人中6人が他殺体となって発見された。それぞれの死体は別々の部屋に安置されており、そのすべてが何らかの形で出入りの痕跡を隠滅している密室状況だった。

　しかし奇妙なことに、ロッジの台帳に記録されている被害者たちの宿泊部屋と死体が発見された部屋は、どれも一致しなかった。

　生き残ったはずの一人は、今もって見つかっていない。

被害者リスト

ローザ・スレシンジャー(Rosa Schlesinger)
――――発見場所：1号室

セシル・カーティス(Cecil Curtis)
――――発見場所：2号室

デーモン・エマーソン(Damon Emerson)
――――発見場所：3号室

エイドリアン・ジョーンズ(Adrian Johns)
――――発見場所：4号室

ヨゼフィーネ・ハドック(Josefine Haddock)
――――発見場所：5号室

ユージン・ロビンズ(Eugene Robins)
――――発見場所：6号室

第一章　少年の夜を狙って不意を打ち

1　ワトソンの経緯

真《ま》っ青《さお》な太平洋を、真っ白な水しぶきが蹴り飛ばすように進んでいく。

漁船の甲板に立って風を全身に受けながら、俺は遠く水平線の島の影を見やっていた。

なーんでこんなことになっちまったかな……。

人生の先の読めなさに思いを馳《は》せていると、ぴょこんと隣に小さな身体《からだ》が並んでくる。

「助ー手クンっ♥　何黄昏《たそがれ》てんのっ？」

甘ったるい声で呼びかけながら、どこか癪《しゃく》に障る薄笑みを浮かべているのはフィオ先輩だ。万条吹尾奈《ばんじょうふいおな》先輩——俺が住む学生寮・幻影寮《げんえいりょう》に入居している2年生で、同時に——

「別に。自分の判断が正しかったのかどうか、迷ってるだけっすよ。まさかいきなり太平洋に連れ出されるとは」

「いいじゃんいいじゃん。ちょっとした旅行だと思えばさ！　役得でしょ？」

んにひひ、と先輩は契約を成立させた悪魔のように笑う。実際、俺としては詐欺にあったような気分だった。

どうして俺がこの人と太平洋の真ん中にいるのか――それはあの夜、俺のちょっとした出来心が原因だった。


「ねえ、後輩クン――キミ、フィオの助手になってよ」

真っ暗な部屋で俺の腹の上に跨《また》がりながら、フィオ先輩はそう囁《ささや》いた。

「は？　助手？」

夜這《よば》いを仕掛けてきたと思ったら――いきなり一体、何の話だ？

フィオ先輩はとても年上には見えない幼い顔を、ことりと横に傾《かし》げた。

「知らない？〈ワトソン制度〉のこと」

「〈ワトソン制度〉……？」

「上級生が下級生を助手として雇える制度のことだよ。自分よりレートの低い相手に限るけどね。報告書の作成とかやる代わりに、助手は自分のランクより高い事件に関わる権利を得る――普通にランク上げるよりよっぽど手っ取り早いんだよぉ？」

そういやそんなことが生徒端末の校則に書いてあったような気もする。

「お金、困ってるんでしょぉ？　稼げちゃうけどなぁ。フィオの助手になったら！」

「……おいしい話っすけど、なんで俺なんすか？　同じ寮にエヴラールもいるのに」

確かに俺は、この前の最終入学試験でちょっと活躍した。だけど俺には実戦経験なんてないし、総合力ではあいつのほうがずっと上のはずだ。どうせ助手にするならあいつのほうがいいに決まっている。それに――

「先輩はもうシャーロック・ランクじゃないすか。助手なんて今更必要なんすか？」

そこが一番解せない。とっくに一人きりで頂点に辿《たど》り着《つ》いている人が、なんで今更俺みたいな未熟な新入生を必要とするんだ？

「んー」

フィオ先輩はまた細い首を傾《かし》げながら、俺の胸骨の辺りを細い指で弄《いじ》り始めた。

「フィオね……実は、推理とか得意じゃないんだよね」

「はあ？」

何言い出してんだこの人。

「でっち上げるのは得意なんだよねー。でも本当のことを調べるってなるとからっきしでさあ。だから選別裁判《セレクト》だけやって成り上がってきたわけ！」

「え？　それって……卒業しても探偵として仕事ができないってことじゃ？」

「気づいちゃった？」

てへぺろ、と先輩は可愛《かわい》く誤魔化《ごまか》した。先輩だから心の中でだけ思っておく。終わってるよこの人。

「ってことで、実は密《ひそ》かに前から探してたんだよね。ゴーストライターならぬゴースト探偵！　アタシの代わりに推理してくれる助手クンをさ！」

「つまり……先輩の代わりに馬車馬の如《ごと》く働いて、その手柄は全部寄越《よこ》せと？」

「ＹＥＳ！」

「馬鹿にしてんのか！」

そりゃエヴラールには頼めねえだろうよ！　弟子から盗作する芸術家みたいなこと堂々とやろうとしやがって！　殺人事件の動機か！

「……ふひ」

俺の怒鳴り声に、先輩は驚くでも怯《おび》えるでも、不敵に受け流すでもなく、にちゃっとした笑みを浮かべた。それからなぜか、自分の下腹部を艶《なまめ》かしい手つきでさすり始める。

「……いいね。それだよ、それ。数いる下級生の中から、キミを選ぶことにしたのは……」

「な……何がっすか……？」

「裁判でね、キミに論破された時……お腹《なか》のこの辺りが、きゅうってしてね……えへへ。恥ずかしいんだけど……──」

何か……何かおかしい。

俺を見るフィオ先輩の目が……まるで、グツグツと煮えたぎるような……！

「──……すうっっっごく、気持ちよくなっちゃった……♥」

て……貞操の危機だーっ！

フィオ先輩は俺の胸板に手をついて身体《からだ》を押さえ、火のついた瞳で俺の顔を覗《のぞ》き込《こ》んだ。

「アタシね、アタシね、人を論破するのがすっごく好きなの……。口ごもった時の屈辱の表情……恨みがましげに睨《にら》みつけてくる目……そういうのを見るたびに身体《からだ》がぶるぶるっとしちゃう……。でもね、でもね、それよりも、何よりも……」

先輩は噛《か》み付《つ》くように俺の首筋に唇を寄せ、どろりと蜂蜜を垂らすように囁《ささや》く。

「(……論破してもらうほうが、ずっとずっと大好きなの……♥)」

ぞくぞくと背筋を走る、怖気《おぞけ》とも快感ともつかない感覚に、俺は歯を食い縛って耐えた。

どっ、どんな性癖だよ……！　論破フェチとでもいえばいいのか!?　確かに人を言い負かさないと気が済まない奴《やつ》っているけどよ、されるのも好きってのは……！

フィオ先輩は小さな身体を妖しく前後に揺すりながら、湿り気のある囁き声を俺の耳に流し込み続ける。

「ね？　いいでしょ？　さっきも言ったけど、格段に稼ぎやすくなるし……なんならフィオがお財布になってあげてもいいよ？　DYならいっぱい持ってるし……。良くない？　ランクには興味ないんだよね？　だったら良くない？　デメリットないよね？　それにね、それに——今だったら、エッチなこともしてあげちゃうよ……？♥」

……これは罠《わな》だ！

理由はわからない。証拠は何一つない。だけど罠だ。俺の男としての本能が叫んでいる。この人は決して引っかかってはいけない女だと！

それにこの人は、この手のからかいを息をするようにしてくる人だ。一体何度パンチラをネタに金を強請《ゆす》られてきたか……。今回も同じに決まってる。俺が乗ってきたら梯子《はしご》を外してケラケラと笑うんだ。そうに決まってる！

――だけど。

確認してみる分には損はない。先輩がどこまで本気なのか……。そうだ……探偵志望のはしくれとして、何の確認もせずに憶測だけで物事を決めつけるべきではない。探偵学園の教育が正しく機能していることの証明として、俺はここで問わねばならない！

俺は言う。

「エッチなことというのは……具体的に、どのような……？」

フィオ先輩はにんまりと笑った。

そして自分のキャミソールの裾に手をかけた。

「このような♥」

キャミソールが肩までぺろんっとめくり上げられ、体格の割にしっかりとあるおっぱいがぼろんっと目の前で揺れた。

暗がりで見えなかったとか。

下に水着を着ていたとかいうオチもなく。

普通に、完璧に、フィオ先輩のナマチチが視界いっぱいに広がって――

「むぶぼあぁぁぁ――――――っ!?」

なったのだった。

かくして。

俺は家族以外のナマチチを見たことがある男となり、同時に、万条吹尾奈《ばんじょうふぃおな》の探偵助手と

「いやあ、クソチョロくて助かっちゃった！」

んにひひと笑う先輩の横で、俺は苦々しく顔を歪《ゆが》めた。

言えるかよ！　あんなことされて、やっぱり嫌ですなんて！

食い逃げでもしたような気分になる。何せ柔らかく跳ねる様《さま》、綺麗《きれい》な半円状の曲線、そして桜色の——そのすべてを脳に焼き付けられたのだ！　俺はこれから先、誰のどんな乳房を見ても、フィオ先輩のそれと比較してしまう呪いをかけられてしまったのだ……！

「頑張ってくれたらもっといいことしてあげちゃおっかなー？　ねえねえ助手クン、何がいい？　やっぱり揉《も》みたい？　揉みたいよね？」

「もう勘弁してください……」

前々から思っていたが、この人には羞恥心というものがないのだろうか。

「それよりも」俺は漁船の手すりに肘をかけながら、本題に入った。「そろそろ教えといてくださいよ。この海の先で俺らは何をさせられるんですか？」

助手になって早々、「助手クン！　行くよ！　準備して！」と言われたと思ったら、あれよあれよという間に学園に出張調査届を出し、金曜日の授業を休み、漁村に一泊して太

平洋の上にいた。何らかの依頼を請けているらしいのはわかってるんだが……。

「んにひひ。そろそろサプライズも賞味期限切れかな。ＯＫ、教えたげる！」

フィオ先輩は短い指で、向かう先にある島の影をさす。

「あの島は金神島《かながみじま》。とある大富豪の私有地だよ」

「島まるごとっすか？」

「別に珍しくはないかな。全周２キロぐらいの小さい島だし」

金持ちの世界はわからん。日本には思うよりずっと多くの無人島があると言うが……。

「あの島でね、イベントがあるの。本物の探偵を招いてやる、謎解きイベントがね」

「謎解きイベント？　そんなもんに本物の探偵を？」

「そ！　探偵学園《ウチ》にはシャーロック・ランクの誰か、って形で指定されて招待が来てさ、フィオが一番暇だったから駆り出されちゃったわけ」

「意外っすね。そんなの無視するタイプかと思ってましたけど」

「そりゃ無視するよ。普段はね。でも報酬がバカ高かったし、ＡＩが推定した上昇レートも美味《おい》し過ぎたからさぁ」

「まだレート上げるつもりなんすか？」

「そりゃだって、上げないと会長と裁判できないじゃん？」

にひ、とフィオ先輩は笑った。なるほどな……。レートで上回らないと入れ替え戦を挑めない。入れ替え戦を挑めないと、裁判で論破されることもできないってわけだ。

「ちなみに報酬って具体的には？」

「優勝賞金1億」

「いちおっ……!?」

「さらに条件付きでプラスアルファ。シャーロックに来る依頼は報酬4桁万に乗ることもあるけどさぁ、これはちょっと破格だよねぇ。もしもらえちゃったらフィオ、就職しなくていいかも〜♪」

「はあ〜……金持ちの道楽か。そりゃ学園も協力的になるわけだ……」

「ノンノン。いくらお金を積まれたって、最大10年待ちのシャーロック・ランクをたかがイベントに駆り出すなんてこと、するわけないよぉ。普通はね」

　さっき暇だったたって言ってなかったったっけか？

「つまり、普通ではないと」

「そういうこと。今回のイベントにはね――」

「――うわーっ！　あれイルカじゃない!?」

　いいところで歓声じみた声が割り込んできた。

　俺と先輩がいるのとは反対側――船尾側のほうで、宇志内蜂花《うしないほうか》が飛び跳ねながらはしゃいでいる。漁船を操縦しているおっちゃんに「落ちるなよー！」と注意されていた。

　そこに二人の男子が交ざっていく。

「あれはハシナガイルカだね。和名のハシナガは長いくちばしという意味で――」

「ウィキペディアかお前は！　イルカなんてみんな『イルカ』でええねん！」

眼鏡《めがね》をかけた理知的な風貌の男子――本宮篠彦《もとみやしのひこ》と、明るい髪色のひょうきんな男子――円秋亭黄菊《えんしゆうていおうぎく》だ。宇志内《うしない》も含めて3人とも、俺のクラスメイトである。

「本当にあいつらも連れてきてよかったんすか？　友達連れて来いって言うから、持てる限りの人脈を駆使しましたけど」

一応、祭舘《まつりだて》も誘ったんだが普通に断られ、代わりに宇志内がついてきていた。

「ただのイベントとはいえ、ちゃんとした仕事なんすよね。なのにこんな旅行気分で……」

「意外と真面目《まじめ》だねえ。いいのいいの。費用はあっち持ちだし。助手は5人まで連れてきていいっていうルールだしね。それにもしかしたら、人手が必要になるかもしれないし」

「人手？」

「探偵が島に集められるんだよ？　嵐の一つや二つ、起こっても不思議じゃないじゃん」

「快晴っすけどね……」

台風が来るにはちょっと早《は》えーし。赤道に近づいているせいか、気温はどんどん高くなってる気がするが。

「もうすぐ島に着くぞーっ！」

漁船を操縦しているおっちゃんが言う。見た目よりも随分と時間が掛かったが、金神島《かながみじま》の影はもうすぐそこまで迫っていた。

「計画書だよ」

「え？」

フィオ先輩の唐突な発言に、俺は振り向いた。

「犯罪王・不実崎未全《ふみさきみぜん》が残した犯罪計画書——その中でも、犯罪王自身があまりの恐ろしさに実行しないまま封印したと言う、四つの計画書のうちの一つ」

先輩は俺を試すように、ほのかに笑いながら言う。

「〈マクベス〉——それが今回、あの島のイベントで使われる脚本だよ」

2　探偵たち

犯罪王の計画書。

その都市伝説的な存在は俺も聞いたことがある。その名の通り、じいさんが作った犯罪計画書が今もこの世のどこかに残っているという噂話《うわさばなし》——〈劇団〉の犯罪計画はたとえ贋作《がんさく》であっても法外な値段が付くとエヴラールに教えてもらった。ならば犯罪王・不実崎未全自ら作った計画にはどれほどの値が付くのか——犯罪計画なんかに価値があるとは思いたくないが、希少であることは事実だ。

それを〈劇団〉マニアでもあるこの金神島の主《あるじ》、大江団三郎《おおえだんざぶろう》が手に入れ、お披露目《ひろめ》代わりにこのイベントを企画したというわけだ。要するに盛大な自慢大会だな。

「不実崎未全はね、自分が書いた計画書にシェイクスピア悲劇のタイトルをつけるの」

漁船を降りる準備をしながらフィオ先輩は言う。

「そして今回のタイトルは〈マクベス〉――もちろん知ってるよね？」

「俺にそんな教養があると思いますか」

「思わなーい♪」

わかってて聞いただろ。人を小馬鹿にしないと気が済まんのか。

「四大悲劇ですね」

フィオ先輩が息をするように知識マウントを取っている間に、本宮《もとみや》が眼鏡《めがね》を押し上げながら言った。**他がみんな軽装の中、本宮は人間が丸ごと入りそうな大きなボストンバッグを肩にかけている。中身はほとんど本だそうだ。**

「ハムレット、リア王、オセロ、そしてマクベス――シェイクスピア四大悲劇と言われる戯曲のうちの一つ。3人の魔女から王になる未来を予言された将軍マクベスが、その予言を実現するために主《あるじ》を手にかけ、その罪の重さに苦悩する。四大悲劇の中で最後に書かれたとされる作品です」

「うんうん。よく知ってるねぇ」フィオ先輩は子供を褒めるみたいに言ってから、「ちなみにマクベスにモデルがあるのは知ってる？」

「人物のモデルという意味でしたら十一世紀のスコットランド王マクベス。ストーリーの出典という意味でしたらラファエル・ホリンシェッドの『年代記』です」

「ふうん。結構やるじゃん」

何のバトルだよ。

俺は自分とフィオ先輩の分の荷物を担いで、漁船から栈橋に降りる。その後に続いて、

「おっとと」とふらつきながら宇志内《うしない》がタラップを渡ってきた。俺が手を差し出すと、宇志内は「ありがと」と微笑《ほほえ》みながら俺の手を取り、栈橋に足を着ける。

「初っ端《しょぱな》から大変な依頼に駆り出されちゃったね、不実崎《ふみさき》くん」

「子供っぽい先輩のお守りみたいなもんだよ。そっちこそなんでついてきたんだ？　シャーロック・ランクは引く手数多《あまた》って聞いてたんだけどな」

「引かれる手のほうが多いからね、わたしの場合」

千手観音《せんじゆかんのん》かなんかなのか、この人は？

しかしまあ、この人の場合、あながち冗談とも言い切れない。何せ普段の生活からして常人の二倍忙しい——明るくて胸のでかい1年生・宇志内蜂花《ほうか》であると同時に、真理峰探偵学園《まりみねたんていがくえん》最強の探偵にして生徒会長・恋道瑠璃華《れんどうるりか》としても生活しているのだから。

宇志内は日除《ひよ》け帽を片手で押さえつつ、

「ある時は付き合いの良い《い》同級生、またある時は大忙しの名探偵、しかしてその正体は？」

「そろそろ教えてくれるとありがたいんだけどな」

俺は未《いま》だに、このクラスメイトにして先輩の年齢すら知らないのだ。前の事件で俺に肩入れしてくれた理由も、また。

「万条吹尾奈《ばんじょうふいおな》様ご一行ですね」

全員が漁船を降りると、桟橋の袂《たもと》で一人のメイドさんが出迎えてくれた。

スレンダーで背が高めのメイドさんだ。本職のメイドと一緒に暮らしているせいか、俺はすっかりリアクションをし損ねたが、黄菊《おうぎく》などは「メイドさんやん!」と驚いていた。

メイドさんは大人《おとな》びた顔を微笑《ほほえ》ませ、

「竜胆《りんどう》と申します。ただのバイトですから、あまり構えないでいただけると」

「バイトぉ? メイドのぉ?」

「家政学校に通っているんです。学校に募集がありまして。お正月の巫女《みこ》さんのようなものと考えていただければ幸いです」

「ふうん」

荷物を全部俺に押し付けて手ぶらのソフィオ先輩は、森の中に分け入っていく階段を見やった。遠目にもわかったが、金神島《かながみじま》はほとんどが森に覆われていて、ごく一部の開拓地を狭い林道が繋《つな》いでいるらしい。

「ってことは、普段は誰も住んでないの、この島?」

「ええ。お屋敷も最近できたばかりのようですよ。このイベントのために」

イベントのためだけに島丸々一つ用意したってことかよ。次元が違う大富豪だな。

後ろで俺たちを乗せてきた漁船が桟橋を離れていく。帰りがいつになるのかはわからないが、電波も普通に繋がるようだし、やっぱり閉じ込められるってことはないだろう。

竜胆というメイドさんに先導されて、俺たちは階段を上っていく。

「ついこの間までは無人島でしたが、この島は昔から、近隣の漁師の間では有名だったそうです」階段を上がりながら竜胆さんが言う。「――黄金伝説でね」

その言葉を聞くなり、黄菊が嬉《うれ》しそうに、

「えーやんえーやん。ミステリっぽいやん」

「こちらをご覧ください」

階段を上りきったところで、竜胆さんは立ち止まり、手で林道の脇を示した。

そこには四角形の高さ50センチほどの石碑があり、四行に亘《わた》る文章が刻まれていた。

天照《あまてらす》　従僕どもは　通り去り
海で皆　泡雫《あぶくしずく》と　溺れ死に
屍《しかばね》が　月に自ら　道かけて
金の山　朱のたもとに　触れる由《よし》

「この唱え歌は、漁師たちの間で語り継がれてきたものだそうです。時を経るごとに現代語が交ざって、今のこの形になったと言われています」

物騒な単語が散見されるその碑文を見て、俺はすぐに思ったことがあった。

それと同時に、後ろで黄菊と本宮《もとみや》がこそこそと囁《ささや》き合う。

「（見立て殺人とちゃう？）」

「(100パーそうだね)」

いかにもって感じだ。きっとこの歌になぞらえて殺人が起こっていくんだろう。

「それにしてもお前ら、随分楽しそうだな」

男子どもに話しかけると、黄菊《おうぎく》がテンション高く、

「そらそうやん！　こんなに早《はよ》う出張捜査に来れるなんて思てへんかったし！　クラスの連中、めっちゃ羨ましがっとったで！」

入学したばっかの1年生からすると、授業を休んで捜査に出るってのは憧れの対象らしい。確かに、俳優やってる奴《やつ》が仕事で学校休むようなもん、と考えたらわからんでもない。

石碑の前を通り過ぎて、俺たちは曲がりくねる林道をしばらく歩いていく。

やがて木々の隙間から三角屋根の洋風建築が顔を出してきた。林間学校で泊まるロッジを大きくしたような雰囲気だが、あれがお屋敷とやらなのだろうか。

「あちらはゲストハウスです。皆様は基本的にあちらでご宿泊いただきます」

屋敷だけじゃなく、宿泊用の施設までこのイベントのために用意したってのか？

「これから他の探偵の皆様と顔合わせとなりますが、そちらに帯同できる助手の方はお一人までとなっております。それ以外の皆様は荷物を持ってこちらで待機していただきます」

「ほなオレらはここで一旦お別れやな」

「不実崎《ふみさき》くん！　頑張って！」

……そういうことになるよなあ。正式な助手は俺なんだし。

宇志内《うしない》たちに荷物を預け、俺とフィオ先輩だけで竜胆《りんどう》さんについていく。

林道は歩きやすいとは言えなかった。**蛇のように曲がりくねり、**むき出しの地面がぼこぼことしていて、たまに木の根が道の上に伸びてきている。それをフィオ先輩が短い足でぴょいっと飛び越えていた。

「それにしても大仰なイベントだよね。人手もいっぱい必要なんじゃないの？」

フィオ先輩の質問に振り返り、竜胆さんは小さく微笑《ほほえ》む。

「私以外にもスタッフはたくさんいますよ。ですが、気にされなくてもよろしいかと」

「ふうん。なんで？」

「スタッフには身体《からだ》のどこかにGPS発信機が取り付けられており、いつどこで何をやっているのかアプリ一つで筒抜けなんです——要するに、容疑者に数えなくてもいいってことですよ」

そういうことか——大勢いるスタッフまで容疑者に数え始めたらきりがない。それを防ぐために、客観的に潔白を証明できる仕掛けを事前に施してあるのか。徹底的だな。

「私は別ですけどね♪　名有りのキャストですから！」

茶目《ちゃめ》っ気《け》のある顔で竜胆さんは言う。

「GPSアリの黒子スタッフは、名前にせよ苗字《みようじ》にせよあだ名にせよ、個人を判別できる名前を絶対に名乗りません。そういうルールです」

「逆に言うと、何かしら名乗った奴は容疑者に数えてもいいって訳だ？」

「**そういうことです**」

話をしているうちに、お屋敷の姿が見えてくる。

屋敷、という表現は少しだけ控えめだった。まるで守るように3本の尖塔《せんとう》が三方を取り囲み、本館も冷たい印象の石で組み上げられた、城と呼ぶほうが近いような建物だった。

「〈天照館《てんしょうかん》〉」竜胆《りんどう》さんが言う。「そう名付けられております。言うまでもなく、先ほどの唱え歌に由来する名前です。——さあ、中へどうぞ」

本館の前庭には、まるで堀のように深めの渓流が横切っている。その上を橋で渡って、重々しい観音《かんのん》開きの玄関扉の前に立った。

竜胆さんが扉の表面に彫られたレリーフを指先でなぞっていくと、ガチャリと鍵が開く音がして、ひとりでに扉が開いていった。

「手の込んだ生体認証だね」

フィオ先輩が呟《つぶや》く。見てくれはクラシカルだが、最近建てられただけあってハイテクだ。

姿を現したエントランスは、それこそ探偵もののドラマでしか見たことがないような大時代的な設《しつら》えだった。床には真《ま》っ赤《か》なカーペットが敷かれ、天井には眩《まぶ》しくて見ていられない大きなシャンデリアが吊《つ》り下がっている。正面に幅の広い階段があり、真っ暗な2階に続いていた。

舞台装置のようなその空間に、これまた舞台役者のような人間たちが集っている。

人数は6人——中でも真っ先に目についたのは、金色の髪の妖精のような少女だった。

「え……？　不実崎《ふみさき》さん？」

「……エヴラール？」

それは俺のクラスメイトにして同じ寮の同居人、詩亜《しあ》・E・ヘーゼルダインだった。

その隣にはこれまた見慣れた小柄な褐色肌のメイド、カイラ・ジャッジが控えている。

フィオ先輩がわきわきと指を動かす変な手の振り方をして、

「やっほー♪　王女ちゃんにメイドちゃん！」

「万条《ばんじょう》先輩も――まさか先輩が、６人目の探偵ですか？」

「じゃなかったら不法侵入だねぇ」

エヴラールはカイラを伴って、渋い表情を浮かべながら歩いてくる。

今日は余所《よそ》行《ゆ》きなのか学園の制服ではなく、ひらひらした甘めの服に革のベルトやごついゴーグルをあしらったスチームパンクファッションだった。配信で着ている衣装もこんな感じだったような。オタクが好きそう。

「イベントの趣旨を考えれば学園に話が行くのもわかりますが……なんで不実崎さんが？」

渋い顔で渋い視線が送られてくる。表情の理由は俺だったらしい。

俺が自分で説明するまでもなく、フィオ先輩が妙ににこにこしながら言った。

「あ、フィオの助手にしたから」

瞬間、エヴラールが虚を衝《つ》かれたような顔をして、カイラがスーッと静かに目を細めた。

何が面白いのか、フィオ先輩はその様子を見てにひひと笑い、

「言ってなかったっけ？　ごめんごめん。でも別に報告する義理もないしさ？　だって同級生は助手にできないもんねぇ？」

「え……いや、それはまあ……」

「助手クンもノリノリでさあ、助手になって♥　ってお願いしたら、大喜びで受けてくれたんだよぉ？　夜に、助手クンの部屋で、二人っきりで♥」

「夜に……？」

「二人っきりで……？」

エヴラールとカイラから軽蔑するような視線が向けられる。偏向報道だ！　と言いたいところではあるが、事実としては何も間違ってないから反論できねえ……。

「——不実崎《ふみさき》、とオッシャイましたか？」

横合いから、少し片言の声が割って入ってきた。

声のほうを見ると、黒と黄土色を基調とした見慣れない制服の女の子が、遠慮がちな様子で俺の顔を見つめていた。

「もしかして、アナタ様は……不実崎未咲《みさき》様では？」

……早速バレちまった。

俺は溜《た》め息《いき》を堪《こら》えつつ、フィオ先輩にアイコンタクトを送って判断を求めた。先輩はパチンとウインクしてゴーサインを送ってくる。あーあ……。

「……そうだよ。俺が不実崎未咲だ」

そう名乗った瞬間、離れたところに立っている他の３人の招待客たちもちらりと視線を送ってきた。危惧したほど劇的な反応はなかったが、案の定、俺の名前はとっくに知れ渡ってしまっているらしい。

ただ一人——俺に声をかけてきた見慣れない制服の少女だけが、大きな反応を見せる。

「まあ！」

だが、俺が想像していたような、害虫を見た時のようなそれではなかった。

「ヤハリ！　アナタ様があの！　本国でウワサを聞いてから、一度オハナシをしてみたいと思っていたのです！」

少女の瞳には、畏《おそ》れも嘲《あざけ》りもなく、ただ純然たる好奇心だけが渦巻いていた。

そのあまりにもキラキラとした目に圧倒されて、俺は背中をのけぞらせる。すると女の子は俺がのけぞった分だけずずいと身を乗り出してくる。距離近すぎね？

「……ロナさん。不実崎さんが困っています」

エヴラールが助け舟を出してくれて、ようやく女の子は「あら」と身を引いてくれる。

「わたくしとしたことが、自己ショウカイがまだでしたわ」

女の子はスカートの端をちょこんとつまむと、少し踵《かかと》を上げながら腰を折った。

「ロナ・ゴールディと申します。このたびイギリスのベイカー・ディテクティブ・カレッジからまかり越しました。どうぞオミシリオキを」

……！　ベイカー・ディテクティブ・カレッジ！

イギリスのロンドンにある探偵養成機関——世界で最も格式高いとされる探偵学園！

言われてみれば、彼女の黒と黄土色を基調とした制服は、あの有名なシャーロック・ホームズの服装を模したものだ。世界広し、探偵多しといえども、ここまではっきりとホームズの保守本流を標榜《ひょうぼう》しているのはB《ベイカー・ディテクティブ・カレッジ》DCくらいだ。

本物の探偵を呼んでいる、と聞いてはいたが、まさか海外の探偵学園からも呼び寄せているとは……。

「興奮してしまってモウシワケありません。わたくし、日本は初めてなのですが、まさかあのミゼン・フミサキのお孫さんに出会えるとは思わず……」

「興奮していいのかよ？　じいさんはあんたたち探偵にとって宿敵みたいなもんだろ？」

「罪を憎んで人を憎まず。好きな日本のコトワザですわ。それにアナタは血を継いでいるだけですもの。イロメガネで見るのは科学的態度とは言えません——そう、我が校風に言わせれば、初歩《エレメンタリー》ですわ」

賢ぶってそう言ってから、ロナと名乗った少女は照れたように微笑《ほほえ》んだ。

「……と言いつつ、実はただコウキシンが勝っているだけなのです。不謹慎でしょうか？」

「……いいや。俺にとってはありがてえよ。よろしく——ええっと」

「ロナとお呼びいただいてケッコウですわ」

「ああ、それじゃあ……ロナ」

「ふふっ。それではわたくしは未咲《みさき》さま、と。……なんだかくすぐったいですわね？」

なんだろう。この子……話していて妙に心地《ここち》が良《い》い。

礼儀正しいせいだろうか。エヴラールがお姫様なら、この子はまさにお嬢様——育ちの良さがそこかしこから溢《あふ》れ出《で》ていて、世慣れてない感じが庇護《ひご》欲をくすぐってくる。側《そば》にいてやらないと、と自然に思わせてくる、独特な魅力を放っていた。

ロナは次に、俺の隣にいるフィオ先輩に視線を移し、

「万条吹尾奈《ばんじょうふいおな》さままですわね。あなたのおウワサもかねがね——」

そう言いながらロナは先輩に握手を求めた。

先輩は数秒間、じっとその手を見つめたかと思うと、

「もうちょっとちゃんと手ぇ洗ってきてくれる？」

「……、はい？」

「ちんこ触った手で触んなって言ってんの。クソビッチさん」

空気が凍った。

ＳＮＳなら炎上確実の大暴言に、さしもの探偵たちも思考が停止せざるを得なかった。

「……お、おい先輩！　いきなり何言って……！」

一応は助手として注意すると、フィオ先輩はぺしっと差し出された手を払って、ツンとそっぽを向いた。

ロナは戸惑った様子で払われた手を中途半端に持ち上げたまま、

「な、何か嫌われることをしたでしょうか……」

「いや、本当に悪い。なんか虫の居所が悪いみたいで……」

それにしても今のはあんまりフィオ先輩らしくない。持って回った言い方で小馬鹿にしてくることがあるが、あんな直接的な言い方で罵倒するなんて……。もっと迂遠《うえん》なやり方で追い詰めていくのが、この先輩のやり口だったはずだ。

というか、ビッチ云々《うんぬん》で言うなら完全にブーメランだろ。俺にあんなことやっといて。

「……溜《た》め息《いき》が出るな。今回の仕事は子守りか」

そう言って本当に溜め息をついたのは、真っ黒なマントを羽織った男だった。

「やはり断るべきだったな。犯罪王の計画書が関わっているとはいえ、こんな見世物に協力するのは」

細く引き締まった身体《からだ》だがかなりの長身で、一目で武術の心得があると知れた。その上を覆う大時代的なマントやスーツは、まるで昭和の映画の登場人物だったが、フィクションじみたこの屋敷にはよく似合っていた。

「あの男は……？」

「……月読《つくよみ》家の嫡男《ちゃくなん》、月読明来《あきら》様です」

カイラがすすっと近づいてきて教えてくれた。

「月読家……？　って？」

「日本人なのに〈三偵理襲末家《さんていりしゅうばつけ》〉を知らないんですか？」

エヴラールが呆《あき》れた調子で言う。

「日本三大名探偵と言われる明智小五郎《あけちこごろう》、金田一耕助《きんだいちこうすけ》、神津恭介《かみづきようすけ》の探偵法を後世に残すため、それらを分析・再現して継承している一族です。『探偵は家庭を持たない』の例外――大人《おとな》から子供まで全員探偵の訓練を受けている、まじりっけなしの探偵一族ですよ」

ああ……言われたら思い出してきた。そういう一族が二〇世紀では活躍してたって話。

「金田一耕助を継承する金鵄《きんし》家、神津恭介を継承する水分《みくまり》家、そして明智小五郎を継承するのが――」

「まあ、要するに中二病の集団だよ」

エヴラールの解説が終わり切らないうちに、フィオ先輩が小馬鹿にした態度で言った。

黒マントの男――月読明来が、形の整った眉をピクリと動かす。

「特に明智小五郎なんてさあ、あんな超人ホントにいたわけないじゃん。初期の頃はともかくさぁ、少年探偵団シリーズの明智小五郎なんて完全に江戸川乱歩《えどがわらんぽ》の創作でしょ？　明智小五郎の伝記作家をやってた江戸川乱歩が、子供向けのシリーズを始めるにあたって名前だけ貸してもらっただけじゃん。あんなの再現しようなんて、子供のヒーローごっこと大して変わんないよ」

「……おい、メスガキ……」

月読明来がドスの利いた低い声で呟《つぶや》き、フィオ先輩に詰め寄って、その小柄な身体を遥《はる》か高くから見下ろす。

「学生風情が、我が家の長き研鑽《けんさん》を愚弄《ぐろう》するのか？」

「するよ。ウチの理事長に『アケチ』の称号も取られちゃった没落貴族さん」

おいおいおい！　今日の先輩はどうしちまったんだ！　全方位に喧嘩《けんか》売りすぎだろ！

「〈UNDeAD《アンデッド》〉が勝手に定めた称号など――」

「へえ～。でも水分家《みくまり》はちゃんと貰《もら》ってるよねぇ？　『カミヅ』の称号。今の日本って、その二人しかS階梯《ティアー》探偵がいないんだっけ？　シンプル負けてるじゃん。だっさ（笑）」

「成り上がりものが作った養成機関の生徒ごときが――！」

「――うわー！　そこまで、そこまで！」

締まりのない声で割って入ったのは、残り二人の探偵のうちの一人――柔和そうな丸メガネをかけた、悪いがちょっと頼りなさそうな雰囲気の男性だった。年齢は二十代の後半くらいだろうか。

「万条《ばんじょう》さんはちょっと言い過ぎ！　月読《つくよみ》さんも子供の言うことにあまりムキにならないで……！　これから楽しいイベントなんだから、楽しくやっていきましょう？　ね？」

月読明来《あきら》は舌打ちをして背中を向け、フィオ先輩はにやにやしながらそれを見送った。

丸メガネの男性は深く溜《た》め息《いき》をつくと、疲れたような笑みを浮かべて先輩を見る。

「相変わらずだね、万条さん。……えあっと、僕のこと、覚えてるかな？」

「覚えてますよぉ？　何回か授業とったもん。えっと、蒲野《がまの》先生？」

「天野《あまの》だよ……。天野守建《もりたて》。本当は覚えてるでしょ。わざわざ水分家のことを引き合いに出したってことはさ……」

にひひ、と先輩は意地悪な笑みを浮かべた。

先生？　学園にこんな教師いたっけか。癖の強い教師ばっかりで、こんな普通そうな人がいたら逆に印象に残ってそうだが……。

天野と名乗った男性は俺のほうを見て、人に好かれそうな柔らかい笑みを浮かべる。

「不実崎《ふみさき》くんだね。話には聞いているよ。僕は天野――たまにテレビなんかにも出てるんだけど、見たことないかな？」

「いや……すんません。テレビはあんま見なくて……」

「そうか。最近の人はそうだよね……。普段は人の推理の解説なんかをしててね、たまに真理峰探偵学園《まりみねたんていがくえん》でも講師をさせてもらえることがあるんだ。もしかしたら、学校で会うこともあるかもしれないね」

たまにってことは、非常勤講師みたいな感じか。どうりで見覚えがないわけだ。

「天野先生は、水分家の分家筋の出身なんです」

エヴラールが説明を補足して、フィオ先輩の顔を少し責める目つきで睨《にら》む。

「それを知っていて当てこするなんて、意地が悪すぎますよ、先輩」

「事実を言っただけだもーん」

ガキみたいなことを言う先輩に、エヴラールは溜め息をつき、天野先生は曖昧に笑った。

さっきのやり取りや事情を聞くに、探偵学園と月読家は折り合いが悪そうだが、水分家はそうでもないらしい。探偵にも派閥ってやつがあるわけだ。めんどくせーなあ。

「それで？　あっちのおばさんは？」

フィオ先輩がそう言って指差したのは、壁に背を預けて黙って成り行きを見守っている若い女性だった。スラリとした長身に白衣を着た姿は、いかにもやり手の医療従事者という感じである。しかしこの場にいる以上、彼女も探偵のはずなのだ。

「ああ……彼女は門刈《かどかり》千草《ちぐさ》さん。やり手の医療探偵だよ。情報番組のコメンテーターをやってたり動画サイトで解説動画を上げてたりして、僕なんかよりもずっと有名――という か物知りな君なら知ってるはずだよね？」

「不勉強な助手クンに解説してあげるのも、ホームズ役の役目だからね」

「解説したのは僕だよね？」

その時、門刈千草が薄いピンクの口紅をつけた口を開いた。

「そこのあなた……元気なのは結構だけれど」

フィオ先輩にちらりと目を向けてから、彼女は天井を指差す。

「セルフプロデュースはしっかりしたほうがよろしくてよ」

シャンデリアが吊《つ》り下がった天井を見上げると、初めて気がついた。

ブーン……という駆動音。

よく目を凝らしてみると、シャンデリアの陰に隠れて、小型のドローンが浮かんでいた。

こちらに向けられたキラリと光を反射するものは、もしかして……カメラのレンズか⁉

「録《と》られていたわよ。今までの会話、すべて」

謎解きイベントと聞いた時から、想像はついていた——何らかの形で、ネット配信をするんじゃないかと。

だけど、こんな不意打ちで？　まだ何の説明も受けてないってのに……！　今までの先輩の暴言が生配信でネットに垂れ流されていたとしたら、大炎上間違いなしだぞ！

「大丈夫だよ。そういうのしっかりしてるほうなんで」

しかしフィオ先輩は、にやりと得意そうな笑みを浮かべて言った。

「みんな、フィオみたいな生意気で口が悪くて可愛《かわい》い女の子、大好きでしょ？　もしムカついちゃったなら、頑張ってコメント欄で論破してみてね～♪　どうせ無理だけど！」

もしかして今までの暴言は、配信のためのキャラ作りだったのか——いやいや、思い出せ、この人の性癖を！　この人は基本的に、自分が気持ちよくなることしか考えてないタイプの人間なのだ。ロナへの発言だって本音だったに違いない。

とんでもない人の助手になってしまった……。今更ながらに自分の浅はかな考えが恨めしくなってきた俺だった。

「挨拶はお済みになられたでしょうか」

出し抜けに野太《のぶと》い声が聞こえて、俺を含む8人の視線が一斉に2階のほうへと向いた。

2階に続く大階段の上に、太った男がゆっくりと姿を現す。丸々とした身体《からだ》でスーツをパツンパツンにした、いかにも金持ちそうな初老の男性だ。

太った男は階段の上から、俺たちを見下ろして告げた。

「私がこの屋敷の主人、大江団三郎《おおえだんざぶろう》です。今回は私の招待に応えていただき、誠に嬉《うれ》しく思います」

わーお、とフィオ先輩が小さな声で呟《つぶや》く。

「随分太ったねぇ。何か嫌なことでもあったのかなぁ」

「どういうことすか?」

「**大江団三郎は6年くらいメディアに姿を見せてなかったんだよ。**理由はわかんないけど……あの様子だと、メンタルでもやられちゃってたのかな」

俺たちがこそこそと話している間にも、大富豪の言葉は続く。

「本イベントの間、皆様方には一人一機ずつ、ドローンを追随させていただきます」

2階の奥から6機のドローンが現れて、6人の探偵たちの側《そば》に寄り添った。

「各ドローンにはカメラが付いており、その映像が皆様それぞれの視点配信として、特設サイトにて中継されます。もちろん任意で配信を切ることもできますし、音声だけ、映像だけの配信をすることも可能です。しかし視聴者にもフェアな推理を楽しんでもらうため、着替えなどの時間以外はできるだけ配信をつけておくことをお願い申し上げます」

基本的に24時間垂れ流しにするってことかよ……。まるで監視されてるようでいい気分はしねえな。

「ドローンは7機。配信も7つ。皆様の視点配信に加えて、最も探偵の多い場所をあの神視点ドローンが撮影します。あちらは基本的に配信を切ることはできませんが、浴場などのプライベートエリアには入らないように設定してあります」

大江はシャンデリアの辺りに飛んでいるドローンを指差して言う。なるほどな。動きのあるところだけ見るのも、誰か一人の探偵に注目して見るのも、視聴者の自由ってわけだ。

「これから起こる事件の真相を最も早く解き明かした探偵を勝者とし、賞金1億円をお支払いします。また、それに加えて、視点配信の再生数に応じて追加報酬をお支払いします」

……注目されればされるほど稼げるシステム……。ここまで説明されて、俺はこのイベントの趣旨がようやくわかりかけてきた。

これは要するに、リアリティショーなのだ——恋愛リアリティショーならぬ、探偵リアリティショー。

そう考えると、この人選の意図もわかるような気がした。

エヴラールは言うまでもなく、世界的に有名で人気もあるアイドル探偵——フィオ先輩とロナは日本vs海外の対立構造を狙ったんだろう。月読明来《つくよみあきら》の月読家もどうやら真理峰探偵学園《まりみねたんていがくえん》と確執があるようだし、他の二人はメディアで顔が売れているらしい。

何より、全員見た目がいい。

一番年上っぽい天野《あまの》先生でさえ30歳を超えていなさそうなのだ——まさしくこの6人は、キャストとしてこの場にいるのである。

見目麗しく、因縁ある探偵たちが、より多くの金のために推理を戦わせる。

しかもその脚本は犯罪王の計画書——素人《しろうと》でもわかる。ドル箱企画だ。

大江団三郎《おおえだんざぶろう》は実業家だと言うが、なるほどその手腕は確からしい。

「そしてもう一つ、このドローンとこの島について、ご説明しておくべきことがあります」

大江はそう言って、太い指を弾《はじ》く。

直後だった。

7機のドローンが光を放ち、俺たちの頭の上に薄い板のようなものを映し出したのだ。

それに映し出されているのは、この島を真上から見下ろしたと思《おぼ》しき映像。

俺はこれを知っていた。

ホログラム——HALOシステムか！

探偵の推理をより多くの一般民衆に知らしめるために生まれたという舞台装置——探偵学園でも選別大法廷にしかない最先端技術が、こんな島に⁉

「それぞれのドローンはHALOシステムの投影機《プロジェクター》兼操作端末《GPTコントローラー》となっており、いつでもどこでもホログラムを使って推理を具象化することができます。皆様、自分のドローンに向かって、名前をお名乗りください」

6人の探偵がそれぞれ、ドローンに自己紹介をする。フィオ先輩も「万条吹尾奈《ばんじょうふぃおな》だよん」と名乗っていた。

「これで皆様の声紋がシステムに登録されました。基本的に、登録された人間の声にしか、HALOシステムは反応致しません」

俺がドローンに向かって何を言ったところで、どんなホログラムも出てこないってわけだ。その辺は学園のシステムと一緒だな――学園のやつは〈第九則の選別裁判《ヴァン・ダインズ・セレクト》〉に参加しなければ反応しない仕組みだった。

「また、ＨＡＬＯシステムを用いて、他の方に〈第九則の選別裁判〉を挑むこともできます。他の探偵に選別裁判《セレクト》を仕掛けて勝った場合、負かした相手の声紋登録を解除し、イベントから追放することができます」

「いいじゃん」

　フィオ先輩が笑って舌なめずりをした。先輩にとっては大歓迎のルールだろう。これはもう、俺の出番はないんじゃないか？　本当の事件ならともかく、ただのゲームででっち上げの推理を使うくらいなら、俺だって目くじらを立てはしない。エヴラールの時みたいに人格攻撃を始めたら話は別だが……。

「ルール説明はこれで以上です。事件の開幕は明日を予定しておりますので、それまではこの島でごゆるりとお過ごしください――」

　そう言って頭を下げ、大江は2階の奥へと引っ込んでいった。

　丸い背中が見えなくなると、月読明来《つくよみあきら》が鼻を鳴らして意味深な視線をフィオ先輩に送る。

「茶番だが、ルールはいい。目障りな蝿《はえ》を叩《たた》き落とす手段を与えてくれているのだからな」

「はい、噛《か》ませ犬乙ぅー。主人公オーラゼロぉー」

　フィオ先輩の煽《あお》りに不快そうに眉をひそめて、月読明来は1階の奥へと消えていく。中を探索するのだろうか。

「じゃあ、私はゲストハウスにでも行こうかしら。まだ部屋も見てないし」

そう言って、門刈《かどかり》千草《ちぐさ》が足元に置いてあった鞄《かばん》を持ち上げた。

「天野《あまの》さん、あなたは？」

「僕もそうしようかな……。やることも特にないしね」

大人《おとな》の探偵たちが三々五々に散っていく中、ロナが俺たちに話しかけてくる。

「真理峰《まりみね》の皆様は、この後どうするご予定ですか？　もしよろしければゴイッショさせていただきたいのですが……」

「屋敷の探索はしなくてもいいんですか？」

ロナは照れたように笑って、

「実は早めに着いてしまったものですから、もう一通り調べてあるんです。シンパイしなくとも、隠し通路などはどこにもなさそうですよ」

「それは残念ですね」

探偵ジョークなのか、エヴラールとロナが笑い合って、俺たち学生組は一緒に行動することになった。

フィオ先輩は結局、自分からロナに話しかけることはなかった。

3　水着は伸びる

「視聴数を稼げばいいって言われただけで、推理で稼げばいいとは言われてないよね？」

俺たちが上陸した港から少し外れたところに、整備された真っ白な砂浜があった。

その砂浜に、今——重量感の暴力が乱舞していた！

「いっくよー！」

宇志内《うしない》がビーチボールを打ち上げると、連動したようにその胸部の二つのボールもばるるーんと上下に弾んだ。

その様子をフィオ先輩がカメラドローンで撮影しながら、

「HEYみんな！　推理する理性は残ってるかにゃ～？　うーんとなになに？『知的な遊びを下品な配信で邪魔するな』？　いやいや、見に来てんじゃん！　他にも視点はあるのにさ！　むっつりスケベ乙ぅ～♪」

という具合に、視聴者とレスバを繰り広げていた。

俺はそれを木陰に座り込んで眺めながら呟《つぶや》く。

「未成年の水着で金稼ぎって……倫理観とかないのかあの先輩は」

海がある場所に行くとは聞いていたから、俺たちは全員水着を持参していた。まだシーズンには早いが、日差しも強く夏のように暑いので、今のうちに海で遊んでおくという提案には文句はない。あのマジレス先輩の煽《あお》り行為でさえなければ。

例の闇ゲームセンター……結局あれが本物だったのか、最終入学試験用に用意されたセットだったのかはわからないが、フィオ先輩が本当にああいう場所を経営していたとしても違和感はない。あの人には探偵と言うよりインテリヤクザみたいな雰囲気を感じる。

その助手である俺は、さしずめ鉄砲玉ってところか……。

それにしても、**宇志内《うしない》の胸は本当にどうなってんだ？** 服を着ている状態ならブラジャーやパッドでサイズを誤魔化《ごまか》すこともできるんだろうが、あんな小さいビキニでどうやって……。あのサイズが本当の大きさだったり？ いやいや――

「不実崎《ふみさき》ィ！ 前！」

「ん？ ――へぶっ！」

益体《やくたい》のないことを考えていたら、飛来したビーチボールが顔面に直撃した。

砂浜に着地した宇志内がガッツポーズを決める。

「よっしゃ！ 一点！」

「恐れ入谷《いりや》の鬼子母神《きしもじん》――見事だ、バーナビー君」

俺は熱い砂浜に仰向《あおむ》けに倒れながら、青い空を見上げた。

明日には殺人事件の捜査をしてるなんて、とても思えねーなあ……。

「詩亜《しあ》ちゃーん！ 二人でこっちおいでよー！」

宇志内が手を振るのは、俺と同じく木陰で大人《おとな》しくしているエヴラールだ。惜しげもなくビキニ姿を晒《さら》している宇志内とは違って、ラッシュガードを羽織って身体《からだ》を隠している。

隣で控えているカイラは抵抗がないのか、ワンピースタイプの水着を着ていた。

エヴラールは困ったように笑って、

「私は一応、責任のある立場ですから……。ネット配信でみだりに肌を晒すわけにはいかないの～？」

「――いいの～？」

いつの間にかその側《そば》にいたフィオ先輩が、すべてをわかっているような顔をして言った。

「みんな喜ぶと思うけどなあ～？　王女ちゃんみたいなスタイル完璧な女の子、なかなかいないも～ん。スクショが出回ったりしてさ、『この超絶可愛《かわい》い女の子は誰だ!?』ってSNSが賑《にぎ》わっちゃうよ～。もしかしたら写真集のオファーとかも来ちゃうかも――」

「――やれやれ。民衆の声に応えるのも王女の役目ですからね」

次の瞬間には、エヴラールはラッシュガードを派手に脱ぎ捨てていた。

淡い色のビキニを纏う身体は、しかし清楚《せいそ》とは呼べなかった。人形のような幼げな顔立ちに、平均を少し下回る小柄な体格を持ちながら、エヴラールのスタイルは胸は大きく張り出し、腰は折れそうなほど絞られ、そしてお尻もパンと張っている。

前にスクール水着は見たことがあったが、日差しの下に輝くビキニはまた別格の魅力を放っていた。あれと同じ寮に住んでいると思うと、平静を保っている自分を褒めてやりたくなってくる。

「おお～！　エロっ！　エロいよ王女ちゃん！　おじさんにだけスリーサイズ教えて!?」

「ふふふ……さすがにそこまでは教えられませんが、バストとウエストの差は少なくとも30センチ以上あるとお伝えしておきましょう！」

おお～！　というフィオ先輩の歓声に、エヴラールはますます胸を張っていく。

承認欲求の化け物……。

あんな裏垢《うらあか》女子予備軍が界隈《かいわい》を代表する探偵だという事実に、俺は将来の不安を感じずにはいられなかった。このイベントに参加したのも目立つからだろ、絶対。

「未咲《みさき》さまは泳がないのですか？」

声に顔を上げると、肌に水滴をまとわせたロナが、中腰になって俺の顔を覗《のぞ》き込《こ》んでいた。海で泳いでいたらしい。

エヴラールほど目立つものではないにしろ、充分にメリハリのあるスタイルをしているロナから、俺はそれとなく視線を外しつつ、

「先輩の金稼ぎに素直に協力するのも癪《しゃく》なんでな」

「ふふ。見た目に似合わずマジメなのですね」

ロナは濡《ぬ》れた髪を掻《か》き上《あ》げると、俺の隣にお尻を下ろした。なぜ……。俺はちょっとだけ距離を離す。

ロナの側《そば》にはドローンが飛んでいた。だが配信中を意味する赤いランプはついていない。

「君は配信しなくてもいいのか？」

「わたくしは他の皆さんほど自分に自信がありませんので……」

卑下するなあ。確かにエヴラールや宇志内《うしない》、フィオ先輩なんかに比べれば目立つところは少ないが、ロナも充分容姿端麗な部類だろうに。

「そういやロナは何年生なんだ？　俺らは先輩以外1年生だけど」

気づいたらタメ口で喋《しゃべ》っちまってるけどいいのかなと思って聞くと、ロナは自分の膝小僧を軽く抱えつつ、

「ＢＤＣは12歳から18歳までの６年制ですから、わたくしは４年生ですわ。**ちょうど明後日で16歳なのですよ**」

「えっ？　お、おめでとう」

「明後日に改めてお願いしますわ」

くすりと微笑《ほほえ》んでロナは言う。

しかしそうか。俺たちと同い年なんだな。同じ外国の血筋でも、エヴラールやカイラよりもだいぶ大人《おとな》びて見える。あいつらが特別あどけないだけなのかもしれない。

「それでは、こちらからも一つ、ゴシツモンさせてもらっても？」

「ん？　なんだ？」

「未咲《みさき》さまはなぜ探偵学園に？」

「あー……」

誰が見たって不自然なんだろうな。犯罪王の孫が探偵学園に通ってるなんて。

「言いにくければ良《い》いのですが……もしかして、お祖父様《じいさま》のオメイを雪《すす》ぐために⁉」

「い、いや、雪ぎようがねえだろ」

キラキラした目にまごつきつつ、俺は言葉を選ぶ。

「別にそこまでご大層な話じゃなくて……少しでも色眼鏡《いろめがね》が少なくなれば生きやすくなる、

っていう……ただそれだけだよ。それに探偵学園のセキュリティならマスコミにも追いかけられないしな」

「まあ……ゴクロウされてこられたのですね」

「別に。多かれ少なかれ誰だって苦労してるもんだろ」

さっき会ったばかりの女の子に、ちょっと喋りすぎたな。どうもこの子からは言葉を引き出されてしまう。話しやすいというか……。

その時、俺の脳裏に、あの人に教えられた言葉が蘇《よみがえ》った。

――坊ちゃん、よく覚えておいてください。自分が気持ちよく話せている時、多くの場合、それは相手に話させられているのです
――滔々《とうとう》とした解決篇《かいけつへん》が目立ちますが、真に優れた探偵は話し上手《じょうず》である以上に聞き上手なのです。もし犯罪者になることがあればお気をつけあれ
そんな機会来ねえよ、と当時は聞き流していたが、なるほど思い返してみれば、なかなか芯を食っている――そして今この状況にも符合する。

ロナ・ゴールディという女の子は――あまりにも、会話がしやすすぎる。

ほのかな違和感だった。あのフィオ先輩の暴言がなければ気にしなかった程度の……。

しかし不思議なことに、エヴラールの猫かぶりを一発で見破った俺の嘘《うそ》に対する嗅覚は、彼女には一切反応しない。宇志内蜂花《うしないほうか》の完璧な演技、ならぬ変身とは、また違う感覚――もしかしたら、俺の考えすぎかもしれないが。

思わず考え込んでしまった俺に、ロナはずりっとお尻をずらして距離を詰めてくる。

「不謹慎かもしれませんが、キョウミ深いです。犯罪王の孫として生まれたアナタが、どのような苦難を乗り越えてきたのか――」

「――不実崎《ふみさき》さん」

後ろから肩を突《つつ》かれた。顔を上向けると、水着のエヴラールが俺を見下ろしていた。

「どうした？　ちやほやされるのは飽きたのか？」

「そのような低俗な欲望に身を委ねたことはありません」

嘘《うそ》つけ。

「ちょっと来てください」

エヴラールは有無を言わせない調子で言って、俺の腕を引っ張り上げる。ロナをその場に置き去りにして、俺はすぐ背後にあった森の中に連れ込まれていった。

先輩や宇志内《うしない》たちの声が遠くなり、ロナの姿も木々に隠れて見えなくなった頃、ようやくエヴラールは立ち止まった。

振り返った時、エヴラールの胸が小さく揺れたような気がして、俺はすっと目を逸《そ》らす。

「……？　なんで目を逸らすんですか？」

「いや……」

間近にすると目に毒すぎる。

「ふうん……？」

エヴラールはそっと笑うと、腰の上で腕を組んで胸を少し持ち上げた。

「わざとやってんだろ！」

「犯罪王の孫も健全な男の子ですね。不実崎未全《みぜん》は恋多き人だったと聞きますが、あなたはどうでしょうね？」

「知らねーよ……。遺伝すんのか、そんなもん？」

エヴラールがくすくすと上機嫌そうに笑う。最近はどっちかと言うと俺がからかう側だったから、反撃できて嬉《うれ》しいらしい。

「それで？　こんな人目のない場所に連れ込んでどうしたんだ？　告白でもすんのか？」

「あなたがそのつもりであれば謹んでお断りしますが」

ささやかな反撃もあっさりと跳ね返された。ダメだ。水着のエヴラールは最強だ。

「早めに注意しておこうと思いまして」

「注意？　何を？」

「あなたが余計なことを喋《しゃべ》りすぎないように、です」

エヴラールの細く白い指が、俺の胸の真ん中を突いた。

「前にも言いましたが、〈劇団〉に関する情報はどれもこれも、いろんな組織が喉から手が出るほど欲しているんです。もしあなたが〈劇団〉の残党と日常的に接していたなんて知れたら、下手《へた》するとご家族にまで累《るい》が及びますよ」

「わかってるって……。その件はお前以外には話してない」

「気をつけてください。あなたって女性には弱そうですから」

「……ちやほやされるのに激弱なやつに言われたくねえなあ……」

「誰が褒めたらすぐに落ちそうですって!?」

「自覚あるんじゃねーか！」

不安だ。大丈夫か、探偵界？

「……ところで」

「何ですか？」

「そろそろ大胸筋つっつくのやめてくれねーか？」

エヴラールの指は、未《いま》だに俺の胸板をつっつき続けていた。

「自意識過剰もほどほどにしてくださいよ、不実崎《ふみさき》さん。それではまるで、私があなたの筋肉に興味津々みたいじゃないですか」

「だったらつっつくのやめろ！　ちょっ、おい！　それもう弄《いじ》ってるだろ！」

「……服の上からではわからない引き締まった筋肉……。脱がせることで初めて人目に触れる、新雪のようにまっさらな……ふふふ」

「こっちも揉《も》むぞてめえ……！」

「……1分考えさせてください」

「悩むな！」

不安だ……。

『――4　盗聴器
5　江戸川乱歩《えどがわらんぽ》の密室分類……――』

海からゲストハウスに帰ってきて、シャワーで肌のべたつきだけ洗い落とした俺は、ゲストハウスの中を一通り散策してみることにした。

ゲストハウスは最初に見た時に思った通り、少し大きめのロッジといった雰囲気だった。真ん中に大きな暖炉があるリビングがあり、廊下を進んだ先に浴場やキッチン、娯楽室などといった様々な設備が用意されている。

客室があるのは2階で、数は全部で12部屋のようだ。探偵一人につき助手は5人まで――つまり最大で36人まで宿泊する予定があったわけだから、一部屋に3人ずつの計算だったのだろうか。

結局、助手を伴ってきたのはフィオ先輩とエヴラールだけだったので、ゲストハウスに泊まる人間は11人。俺たちは一人一部屋与えられることになった。とはいえ、一人で使うには広すぎる部屋なので、俺は他の男子どもと相部屋でもよかったのだが……。

俺はシャワーを浴びた浴場を出ると左右を見渡す。リビングのあるほうからは女子たちのかしましい話し声が聞こえていた。その逆側は……何があるんだっけ？

泊まる場所の構造ぐらいは把握しておくべきかと、俺はリビングの反対に足を向ける。廊下の先には扉が一つあり、金色の文字で部屋の名前が彫られていた。

図書室――か。

本はあんまり読むほうじゃない。探偵の伝記小説――コナン・ドイルとか、横溝正史《よこみぞせいし》とか――に目を通しておくのは探偵志望の嗜《たしな》みらしいが、俺はあらすじだけふわっと知っているぐらいで実際に読んだことはなかった。

……でも、帰ったら捜査レポート書かなきゃいけないんだよなあ。

助手の主な仕事の一つらしい。捜査の過程であったことをできるだけ詳しくまとめて、学園に提出しなければならないのだ。人によって小説形式だったり動画形式だったり、形態は問わないらしい。

最終入学試験の時も書かされたが、あの時は学園内の模擬試験だったから結構適当でも許された。でも学園の外での事件についてはそうもいかない。

苦手なんだよなあ、文章書くのって――フィオ先輩は『文才は探偵助手の基本能力だよ、ワトソン君』なんて言っていたが……。自分は絶対手下とかに書かせてただろ。

愚痴っていても始まらない。少しはレポートに役立つ本があるかと思って、俺は図書室の扉を開けた。

紙の独特な匂いが一気に溢《あふ》れ出《で》てくる。

そこは図書室というより、書庫と言ったほうが近い空間だった。天井近くまである本棚が何列にも亘《わた》ってひしめき合っている。**そのすべてにぎっしりと本が詰まっているのだ。**

そんな窮屈な空間で、立てた脚立に腰かけたまま黙々と読書をしている人間がいた。

「本宮《もとみや》……あぶねーぞ、そんなところで」

「……ん？　エドモン君か」

俺を奇妙なあだ名で呼びながら顔を上げたのは、本宮篠彦《しのひこ》だった。

実家が古本屋だか何だかで、ただでさえ読書家が多い探偵学園の中でも特に筋金入りの本の虫だ。何せ他人を小説のキャラクターの名前で呼ぶのがデフォルトなんだからな。

しかし、こんな小旅行に二つ返事でついてきてくれる程度にはノリのいい奴《やつ》だ――俺は本宮が座っている脚立の足元に近づきながら、

「何か面白い本でもあったのか？」

「もちろん。この島に来たそもそもの理由だしね」

「そうだったのか？」

「大江団三郎《おおえだんざぶろう》は愛書家で有名なんだ。その書庫を見られるとなれば海くらい渡るさ。……まあ、ここはほとんどミステリ――探偵の伝記やそれを模した小説で占められているけどね。ざっと見たところ、どうやら江戸川乱歩《えどがわらんぽ》とアガサ・クリスティがお気に入りらしい」

この量の本をざっと……？　どうやったんだよ。

「中にはその辺の古書店ではちょっとお目にかからないものも交じっていたよ。ほら、見たまえ。1954年に刊行された『続《ぞく》・幻影城《げんえいじよう》』だよ」

そう言って本宮《もとみや》は古びた本の表紙を俺に見せてくる。

「幻影……城？　なんか俺んとこの寮に似た名前だな」

「由来だろうね。元を正せば江戸川乱歩《えどがわらんぽ》の評論集のタイトルなんだよ。この『続・幻影城』には、あの『類別トリック集成』も収録されているんだ」

「あの？　……って？」

俺が首を傾《かし》げると、本宮は「おっと」と言って目を瞬《しばたた》いた。

「密室概論の教科書に載っていたのはもっと新しい分類だったか。**類別トリック集成は江戸川乱歩が個人的に収集した殺人トリックを、分類してまとめたものだよ。特に有名なのが密室トリックの項目で、乱歩は83例に上るトリックを大きく4種類に分類している**」

(A)　密室トリック　(83)
①犯行時犯人が室内にいなかったもの　(39)
(イ)　室内の機械仕掛け　(12)
(ロ)　窓又は隙間を通しての室外からの殺人　(13)
(ハ)　密室内にて被害者自ら死に至らしめる　(3)
(ニ)　密室に於《お》ける他殺を装う自殺　(3)

（ホ）密室に於ける自殺を装う他殺（2）
（ヘ）密室に於ける人間以外の犯人（6）
②犯行時犯人が室内にいたもの（37）
（イ）ドアのメカニズム（17）
（ロ）実際より後に犯行があったと見せかける（15）
（ハ）実際より前に犯行があったと見せかける——密室に於ける早業殺人（2）
（ニ）ドアの背後に隠れる簡単な方法（1）
（ホ）列車密室（2）
③犯行時被害者が室内にいなかったもの（4）
④密室脱出トリック（3）

括弧《かっこ》内の数字は乱歩が集めたデータの中にある実例の数らしい。ふうん。

「①と②はなんとなくわかるけど、③の被害者が室内にいなかったってどういう意味だ？」

「**死体移動トリックなどによって実際に殺された場所から密室の中に運び込まれた場合や、内出血密室などが該当するね**」

「内出血密室……？」

「**致命傷を受けた被害者が、即死せずに自らの足で密室に閉じこもってから死亡してしまうケースだよ。**最終入学試験ではあんなに素晴らしい推理を披露したのに、変なところで抜けているね、君は」

そんな専門用語、常識だと思わないでほしいもんだぜ。

「ちなみに④の密室脱出トリックは、いわゆる脱獄のためのトリックだね――鉄格子を切ったり、穴を掘ったり。隠し通路なんかもここに該当するかな」

「よくできてると思うけど、なんでこんなことやったんだ。暇なのか？」

「乱脈なものを整理したいと思うのは人の性《さが》さ。それが僕たち後進の役に立っているんだから、暇だったとしたらそれに感謝しなくちゃね」

そう言って、本宮《もとみや》は『続《ぞく》・幻影城《げんえいじょう》』を本棚の隙間に埋めた。

トリックの分類ねえ……。考えたこともなかったな。あの人から聞かされたトリックは、なんとなく頭の中に入ってるけど。

……じいさんが書いて封印したっていう計画書〈マクベス〉。

犯罪王とまで呼ばれた男が考えた事件には、どんなトリックが使われているんだろう。

江戸川乱歩《えどがわらんぽ》の分類は、犯罪王のトリックにまで及んでいるんだろうか。

真相はまだ、計画書を持っている大江団三郎《おおえだんざぶろう》しか知らない。

6　マクベスの魔力

「じゃあわたしたちはお風呂入ってくるから！」

夜も更けた頃、宇志内《うしない》の発言に俺は耳を疑った。

「……お前が？　他の女子たちと？」

「そうだけど？　覗《のぞ》いちゃダメだぞ～？」

じゃあねー、と言って、宇志内はエヴラールたちと浴場に消えていった。

水着は一応布地があるわけだから何か誤魔化《ごまか》す方法があるのかもしれないが、風呂なんてどうすんだよ。着太りするタイプとでも言い訳する気か？

女子たちが消えた浴場の入り口をいつまでも見つめていると、後ろから黄菊《おうぎく》に肩をポンと叩《たた》かれた。

「気持ちはわかるで。でも探偵学園の生徒として、たとえ悪ノリでも覗きはアカン」

「いやっ……ちげえって」

「男水入らずで語り合おうやないか。誰が本命や？　ん？」

黄菊に暑苦しく肩を組まれながら、俺たちは黄菊の部屋に移動した。

そして始まるのは、修学旅行の夜さながらの猥談《わいだん》――ではなく。

「ところで君たちは、計画書〈マクベス〉についてどこまで知っているんだい？」

書庫から持ち出してきた本のページをめくりながら、本宮が言った。

黄菊は自分のベッドに寝転がりつつ、

「何や、事件の話かい。色気のないやっちゃなぁ」

「好きなおっぱいならJカップだ」

「…………。あまりの大艦巨砲主義に声も出ぇへんかったわ」

グラビアアイドルでもなかなかいねーぞ。

知的なイケメンのまさかの性癖に面食らいながら、俺はとりあえず話を元に戻す。

「詳しい内容についてはまったく知らねーよ。じいさんが遺言に残してたわけでもねーし」

「右に同じく。噂話《うわさばなし》程度やな」

「僕は〈マクベス〉について調査した論文を読んだことがある。それによると、UNDeAD《アンデッド》が〈マクベス〉の使用を疑っている事件は、これまでに2回起こっているらしい」

本宮《もとみや》は俺たち3人の中で一番ランクが高い。俺は最終入学試験で増えたレートを含めてもギリギリシルバーに届かないくらいだし、黄菊《おうぎく》もまだブロンズだ。しかし本宮は入学時のスタート・ランクからシルバーで、クラスでもかなり優秀な部類だった。

「**一つ目はアメリカの雪山、吹雪《ふぶき》に閉ざされたスキーロッジで起こった殺人事件。二つ目はカナダの鉄道で起こった大量殺人事件。前者の犠牲者は6人。後者の犠牲者に至っては、実に12人にも及ぶ**」

「12人……」

単一の犯人、単一の犯罪計画によるものと考えると、これはとんでもない数だ。もちろん我が身を顧みない無差別殺人ならばこれ以上の犠牲者数も例があるんだろうが、探偵が相手をするような知能犯罪としてはトップクラスに位置するだろう。

「被害者の数が違うんか？　それでなんで同じ計画書使《つこ》うとることになんねん」

「アメリカの事件で犯人が日記に書き残したんだ。友人が海で拾ったボトルの中に日本語で書かれた犯罪計画書が入っていたってね。その日記によって〈マクベス〉の存在は露見し、同時に〈マクベス〉の特徴が判明した」

「特徴？」

「**物理的・情報的な出入りが制限された、いわゆるクローズドサークルでしか使ってはならないこと。そして事件のすべてが密室殺人で構成されていることだ**」

クローズドサークル——そのくらいの専門用語なら俺でも聞き覚えはある。嵐の孤島だの吹雪の山荘だの、とにかく閉じ込められた空間のことだ。情報的な出入りが制限された、ってことは、それに加えて外部との連絡ができないことも条件に入ってるんだろう。

「なぜそんな条件があるのかは日記には記されていなかった。もしかすると計画書にも記されていないのかもしれない」

「とにかく、その二つの事件は条件に合致しとったたってことやな？」

「ああ。特に二つ目の事件に関しては、狭い列車の中で12個も密室殺人が起こるなんて異常だろう？」

「その二つの事件、犯人は？」前のめりになって、俺は訊《き》いた。「犯人の日記が調べられてるってことは、犯人の正体はわかってるってことだよな？」

「ああ。二つともね。アメリカの事件の犯人は行方《ゆくえ》をくらまし、カナダの事件の犯人は事件後に殺害された。後の調査によると、前者は〈劇団〉の残党に拉致され、後者は計画書を狙った地元のマフィアに殺された説が濃厚らしい。だがどちらの場合も、計画書の実物は確認されなかった」

一つ目の事件の犯人が〈劇団〉に拉致された、ってのが本当なら、計画書も〈劇団〉に回収されたと考えるのが順当だ。だが、実際にはその後も〈マクベス〉によるものと思われる事件は続き、そして今、計画書は大江団三郎《おおえだんざぶろう》の手の内にある。

まるで計画書自体が意思を持って、のらりくらりと逃げ回っているかのようだ。

「けったいやな。犯人が誰かもわかっとんのに、肝心の計画の中身はようわかっとらんてことか？　全部密室殺人ってことは、なんやすごい密室トリックでもあるんと違うんかい」

「そう思うだろう？　それがそうでもない。**この二つの事件、そして18個の密室は、すべて当時の探偵によって解き明かされている。トリックに関して、不審な点は一個もない。全部が全部、使い古されたチープなトリックだったんだ。**

だからこそ――わからない。

〈マクベス〉に何が書かれているのか。なぜ実行されるたびに犠牲者の数もトリックも変わってしまうのか。ただ、犯人が日記に書き残したとある言葉だけが一人歩きしている。

〈マクベス〉を読むと――」

◆

「――〈マクベス〉を読むと、人を殺してみたくてたまらなくなる」

吹尾奈《ふいおな》の声が浴場に響き渡ると、しんと静まり返った。

ぴちょん、と蛇口から垂れた水滴が、桶《おけ》に張ったお湯に波紋を生む。

吹尾奈は浴槽の縁に腕を乗せながら、にやにやして少女たちを眺めた。

「まあ犯罪王の計画書に限らず、〈劇団〉の計画は多かれ少なかれそういう性質を持ってるらしいんだけどね。歴史上、一度も実行されないまま回収に成功した計画書は存在しない。ほら、新しいおもちゃを手に入れたら遊んでみたくなるでしょ？　そんな感じだよ」

「――とはいえ、〈マクベス〉の実行率は異常です」

髪をアップにした詩亜《しあ》が、湯船に足を浸しながら言った。

「明らかになっているだけで2回。未知の事件がまだ隠れている可能性を考えると、同一の計画書がこれほどまでに繰り返し使用される例は、他に類を見ません」

「普通はためらうからね。殺人の計画書なんて手に入れちゃってもさ。マフィアだのヤクザだのだったらともかく、〈マクベス〉の犯人は今のところ、どっちも善良な市民だし」

善良だった、か。吹尾奈は心の中で皮肉に微笑《ほほえ》む。本当に善良な市民だったとしたら、悪魔に魅入《みい》られてしまったことになる。犯罪王の計画書という悪魔に。

「大江団三郎も実際、試してみずにはいられなかったんだろうね。幸いお金があったから、こういうイベントとして昇華できたけどさ」

大江団三郎は〈劇団〉フリークとして界隈《かいわい》では有名だ。犯罪王の計画書についてもコレクションアイテムとして以前から探していたらしかった。それを黙って秘蔵しているだけで我慢できなかったのは、〈マクベス〉が持つ魔力の為《な》せる業《わざ》なのかもしれない。

「――ところで！」

ロナが空気を切り替えるように、明るく両手を叩《たた》いた。

「皆さんにわたくし、お聞きしたいことがあったのです」

「んー？　なになに？」

「皆さんの中に、未咲《みさき》さまとオツキアイされている方はいらっしゃいますか？」

一瞬の沈黙が、少女たちの間に漂った。

真っ先にリアクションを示したのは宇志内蜂花《うしないほうか》だ。

「うわ、それわたしも気になる！　とりあえずわたしは違うけど……詩亜《しあ》ちゃんは？」

「えっ……わ、私ですか？」

「最近仲良さそうに見えるんだよね～。特にこの間の最終入学試験が終わってからさ。寮も一緒なんでしょ？」

「いやいや、そういうのではありませんよ！　たまにその……暇つぶしに付き合っていただいたりはしてますが」

詩亜がたびたび不実崎《ふみさき》を部屋に連れ込んでゲームで遊んでいるのは、吹尾奈《ふいおな》も知っている。しかし詩亜はゲーマーなのを幻影寮《げんえいりょう》の面子《メンツ》以外には隠しているので、後ろめたそうな言い方が怪しい雰囲気を醸し出してしまっていた。

蜂花は後ろから詩亜の細い肩を掴《つか》み、

「怪し～！　暇つぶしって何～？」

「そ、それよりも万条《ばんじょう》先輩です！　いつの間に助手にしていたんですか？　昼間に言っていた、二人っきりでどうこうというのは……」

吹尾奈は思わせぶりに笑ってみせると、さらに思わせぶりに肩にお湯を被《かぶ》せる。

「言った通りだよ？　夜に助手クンの部屋に行って～……助手になってってお願いして～……もし助手になってくれたら代わりに――」

「代わりに……？」

興味津々の顔で見つめてくる1年生たちに、吹尾奈はクスッと微笑《ほほえ》みだけを返した。

「ここから先は、キミたちにはまだ早いかな？」

「え～！　気になる気になる～！」

蜂花に詰め寄られても、吹尾奈はひたすら意味深に微笑み続ける。吹尾奈としては別に不実崎が誰と付き合おうがどうでもいいのだが、面白いので関係ありげに振る舞っておこう。アタシのおっぱいを見ちゃったのが運の尽きだね、助手クン。

「それよりも、フィオとしてはメイドちゃんのことが気になるなあ」

あまり深く追求されると面倒くさいので、カイラに矛先を移す。

「寮でも話してることが多い気がするし、マッサージとかもよくしてない？　もしかしてすでにぃ～……」

「いえ」

褐色の少女は肩までお湯に浸《つ》かったまま、ピクリとも表情を変えずに言った。

「まだです」

……まだ？

あまりにも意味ありげな答えだったが、カイラがあまりにも動じていないので、誰も軽率に追求することができなかった。

「とりあえず……誰も未咲《みさき》さまとはオツキアイしていないのですね？」

少し安心したような表情で、ロナが言った。

「意外ですわ。あれだけステキな方ですから、すでにお相手がいらっしゃるものかと」

「いやいや」詩亜《しあ》が軽く笑いながら手を振る。「犯罪王の孫ですよ？　どんなに軽い人でもそうそう手を出したりは――というか、素敵な方って……」

「実は、そのう……お恥ずかしながら、ああいう一見悪ぶって見える方に憧れがあり……」

ロナは遠慮がちに顔をうつむけ、小さくはにかむ。

「日本的に言うと、そう――ストライクゾーンにぶっ刺さっているのですわ」

……いかにも温室育ちのお嬢様が言いそうなことだ。

吹尾奈《ふぃおな》は白けた気持ちで聞いていた。

リアクションを取る価値もないと、頬杖《ほおづえ》をついてそっぽを向いていると、すぐ隣でザバッと湯船の中から立ち上がった少女がいた。

カイラである。

彼女は褐色の肌から水滴を落としながら、湯船を出て、ぺたぺたと歩き、浴場の真ん中に立っているロナの元へと詰め寄っていく。

そして堂々と胸を張り、ロナの顔を睨《にら》み上げた。

二人の身長差は20センチほど。胸周りのボリュームに関しては比較にもならない。前に張り出したロナの胸が、カイラの顎に当たりそうだった。

それでも、一介の助手でありメイドに過ぎない少女は、堂々と異国の少女に相対《あいたい》する。

「人の男に、手を出さないでもらえますか」

まさしく、日本の侍の如《ごと》き潔さだった。

対するロナも、淑女らしい優雅さで受け答える。

「あら。やはりオツキアイを？」

「いずれは」

肌を刺すような緊張感が、浴場に広がっていく。

詩亜がひっそりと「えっ⁉　カイラってそうだったの⁉」と驚いているのも、対峙《たいじ》する二人の少女には聞こえていないようだった。

どっちも告白もしてないくせに、と吹尾奈は内心で笑っていた。取り合うならおっぱいぐらい見せてからにしてほしいものだ。

「でしたら、ドッシリと構えていてくださいまし」

悠然とした笑みを湛《たた》えて、ロナは言う。

「わたくしはどうせ、この数日しか一緒にいられないのですから――あなたの意中の殿方は、たった数日で口説《くど》き落とされてしまうような軽い男ですの？」

――未熟だね。

吹尾奈《ふぃおな》は心中で小さく呟《つぶや》いた。

「え……？　嘘《うそ》……？　ええー……？」

詩亜《しあ》が一人で顔を赤くしてワタワタしていたのが、吹尾奈には一番面白かった。

7　烙印《らくいん》を背負う者

「あー、はいはいわかった。『犯人は被害者の第二の人格だった。だから現場には誰も出入りしていなくて、かつ他殺である』」

「くぬあああーッ!!　寮の先輩から聞いたとっておきのネタやったのにいいーっ!!」

女子と入れ替わりで風呂に入った後、俺たち学生組はゲストハウスのリビングで、『レッドクリフ』と呼ばれているゲームに興じていた。

探偵学園で誰からともなく生まれたゲームで、親が何らかの不可能状況（密室殺人が多い）を提示し、子がそれを説明しうる可能性を提示していく。それに対して親は新しい情報を開示して反論していき、どこまで耐えることができるか、というものだ。あくまでゲームなので、どんなに荒唐無稽《こうとうむけい》な真相でも許されるのが特徴である。

名前は昔、ある生徒が提示した情報をメモするのに赤いペンを使ったところ、気づけばノートから溢《あふ》れて壁一面にまで広がっていた、というエピソードに由来するらしい。

ちなみに今のところ、フィオ先輩が大無双《むそう》中……。『実はこの密室は異世界にあり、犯人は水道を通り抜けたスライムだった』っていう真相でギブアップさせられた時には、さすがのエヴラールもへなへなとソファーの上で溶けていた。

「おおーい。そろそろ寝なよー」

天野《あまの》先生の引率の教師のような一声に「はあーい」と答え、ゲームはお開きになる。

それぞれが2階の客室に引っ込んでいく中、俺はロナにひっそりと話しかけられた。

「もう少しお話ししていきませんか？　まだ寝付けそうになくて……」

「なんで俺に？　誰か女子を捕まえればいいのに」

「皆さん、今日はもうオツカレのようなので……未咲《みさき》さまは海でも泳いでいらっしゃらなかったでしょう？」

確かに俺はまだ体力が有り余っている。それに部屋に戻ったところでどうせ一人だ。

俺は了承し、リビングから場所を移した。

2階の廊下を進んだ先にはちょっとしたバルコニーがあり、オーシャンビューを楽しむことができる。真っ黒な夜の海を眺めながら、ロナは潮風に揺れる髪を軽く手で押さえた。

「……ケイカイしてらっしゃいますか？」

少しからかうような笑みを湛《たた》えて、ロナは不意に言う。

心の中を見透かされたような気持ちになって、俺は頭を掻《か》くふりをして目を逸《そ》らした。

「出会ったばかりの女の子にこうもぐいぐい来られたら、多少はな」

「学生とはいえ探偵なのです。それが正しい態度ですわ。わたくしが詐欺師や宗教勧誘だったらタイヘンですもの」

クスクスと冗談めかして笑うロナ。俺も合わせて軽く笑う。

「ですけど、わたくしは本当に、アナタに興味があるだけなのですわ、未咲《みさき》さま。犯罪王という大きすぎる烙印《らくいん》を背負って生きている、アナタに」

「それは、好奇心か？　それとも……」

「共感……でしょうか」

寂しげに笑ったまま、ロナは黒い水平線を見やった。

「実はわたくしも、生まれながらに烙印を背負っています。我が故国・イギリスにとっては、あまりにも大きすぎる烙印を……」

「それは……」

「ジャック・ザ・リッパー」

俺が尋ねる前に、ロナは平坦《へいたん》な声音でその答えを告げた。

「日本でも有名でしょう。英国史上最大最悪の未解決事件――その犯人である殺人鬼。わたくしはその末裔《まつえい》ですわ」

あまりのビッグネームの登場に、俺は即座に頭がついていかなかった。ジャック・ザ・リッパー——確かシャーロック・ホームズが活躍したのと同じ年代の、十九世紀末に実在した殺人鬼。娼婦《しょうふ》を次々と殺し、警察にも犯行声明を送ったりとド派手に活動したが、ついぞその正体は掴《つか》めないままに終わった——

その末裔だって？　ロナが？

「ちょっと待った……。どうして君が子孫だってわかるんだ？　だってジャック・ザ・リッパーは正体不明で——」

「実は近年では、ＤＮＡを解析する技術の発達によって、何人かの容疑者が挙がっているのです。そのうちの一人が、わたくしの先祖にあたるのです——正直なところ、わたくし自身、ジャック・ザ・リッパーの本当の正体は知りません。しかし……おわかりでしょう？　容疑がある、というだけのことが、どれだけの呪いを生むのかを」

……知っている。犯人と容疑者の間には大いなる差があると頭ではわかっていても、多くの人間はその二つを完璧には切り分けられない。俺とじいさんを紐《ひも》づけて考えてしまう人間が、後を絶たなかったように……。

「ですから、犯罪王の孫が日本の探偵学園に入ったと聞いた時、わたくしは仲間を見つけたような気分になったのです」

「……そういえば、言ってたな。汚名を雪《すす》ぐために——って」

「はい。もしアナタが探偵を目指す理由が、わたくしと同じであれば——」

ロナは胸の前で、自分で自分の手をきゅうっと握ると、濡《ぬ》れた瞳で俺の目を見つめる。

「――初めてなんです。この苦しみを、分かち合える方は」

……俺も、ずっと一人きりだった。同じ境遇の妹こそいたものの、それは俺にとって守るべき対象で……一緒になって戦ってくれる人間なんて、一人もいはしなかった。

ロナは自嘲《じちょう》的に笑って、そうっと俺の服の袖に触れる。

「……ダメですか？　たった一人の仲間に好かれるために、必死になってしまうのは」

「…………、いや――」

その時だった。

てててっと後ろから軽い足音が聞こえたかと思うと、むにゅっと柔らかいものが背中にへばりついてきた。

「助手クン、見ーっけ！」

「ちょっ……フィオ先輩？」

「こんなところにいたぁ。そろそろ今日の報告会始めるよーん！」

報告会？　そんなのあるって言ってたっけ？

フィオ先輩は俺の首にぶら下がりながら、ロナのほうに顔を向けて言った。

「そういうワケだから。お開きにしてもらえる？」

「……、名残《なごり》惜しいですが、仕方がないですね」

ロナは諦めたように微笑《ほほえ》むと、バルコニーに背を向ける。

「それでは、不実崎《ふみさき》さん。おやすみなさい」

流し目で挨拶を置いて、ロナは廊下の奥に消えていった。

それを見届けると、先輩は俺の耳元で言う。

「ダメじゃん。あんな女と二人きりになっちゃさあ。食べられちゃうよ？」

「……昼から言いたかったんすけど、フィオ先輩、どっちかと言うとビッチなのは——」

「はむっ」

「んぬあーっ！　耳！　耳食べるな！　そういうとこっすよ！　そういうとこ！」

「失礼なこと言うからでしょ。このまじりっけなしの純潔乙女《おとめ》にさ」

「嘘《うそ》くせえ……」

自然すぎて嘘を見抜けない宇志内《うしない》とは反対に、この人は何もかも嘘臭すぎて嘘をついていてもわからない。シャーロック・ランクってのはこんなのばっかなのか？

「なんなら確かめてみる？　あ、もしかしてちゃんとできる自信がなかったりして……♪」

「あーはいはい！　報告会っすよね！」

いい加減後先考えるのやめてやろうか、このメスガキ。

8　盗聴器

『——……………………………………………………——』

9　影

報告会とやらは、俺の部屋で行われることになった。

ゲストハウスの客室は金庫みたいに暗証番号で施錠する形式になっている。それとは別に鍵穴がある辺り、あとから付け足したシステムのようだが、頭脳自慢の探偵を泊まらせるなら物理的な鍵を持たせるよりも効率的というわけだ。

俺が暗証番号を入力していると、フィオ先輩がひょいっと遠慮なく覗《のぞ》き込《こ》んでくる。

「うわ、生年月日じゃん。今時いるんだ、こんなセキュリティ意識ゼロの人間」

「8桁の番号を考えろなんていきなり言われてもこれしか思いつかないっすよ！」

とにかく中に入って内鍵を閉めると、フィオ先輩は俺のベッドに躊躇《ためら》いなく飛び込んだ。

ショートパンツの裾が緩かったせいで普通に見えた。たぶん青。

「それで？　報告って何かあるんすか？」

「えっとねー、やっぱり水着になるからみんなちゃんとしてたよ」

「何の報告だ！」

先輩は仰向《あおむ》けになって、これ見よがしに太ももを抱きかかえながら意味深に笑う。

「報告することがあるのはそっちでしょ？」

昼間から引き続き着ているぶかぶかパーカーの袖をふりふりと振って、先輩は言う。

「随分と気に入られてんじゃん。あのクソビッチにさあ」

「だからどっちかといえば――」

「あん？」

「はいすみません」

今、この先輩から初めて先輩らしい凄《すご》みを感じた気がする。ロナのことになると、本当にらしくなくなるな。

「報告も何も、大したことは話してないっすよ。ちょっとした身の上話って言うか……」

「身の上話ねえ……。具体的にはぁ？」

ロナの個人的な事情を話してしまってもいいのか、俺は少したためらった。

普段だったら話さない。俺だって自分のことをあまり言いふらしてほしくはない。

だけど……ずっと頭の端に、違和感が引っかかっている。

その正体が何なのか……俺は自分一人だけで、突き止められる自信がなかった。

この辺りが前にフィオ先輩に言われた、他人への執着の薄さの表れなんだろうな。

「はぁーやぁーくぅー！　具体的にぃー！」

両手足をバタバタやり始めたので、俺は観念して、さっきの話をかいつまんで話した。

話を聞き終えると、フィオ先輩はゴロゴロと寝返りを打ち、

「ジャック・ザ・リッパーねえ……」

「嘘《うそ》だと思うんすか？」

「さあ？　確かめようがないし。でもとりあえず、キミと仲良くなりたい理由としては妥当なところなんじゃない？」

確かにその点については、俺も納得させられてしまった。そういう事情であれば俺という人選はこの上ないと……。

「フィオは別にぃ、助手クンが誰に発情しようがどうでもいいけどさー」

「言い方」

「注意だけはしときなよー？　王女ちゃんにも隠せって言われてるんでしょ？　〈劇団〉の残党から――」

◆

『――昔の計画の話をいっぱい聞いちゃってるってことはさー』

一つの影が、盗聴器越しに聞こえてくる声に耳を澄ませていた。

影は微動だにしない。まるでそれ以外の機能をアンインストールしてしまったかのように、ただ情報を得るためだけの生き物となる……。

『わかってるすよ。昼間にも釘《くぎ》刺されましたし』

『心配だなぁ。助手クンがもうちょっと女の子に耐性があればいいんだけど』

『ないわけねーでしょうが！　あの女だらけの寮で暮らしてるんすよ！』

『本当かなぁ。……ちょっとこっち来て？』

『何すか？　……うわっ、ちょっ……！』

『ほらほら！　ちゃんと平静を保たないと！　……あんっ！　えへ、怒っちゃった……？』

たわいのない男女の睦《むつ》み合《あ》いすらも、影はひたすらに聞き取り続けていた……。

10　〈1313〉

フィオ先輩のこと、ロナのこと、そして〈マクベス〉のこと――様々なことを考えながら、俺は床についた。

そして……懐かしい夢を見た。

『初めまして、坊ちゃん』

あの人と初めて会った時の印象を、俺はあまりよく覚えていない。

何の変哲もない人だった――街で歩いていても、10人中10人が無視するだろう。それはそれで異常なことだということを、この時の俺には知る由《よし》がなかった。

どこかで見たような笑みを浮かべるあの人に、だから俺は、ピンとこなかったのだ。

目の前の人間が、世界中の探偵が血眼《ちまなこ》になって探している、大犯罪者だということに。

『なあ。じいちゃんの仲間ってことは、あんたもすげえ悪い奴《やつ》なのか？』

『ええ。逃げも隠れもする大悪党です』

あの人は穏やかに笑いながら、いつもそう名乗っていた。

『悪いこともたくさんしてきましたよ。もしかすると、坊ちゃんが想像する悪者とは違うかもしれませんが』

『殴ったり、壊したり、殺したり？』

『いいえ——むしろ逆かもしれませんね』

『？』

『守ったり、直したり、生かしたり——世の中には、それらのために悪者が必要になることもあるのです』

幼い俺には、あの人が言うことはほとんどよくわからなかった。

しかし言葉の一つ一つに、静かな芯が宿っている気がして、俺の耳には他のどんな大人《おとな》がいうことよりも確からしく聞こえた。

真実を。

きっと、心のどこかで求めていたのだろう——いい加減で、適当な世の中にうんざりしていて、本当のことを教えてくれる誰かを求めていたのだろう。

だから俺は、あの人のことを、親——いや、兄のように感じるようになっていった。

たとえ彼がお尋ね者の犯罪者でも、身分の不確かな怪しい人間でも、俺にとってはたった一人の、本当のことを教えてくれる大人だったのだ。

『坊ちゃん。あなたはあなたの境遇を誇らなければなりません』

俺がいじめられた悔しさに涙を流せば、あの人はそう言って涙を拭った。

『善と悪が相対化されてしまってすでに久しい。多様性の名のもとに、どんな行為も思想も個人の正義として定義され、絶対悪はこの世から絶えた。個人の正義など、集団心理の前では吹けば飛ぶような弱々しいものでしかないのにね』

哀れむように薄く笑いながら、あの人は続けた。

『個人の正義を真に確立するには、真の悪を知ることだ。坊ちゃん——あなたはその境遇に生まれたがために、幼くしてそれを知っているはずです』

何が悪いことなのか。俺は聞かれて初めて、それをはっきりと言葉にできた。

『——魂がこもってない言葉だ』

子供っぽい言葉で、それでも本気で、俺は俺が知っている悪を語った。

『ろくに自分の魂も懸けられずに、安全な場所から誰かを傷つけようとする卑怯《ひきょう》で軽々しい言葉だ。それ以上に悪いものなんて——この世にはない』

『ならば誇らなければ』

力強く微笑《ほほえ》んで、あの人は言った。

『あなたの正義を誇るのはあなたしかいない。それを教えてくれた境遇を誇るのもあなたしかいない。悪を滅ぼしたいと願うなら、あなたはあなたに誇りを持たなければ——』

——なんであの人は……あんなことを言ったんだろう。

じいさんの部下だったはずなのに、その孫である俺を仲間に引き込もうとせず……どうして逆に、探偵の道へと導くようなことを――

漂う思考をかき分けるように、意識が浮上していく。

ああ、なんだ……起きてしまうのか。

もう少しだけ、この懐かしさに、浸っていたかったのに――

俺はゆっくりと瞼《まぶた》を開ける。


闇の中で、見知らぬ人影が俺を見下ろしていた。


……また先輩か？

いや、フィオ先輩はもっとちっちゃい……。

……え……？

じゃあ、誰……？

俺の手首に、何か冷たくて細いものがそっと添えられた――

「――はい、そこまでー」

パチ、と電灯がついた。

闇が拭い去られ、影に色がついて、俺はやっと自分の手首に添えられたものに気がつく。

注射器。

一気に意識が覚醒し、全力で腕を引くと、俺のベッドの側《そば》に立っていたそいつの手から注射器がこぼれ落ちた。

床にはねて転がっていく注射器を、部屋の中にいたもう一人が屈《かが》んで拾い上げる。

「自白剤かな？」

注射器の先端から内部の薬液を軽く吹き出させながら、その人物――フィオ先輩は笑う。

「性急だね。何を焦ってるのかな？　あるいは何を怒ってるのかな？　どっちにしろ未熟だね――ねえ、ロナ・ゴールディちゃん？」

俺のベッドの側に立っているロナは、冷たい表情で先輩の顔を見据えていた。

フィオ先輩は煽《あお》るようなにやにや笑いを浮かべながら、

「お風呂場でのパフォーマンスはやりすぎだったね。助手クンに近づくための建前作りだったんだろうけど、優越感が隠しきれてなかったよ。それだけ自分のスキルに誇りを持ってるってことかな？　さっすがハニートラップの専門家」

ハニートラップ……？　専門家……？

「助手クン」

状況についていけていない俺を見かねてか、フィオ先輩はロナを指差して言う。

「そいつはね、キミの服に盗聴器を仕掛けるためにキミに話しかけたんだよ。お風呂に入った後に仕掛けないと意味がないからね――ジャック・ザ・リッパーの末裔《まつえい》だとか、そんなのキミを油断させるためのただの設定。真《ま》っ赤《か》な嘘《うそ》。目的はね、キミが知っているはずの〈劇団〉の情報なんだよ」

盗聴器だって……？　俺の情報が目的？　ただの探偵学園生が？　ロナは一体――

「ねえ？」

警戒の眼差《まなざ》しで見据え続けるロナに、先輩は真実を突きつける。

「イギリス秘密情報部――通称ＭＩ６のエージェント、コードネーム〈１３１３《ダブルサーティーン》〉ちゃん？」

……ＭＩ６……⁉　あの世界一有名な諜報《ちょうほう》組織の⁉

ロナの表情は微動だにしなかった。しかし先輩はそれを見て、ますます優勢を噛《か》み締《し》めるような笑みを深める。

「いいリアクションだね。誤魔化《ごまか》しはきかないと見てこれ以上の情報を取らせない無表情。『なんでそれを⁉』とか言っちゃわなくて偉い偉い♪」

「……お風呂の後、未咲《みさき》さまと報告会をすると言ってきたのは……」

「盗聴器をつけさせるため♪」

「聞かれていると知りながら、部屋の暗証番号や、未咲さまの知識の話をしたのは……」

「もちろんアンタを釣り出すため。ついでにイチャイチャしてみたけどどうだった？」

あれはロナに聞かせるためだったのかよ！　妙に猫撫《ねこな》で声《ごえ》を出すと思ったら……！

「……はあ」

溜《た》め息《いき》をついた後、ロナの顔に浮かんだのは、今までの親しみやすい少女のそれとはまるで違う、酷薄な悪女の笑みだった。

「さすが、と申しておきましょうか、おチビさん？　仮初《かりそめ》といえども、『シャーロック』

の名を冠するだけはありますわ」

その口ぶりに、外国人らしいたどたどしさはすでになかった。

わざとだったのだ。たどたどしい日本語を使う外国人は、それだけで日本人からは可愛《かわい》らしく見える。それを狙って、わざとカタコトで……！

「ちなみに、お聞きしてもよろしいかしら？　どうやってわたくしの正体を推理なされたの？」

「は？」

「推理ぃ？　するわけないじゃん、そんな面倒なこと」

ロナと同様に、俺も先輩の発言に虚を衝《つ》かれた。

名探偵ならぬ裁判屋、探偵学園のアウトローたる万条吹尾奈《ばんじようふいおな》は、優越感を満面に広げてスパイに告げる。

「アタシさあ、習慣なんだよね。初対面の人間にとりあえず盗聴器つけるの」

ロナは口を少し開けたまま凍りつく。

俺もまた、心当たりに思い当たって背筋が冷えた。前の選別裁判《セレクト》で、先輩は俺とエヴラールの会話を盗聴していた——一体どうやったのかと思っていたが、もしかして、初めて会ったその時から……！

「聞いちゃった♥　あんたと上司の会話♪　ＭＩ６は前々から〈マクベス〉を追いかけてたんだってね？」

ロナは素早く自分の手首を触る。思い返してみれば、先輩がロナに触れたのは一度だけ——握手を求めた手を払った時だけだ。盗聴器を仕掛けたとすればあの時しかない。

いや待て。ロナはすでに入浴を済ませている。手首に仕掛けたのだとしたらすでに流されてしまっていなくてはおかしい。だったらどこに——

「どこかなあ？　手かな？　首かな？　髪かな？　それとも——」

自分の身体《からだ》にあちこち触れたロナは、はっと一瞬身体を硬直させて、恐る恐るの手つきでゆっくりと、自分の指を——口の中に差し入れた。

嘘《うそ》だろ？　でも確かにそこは入浴では洗わない。歯に引っかかっていたりしたら、相手が歯を磨くその瞬間までは——

口の中に突っ込まれたロナの指が震えながら抜き出される。

その指には、黒い、ゴミのようなものが、挟まれていた。

「せいかーい♥　最近の盗聴器はすごいよね？　見えないくらい小型化されてるし、そのくらいだと触らなくてもプッと——いや、ビッと飛ばしちゃえばいい。例えば悪口を言うついでにね？」

クソビッチ、と。

開口一番の罵倒を、俺は思い出す。

バ行は破裂音だ。『ビ』の瞬間に、吹き矢のように吐き出して飛ばしたのだとすれば——

ロナは超小型の盗聴器をプチッと潰して、フィオ先輩を睨《にら》みつけた。

「どうかしているんですか？　見ず知らずの人間に盗聴器をつけるなんて――」

「スパイの言うことだとは思えないなあ。それにシャーロック・ランクの中ではこのくらい、可愛《かわい》いもんなんだけどね」

……これが、真理峰探偵学園《まりみねたんていがくえん》の頂点。

すごい、とは思えない。

どちらかといえば――怖い。

探偵とは、まともな神経をしている人間では務まらない職業なのだと、突きつけられているかのようだった。

「どうせ録音データはとってあるのでしょう――何がお望みですか？」

「べっつに？　なんとなく気に入らないからいじめてやろうと思っただけだし。そうだなあ、強いて言うなら――」

にっこりとした笑顔で、フィオ先輩は続けた。

「さっさと消えろ、クソビッチ。助手クンはアタシのだ」

ざわりと背筋が粟立《あわだ》つ。この先輩が怒りをむき出しにしているのを、俺は初めて見た。

ロナはしばらく沈黙した後、フッと降参するように小さく笑みを浮かべる。

「この場は負けを認めましょう。……しかし不実崎《ふみさき》さん？　ゆめゆめご承知おきください」

その瞬間、ロナの目が俺を睨《にら》んで鈍く光った気がした。

「たかが正体がバレた程度で、わたくしのハニートラップは――」

「いいから消えろっ！」

先輩がロナの太ももに蹴りを入れた。ロナは微動だにせずにそれを受け止めながら、

「はいはい、わかりましたって」と、大人《おとな》しく俺の部屋を出ていった。

ちょっと締まらない幕切れだったが、先輩の手にある注射器の存在は変わらない。俺はもう少しで、あの薬で……。

ロナが消えた扉を憤然と睨んでいる先輩に、俺はようやく口を開く。

「あの……先輩。助かりました。……でも、なんでそんなに怒ってるんすか？」

「なんでだろうねぇ」先輩は溜《た》め息《いき》をついて、「……同族の匂いがするのかな」

同族？　先輩とロナが？　……ハニートラップ仲間か？

はーあ、ともう一度深い溜め息をついて、フィオ先輩は欠伸《あくび》をしながら、俺のいるベッドに飛び込んできた。

「疲れたから今日はもう寝ちゃうね。おやすみー……」

「は？　なんっ、ちょっ……！」

俺が戸惑っているうちに、先輩は穏やかな寝息を立て始めた。しかも抱き枕みたいに俺の腕を抱きしめているおまけ付きだ。

助けられたのは確かだが、果たしてこの先輩の保護下にいるのはいいことなのかどうか、未熟な俺には判断が付かなかった。

推定〈マクベス〉第3号——カナダ

うまくいくはずだった。うまくいったはずだったんだ。

司祭様が部屋に隠し持っていたあの計画書を見つけた時、人生を変えられると思った——この場末の教会で終わるはずだった俺の人生を、一気に良《い》い方向に変えられるって、そういう神様の思《おぼ》し召《め》しだったはずなんだ。

それがなんで……なんでこんなことに……。

「——……おい。見つかったか？」

「いや。だが痕跡はある。探せ。どこかに隠れてる」

強面《こわもて》の男たちが慌ただしく駆け去っていく。今は見つからなかった。だけど次は？　その次は？　いつまでここに隠れていられる？

万事うまくいったはずだった。

あの計画書をすぐにどこかに持ち込んだところで偽物だと思われるに決まってる。だからデモンストレーションが必要だった。世界のどこかにいるはずの、本物の計画書を知っている誰かに向けて、メッセージを送る必要があった。

それはうまくいったはずだった。うまくいったはずだったんだ……。

計画書を託した男とも、すでに連絡が途絶えた。

俺たちは甘く見ていたんだ。犯罪王の計画書が持つ魔力を……。あれは俺みたいな、何でもない男が扱いきれるものじゃなかった。それを知らずに欲をかいたから、社会の裏に潜む魔物たちを引き寄せてしまった……。

誰か。

自業自得と知っている。

因果応報と知っている。

それでも、誰か――もし神が慈悲を示してくれるのなら、誰か。

助けてくれ。

俺をこの、狭苦しいクローゼットの中から、自由にしてくれ――

「――おい。このクローゼットは調べたか？」

「いや……そういえば、まだだ」

「銃を構えろ。開けるぞ――」

極秘

推定〈マクベス〉第3号・調査報告

発生国 カナダ　環境類型 列車型　被害者数 12人

事件推移

カナダ・大陸横断鉄道の寝台列車で、旅行者が次々と殺害された。犯行のすべてが密室と判断できる状況で行われたこと、地元マフィアや〈劇団〉の残党が動きを見せたことから〈マクベス〉と判定。犯人と計画書の確保に動いたが、犯人と思われる男たちは殺害され、計画書も発見できなかった。

12回に及ぶ犯行はごく短時間のうちに行われ、そのすべてにおいて密室トリックが使用されている。ただし第2号までとは異なり、同種のトリックの連続使用が認められる。また、発見された死体の一部には、犯人によるものと思しき意図不明の工作が認められた。

他に付記すべきこととして、12人の被害者全員の銀行口座に、何者かからの送金が確認された。詳細は現在調査中。

容疑者は3人。ただし3人のうち2人は、犯行現場となった寝台列車には乗っていなかった。唯一列車に乗っていた容疑者は降車直後に殺害される。おそらくこの男が実行犯で、残り2人が計画者と思われる。

被害者、及び容疑者リスト

イアン・マクドナルド(Ian MacDonald)
リサ・ジョンソン(Lisa Johnson)
エマ・スミス(Emma Smith)
ブライアン・コナー(Brian Connor)
リアム・テイラー(Liam Taylor)
エレノア・キング(Eleanor King)——死体の左肩が不自然に下げられている
イングリッド・ヨハンソン(Ingrid Johansson)
マイケル・ブラウン(Michael Brown)
アンドレア・ロッシ(Andrea Rossi)——死体の右肩が不自然に下げられている
オリビア・クラーク(Olivia Clark)
トーマス・ミュラー(Thomas Müller)
アリアナ・ウォーカー(Ariana Walker)

リュウ・サイトウ(Ryuu Saitou)——降車後、駅を出たところで殺害
ダニエル・フレイザー(Daniel Fraser)——マフィアに拉致され殺害
ティモシー・ウィリアムズ(Timothy Williams)——マフィアに拉致され殺害

第二章　探偵が顔を合わせてさてと言い

1　使命

『――失態だな』

通信機越しに静かに響いたマスターの厳しい声に、私は小さくうつむいた。

マスターはＭＩ６の中でも最高位の称号――ダブルオー・ナンバーを与えられた超一流のスパイだ。任務中の殺人すら超法規的に認められていて、彼女のハニートラップによって世界大戦が防がれたという伝説もある。

コードネーム〈００１３〉《ダブルオーサーティーン》。

私の師匠にして、育ての親だった。

「……申し訳ありません。日本の探偵にいいように踊らされてしまい――」

『まだ挽回《ばんかい》はできる』

私の自嘲《じちょう》を遮るように、マスターは淡白な声で告げた。

『教えただろう？　〈１３１３〉《ダブルサーティーン》。お前の真骨頂は、むしろ正体を知られた後にこそある』

「……はい」

『秘密は恋を甘く彩る。不実崎未咲《ふみさきみさき》に「初めて」を教えてやれ。お前の純潔でな』

「イエス、マスター」

そう――それが私のやり方。

私に叩《たた》き込まれた技術はハニートラップ。けれど私は、ただの一度も男性に身体《からだ》を許したことはない。唇さえも新品出荷状態。それこそ私の、スパイとしての、そして探偵としての武器なのだ。

男は女の『初めて』になりたがる。

それは本能に刻みつけられた習性。抗《あらが》いようのない原初の欲求。私の純潔に溶かされて、男は自然と心の防壁を解く。

〈純潔探偵〉――それが私の戦い方。

本番はこれからだ。

何せ、ターゲットに正体を知られたのは――初めて、なのだから。

「引き続き、不実崎未咲と〈マクベス〉の調査を続けます」

『了解。……生き急ぐなよ』

マスターの忠告に私は小さく答え、通信を切る。

急いでいるつもりはない。

これが私にとって、適切な人生の速度。

だけどマスターの言わんとすることもわかった。この任務は、私の個人的な事情に関係がありすぎる。マスターも最初は、私をこの島に送ることに強く反対していたくらいだ。

犯罪王の計画書──〈マクベス〉。

それは、私の故郷を、家族を、過去を──滅ぼした。

不実崎未咲さん。たとえあなたがどれだけ善良な人でも、あなたは、私にとって──

いや、私怨は捨てろ。

私には使命がある。たった一人生き残った私には。忘却の彼方《かなた》に霞《かす》んだ家族が、友人が、ずっと私に囁《ささや》きかけている。お前は生き残ったのだから使命を果たせ、と。もう二度と自分たちのような人間を生み出すな、と。

私は彼らの命を背負っている。

「彼らは私の中に、生きている──」

「やあ」

声をかけられて、初めて気がついた。

部屋に盗聴器が仕掛けられていることを警戒して、私は誰もいない1階の廊下でマスターと通信していた。その真っ暗な廊下の真ん中に──

少年が。

「……誰……？」

こんな人物はこのゲストハウスには——いや、この島にはいなかったはず。明らかに不審人物。なのに——なんでだろう。私……この男の子を、どこかで見たような気が……。

「自由になる時が来たんだよ。君も覚えているんだろう？」

「……え……？」

謎めいた言葉を投げかけられて、戸惑って、瞬《まばた》きをして。

その時には、少年は消えていた。

無人の、真っ暗な廊下があるだけ……。確かにそこにいたはずの少年が、まるで夢だったかのように……。

……疲れている、のかな……？

でも——

——自由になる時が来たんだよ

「………自由………？」

2 第一場

「えへ。おはよ♥」

朝日で目を覚ますと、隣で裸パーカーのフィオ先輩が微笑《ほほえ》んでいた。

「よく寝てたね♪　昨夜《ゆうべ》はあんなに元気だったのに……♥」

俺は寝起きのぼーっとした頭で、先輩の意味深な笑顔やパーカーの下の素肌を観察して、

「……身に覚えがないんすけど……」

「だったらなんでフィオは裸なの？」

「……自分で脱いだんでしょ……」

ぼやっとした声でそう言うと、先輩は「ぬひ♥」と気色悪い笑い方をした。

「論破されちゃったぁ……♥」

あー……そういえばこういう人だったっけ。

それにしても、フィオ先輩の身体《からだ》は温《ぬく》いなぁ……。冬に欲しくなりそうだ……。

それを知ってか知らずか、先輩はもぞもぞとさらに近寄り、俺の肩に手を添えながら、

「（あのクソビッチの対策だけどぉ、あんまり意識しすぎないようにね？　意識すればするほど向こうの思《おも》う壺《つぼ》だろうからさぁ）」

こそこそと耳に流し込まれる声に、少しだけ意識がはっきりした。

「（まあ？　助手クンも男の子だから？　エッチな気持ちになっちゃうのはしょうがないけど～……あ、そうだっ）」

にたあ、とどこか嫌な予感がする笑みを広げて、フィオ先輩は言う。

「（常にスッキリさせておいたら、ハニトラされる余地もないよね？）」

わきわき、と先輩は、顔の横で手の指をいやらしく動かした。

「(さてと。そうと決まったら早速――)」

「ちょっ……ストップストップストップ！」

「お、やっと起きた」

ようやく起床した俺は、先輩をベッドから蹴り落として服を着させると、次は自分が着替えるために、先輩を追い出すことにする。別に着替えくらい見られたって減るもんじゃないが、この人に限っては身の危険を感じる。

「つれないなぁ。少しくらいサービスしたって良くない？　キミのホームズにさ」

「ホームズとワトソンはそういう関係じゃねえ」

たぶん。

「じゃ、また後でね～」と手を振って自分の部屋に帰っていく先輩を見届け、大きく溜《た》め息《いき》をついた。ったく、朝っぱらからカロリーが――

「…………………」

「…………………」

目が合った。

誰とって？

驚愕《きょうがく》の表情を真《ま》っ赤《か》に染めている、エヴラールと。

……えーと。

今の状況を探偵らしく客観的かつ論理的に整理すると……寝癖をつけたフィオ先輩が俺

の部屋から朝帰りしていくところを見られた、ということでよろしいか？

すでにきっちりと身支度を整えているエヴラールは、右を見て左を見て廊下に人気《ひとけ》がないことを確認すると、赤い顔のままズンズンと詰め寄ってきて、人目をはばかるような音量でまくしたてる。

「（ねえ、あなたってもしかしてモテるの？　寮で肩身が狭くなっちゃうんだけど！）」

「（知らねーよ俺だって！　何考えてるかわかんねえ奴《やつ》しか周りにいねえんだから！）」

それで言うと、一番わかりやすいのはこいつなのだった。それでいいのか、探偵王女。


部屋の前でごちゃごちゃやっていると、**竜胆《りんどう》さんが呼びにやってきた。ご苦労にも、朝から全部の客室を回っているらしい。**そして彼女にこう伝えられた。

招待された6人の探偵とその助手は、天照館《てんしょうかん》1階の食堂に集合すること——

ついに本格的に、イベントが始まるのか。

前回と同じく、帯同できる助手は各1名まで。6人の探偵に俺とカイラを合わせた8人の人間が、食堂に集結した。

食堂は変わった造りだった。天井が丸ごとガラス張りになっているのだ。そのおかげで朝の日差しが縦長のテーブルや毛の長いカーペットに燦々《さんさん》と降り注いでいて——あーそうか、館の名前に由来しているのか。

「おはようございます、未咲《みさき》さま」

昨夜ぶりに顔を合わせたロナは、意外にも昨日と変わらない態度で接してきた。

違いといえば、あのたどたどしい発音がなくなったことくらい——どう出てくるかと警戒していたが、これは逆に不気味だ。

先輩の言う通り、意識しないほうがいいんだろうな……。っても、難しいよな、意識しないって。何せこいつの場合、昨日も感じていた違和感が健在なのだ。

嘘《うそ》の匂いがしなさすぎる。

ロナがスパイだということを知って、違和感の正体がはっきりした。宇志内《うしない》は嘘が自然すぎて気づけない。フィオ先輩は嘘臭すぎてわからない。そしてロナは、先輩とは真逆——嘘の匂いがしなさすぎて不自然なのだ。

たぶん俺くらい敏感じゃないと気付けないくらいの差異。仮に気づけたとしても見逃してしまう程度の問題。スパイとして訓練されているからこそ、彼女の嘘は逸脱している。

嘘をつかない人間なんて、本来この世にいないんだから。

俺たちが縦長のテーブルにそれぞれ着席すると、でっぷりと太った大江団三郎《おおえだんざぶろう》が、1日ぶりに姿を現した。彼はテーブルのお誕生日席の先、大きなタペストリーがかけられた壁の手前に立つと、俺たちを見回して口を開く。

「皆さん。旅の疲れは癒《いや》せましたでしょうか。本日からはイベントの一環として、食事はこの食堂でとっていただきます。——ですが、その前に」

大江団三郎が両手を叩《たた》くと、メイドの竜胆《りんどう》さんが何やら布がかけられたワゴンのようなものを手で押して入ってきた。

竜胆さんはワゴンを大江の手前で止めると、静かに食堂の入り口へと下がる。布がかけられていて見えないが、ワゴンには何か、箱のようなものが乗せられているように見えた。

「皆さん」

大江がワゴンにかかった布を掴《つか》む。

「これが、犯罪王の計画書――〈マクベス〉です」

布が勢いよく取り払われた。

ワゴンの上には、博物館や宝石店で見るような、アクリルか何かの透明な箱があった。

その中に――古びた紙の束が安置されている。

今にも崩れ落ちそうなほどボロボロだった。端は擦《す》り切《き》れ、所々破れてもいる。それらの一つ一つが、この紙束がたどってきた数奇な歴史を物語っているかのようだった。

一番上の表紙には、かすれたインクでこう記されているのが、かろうじて読み取れる。

『計画書――マクベス』。

俺は知らず息をのむ。俺の血が繋《つな》がったじいさん――犯罪王・不実崎未全《ふみさきみぜん》。その痕跡をこんなに直接前にしたのは、初めてのことだった。

探偵たちはそれぞれの態度で、その古い紙の束に相対《あいたい》する。興味深そうに身を乗り出したのは天野《あまの》先生だけで、それ以外は落ち着き払って自分の椅子に腰を据えている。しかし、視線を向けないものはいなかった。今この時代を作り上げた男が残した単なる紙の束から、探偵たちは誰も目を逸《そ》らすことができなかった。

「入手経路はご説明できませんが、本物です。このほんのわずかな紙の束には、彼《か》の犯罪王・不実崎未全《ふみさきみぜん》によって、とある計画が書き記してあります」

計画書を守る透明な箱を、大富豪は愛《いと》おしげに撫《な》でながら、語り続ける。

「これより、その計画に従って、この館で事件が起こります。皆さんにはどうか、その事件の謎を解いていただきたい。そしてこの計画書に何が書かれているのか、その内容を推理していただきたいのです」

「その二つは違うのか？」

屋内でも黒いマントを羽織った男・月読明来《つくよみあきら》が腕組みしながら放った質問に、大江団三郎《おおえだんざぶろう》は意味深に微笑《ほほえ》んだ。

「それも含めて、お考えください」

その二つ……？

――そうか。今、大江団三郎は、『事件の謎』と『計画書の内容』を別々の問題として提示した。それはその二つがイコールでは結ばれないことを意味している……。

犯罪計画書なのに、事件の謎とは別？

大江団三郎はあえてそれを匂わせたのか――あるいは、単なるミスリードなのか……。

「それでは、そろそろ朝食を――」

『――きれいは汚い。汚いはきれい――』

『暗黒の時代に跋扈《ばっこ》する、悪徳が服を着た探偵たちよ。お前たちの罪を知るが良《い》い。３人の魔女が、お前たちの罰を予言するだろう』

「「「!?」」」

突然、どこからともなく不気味な合成音声が流れてきて、俺たちは天井を見上げた。

月読明来がつまらなそうに鼻を鳴らす。フィオ先輩も隣の席で、「『そして誰もいなくなった』の猿真似《さるまね》だね」と小さく呟《つぶや》く。

ただ一人。

大江団三郎だけが、戸惑いと驚愕《きょうがく》と怒りを満面に浮かべていた。

「なんだこの放送は……！　おい！　こんなのは予定に――」

その刹那《せつな》だった。

透明な箱の中が――燃え上がる。

古びた紙の束が、瞬《また》く間《ま》に紅蓮《ぐれん》の炎《ほのお》に取って代わられる。

燃えて――いる。

犯罪王の計画書〈マクベス〉が――燃えている……！

「なっ……なんだこれは！」

大江団三郎が目をむいて、竜胆《りんどう》さんにがなり立てる。

「早くケースを開けろ！　鍵を！」

竜胆《りんどう》さんが慌てた表情で動き出そうとした、その時に——

始まったのだ。

大江団三郎《おおえだんざぶろう》の左胸から、刃物の先端が生えた。

「……んが……ま……！」

大江の目が愕然《がくぜん》と見開かれて、自分の胸を見下ろす。

生え伸びた刃先を中心として、白いシャツに赤い模様がじわりと広がっていく。

がくりと、大江の膝が折れた。

ばたりと、力なく倒れ伏した。

その背中には、小刀のようなものが深々と、命を抉《えぐ》るように突き刺さっていた……。

——この瞬間まで。

俺はその光景を、舞台の芝居を見るような感覚で眺めていた。

こういう演出なのだろうと。

こういう脚本なのだろうと。

だから、濃密に立ち込めてくる鉄臭い匂いも、きっと偽物なのだろうと——

——黒いマントが宙に翻る、この瞬間まで。

月読明来《つくよみあきら》が舞うように飛び上がり、その勢いのままに突進していく。

目指しているのは、倒れ伏した大江団三郎――ではない。

その背後の、大きなタペストリーがかけられた壁だった。

重力を乗せた跳び蹴りが、タペストリーの真ん中を貫く。

しかし当然ながら、その裏にある硬い壁に弾《はじ》かれるのみだった。

「チッ」

舌打ちしながらカーペットに着地する月読明来。突然の奇行に、俺は目を瞬《しばた》いた。

「な、なんだ……!?」

「目を覚ませ、グズが」

血しぶきで濡《ぬ》れ、大きな穴が開いたタペストリーを睨《にら》みながら、月読は言った。

「横から近づいてきた人間はいない。上も手前も視界は開けてる。だったら後ろ――ここしかないだろうが」

「蹴ったところ、傷一つ付いてませんね」

月読に言われたことを俺が咀嚼《そしゃく》する前に、いつの間にか移動していたエヴラールがタペストリーをめくり、裏の壁を観察していた。

「やはり偽物ですか」

「妙なものも投影されていますものね」

ロナもその側《そば》に寄り、一緒になってタペストリー裏の壁を覗《のぞ》き込《こ》む。

そこには、まるで掛け軸のように、赤いインクでこんな文章が記されていた。

『天照《あまてらす》　従僕どもは　通り去り』

あれは――島に上陸した時に見た、唱え歌の一節……。

タペストリーの裏に隠されていたのか？　いや――今、ロナはなんて言った？　『投影』と言っていなかったか？

「やれやれ。割に合わないわね」

医療探偵の門刈《かどかり》千草《ちぐさ》が大江《おおえ》の側《そば》にしゃがみ込み、その首筋に手を添えて溜《た》め息《いき》をつく。

さらに腕時計を見て、淡々と告げた。

「10時8分」

探偵たちがあまりにも平常運転だから、実感が伴わなかった。

だけどその仕草を見て、俺にもようやく、状況がわかりかけてくる。

悲鳴もなく。

こんなにもぬるりと、始まってしまうのか。

この血の匂いは、まさか――

「ついていけてないみたいだから、キミの優し～いホームズが解説してあげちゃおう！」

フィオ先輩がぴょこんと俺の前に現れ、場違いに明るい調子で言う。

「**犯人が被害者に近づけるルートは被害者の背後にしかない。**だから厨二病《ちゅうにびょう》おじさんはあの壁に向かって、とりあえず蹴り入れたわけ。あそこに隠し通路があると見込んでね」

大江の胸から刃先が飛び出した時、彼に近づいた人間はいなかった——ありえるとすれば、それは彼の恰幅《かっぷく》のいい身体《からだ》で死角となる、その背後だけ。

「続いて、王女ちゃんはその蹴りの跡が壁につかないのに注目した。**これはあの壁の見た目が本物でないことを意味してるの。隠し通路をホログラムで覆い隠すことぐらい簡単**でしょ？」

そう——この島には至る所にＨＡＬＯシステムが仕込まれてるからね。

だから『投影』と言ったのか。

あの赤いインクの描き文字も、ホログラムに過ぎないから。

「最後に、あそこで倒れてる太っちょのおじいさんはガチで死んでます」

倒れ伏した大江団三郎《だんざぶろう》を指差して、つまり、と先輩は解説を締めくくる。

「これはイベントじゃなくて、本物の殺人事件になっちゃったってことだね。ぱちぱちー」

3　幻想推理結界

本物の、殺人事件——

この期《ご》に及《およ》んで、俺は実感が持てないでいた。今度は、目の前で起こったのに——模擬事件ではないのに。視線の先に倒れ伏した死体が、偽物でも演技でもない現実であるということを、心の底から信じることができなかった。

門刈千草に続いて次々と、探偵たちが大江の脈や瞳孔などを確認していく。その様子があまりにも機械的で、流れ作業で、何の感情も伴っていなかったから……また前のように狂言なんじゃないか、という期待を、心のどこかでしてしまっていた。

「確認しなくていいの、助手クン？」

フィオ先輩がツンツンと俺の脇腹をつついて言う。

「また騙《だま》されるかもしれないよ――また偽物かもしれないよ？」

「……わかってます」

先輩に軽く背中を押し出され、俺は遠慮がちに、倒れた大江《おおえ》の側《そば》にしゃがみ込む。

以前に見た偽物の死体よりも、それは死んでいるようには見えなかった。まだ血色も良く、温《ぬく》もりすら感じる――だけど背中に突き立った短剣は、確かにぐっさりと、大江の太った身体《からだ》に抉《えぐ》り込んでいた。

恐る恐る、その首筋に触れる。脂肪に埋もれた首筋に脈拍を探したが、どれだけ指に力を込めても見つからなかった。ならばと手首にも触れてみるが結果は同じ。太った人間は脈に触れにくいとは言うが、それにしてもこれは……。

続いてうつむけになった顔を少し傾けて、瞼《まぶた》を開けさせる。まるで人形にはめ込まれたガラス玉のように、その瞳は微動だにすることがない。

こうしている間にも、大江の身体からどんどん温もりが失われているように感じられた。命の残り香が消えていく――人間が死体に変わっていく。それを目《ま》の当《あ》たりにしているかのようで、ぞわぞわと感じたことのないざわめきが背筋を走った。

これが、死。

これが、殺人。

あの人からあんなにもたくさんの事件を聞かされたのに、俺はそれがどういうものなのかを今まで理解していなかった。大江とは直接話したこともない。どういう人間なのかも知らず、接点のある人間でもない。だからショックはなかった。ただ——怖いと思った。

人間は……こんなにも簡単に終わってしまうのだ。

その事実と向き合うということを、俺は今まで、理解していなかったのだ……。

「不実崎《ふみさき》さん、この短剣、どう思います？」

エヴラールが俺の側にしゃがみ込んで、出し抜けに言った。

「背中から見ると、右から左にちょっと角度がついてますよね。これは右利きの人間が左側にある心臓を狙ったからこうなってると思うんですけど——って、不実崎さん？」

いつまでも相槌《あいづち》すら打てない俺を、エヴラールは不思議そうな顔で見る。

「どうしたんですか？　気分でも……？」

「いや……いや、大丈夫だ……」

「……あ」

俺の声を聞いて、エヴラールは表情を気遣わしげなものに変えた。

「……すみません。本物の殺人事件に関わるのは初めてでしたよね。学園ではプロと遜色のない推理をなされていたので、思わず同業者と同じ接し方を……」

やめてくれ。

この前まで、一緒に肩を並べて、選別裁判《セレクト》を戦っていたのに。

そんな、まるで――事件に巻き込まれただけの、一般市民みたいに。

「ゆっくり気を落ち着けてください。無理は禁物ですよ」

そう言って、エヴラールは立ち上がり、ロナや門刈《かどかり》のほうに歩いていく。

……ちくしょう。

俺は、何のためにここにいる？　何のために……。

「……困りましたねぇ」

俺たちが簡単な検死をしている間に、天野《あまの》先生はドローンに触って首を傾《かし》げていた。

「聞いてください、皆さん。この神視点ドローンなのですが、どうやら外部からでは電源が切れない仕様になっているようです」

……！　忘れてた……！

この光景はネットを通じてリアルタイムで配信されているんだった……！

「この状況を全世界に配信することはあまり健全だとは思えません。物理的に破壊しようと思うのですが、いかがですか？」

『――警告、警告』

天野先生の言葉に応えるように、合成音声のアナウンスが天井から響き渡った。

『神視点ドローンを物理的に破壊したり、長時間閉じ込めたり、レンズを塞いだりすることは禁止されています。もしこの禁止事項に触れた場合、地下に埋められた爆弾が起爆し、この島の全域に致命的な被害が及びます』

爆弾……⁉

探偵たちに緊張が走る。

「……おかしいですね」

エヴラールがそっと眉根に皺《しわ》を寄せながら言った。

「**〈マクベス〉は物理的・情報的に閉鎖された環境でしか実行してはいけない**はず……。今現在、その条件は両方とも成立していません」

「それを言ったら、大江団三郎《おおえだんざぶろう》のイベント自体が成立していない」

月読明来《つくよみあきら》がくだらなげな調子で言い、

「この犯人がどういうつもりかは知らないが、まずはこの奥にあるだろう隠し通路を調べることだ。――おいドローン。ＨＡＬＯシステムのスイッチを切れ」

『できません』

冷たい合成音声が返答した。

『設定された不明案件を解明してください』

「何？　……不明案件とは何だ？　すべて具体的に言え」

『不明案件１・大江団三郎を殺害したのは誰か？

不明案件２・大江団三郎を殺害した方法はどのようなものか？』

その二つに答えることで、ＨＡＬＯシステムによるホログラムを消し、食堂の壁にある隠し通路を開くことができるということか。

現状では、隠し通路があると思われるタペストリー裏の壁には、血文字のような赤いインクの文章が投影されているだけで、それ以外に目につく部分は何もない。たぶん触っても同じだろう。本来の壁を目視できなければ絶対に開けない通路なのだと思われる。でなければホログラムで隠す意味がない。

「……まあいい。正規の方法で開けないのならば、強引に開ければいいだけの話だ。警察の連中を呼べばそのくらいの準備はしてくるだろう」

確かにそうだ。これが謎解きイベントではなく本物の殺人事件になったのならば、警察を呼ばない理由はない。さっきエヴラールが言った通り、この島は別に、嵐だの吹雪《ふぶき》だので閉鎖されているわけではないんだから——

『——**実はこの島は、絶えず激しい気流と海流、そして蜃気楼《しんきろう》に包まれている**』

「……ッ!?」

突然、合成音声がひとりでに響き出した。

しかしそれは、さっきまでのシステムアナウンスとは趣が明確に違う。

誰かの——言葉。

誰か人間の声を、合成音声に置き換えている――何者かの意思ある言葉！

『1年の間にほんの1日だけ、それが途切れる瞬間があり、探偵たちはそのわずかな間隙《かんげき》を縫って上陸したに過ぎないのだ。よってこれ以降、この島には何者も上陸できなくなる。そして自然とは人間ごときには決して推し量れないものであり、この推理に対する反論はいかなるものであっても無効である』

「……まずい……」

エヴラールが呻《うめ》くように呟《つぶや》いて、ガラス張りの天井を見上げた。

「閉じ込められます！」

そして世界が塗り変わった。

最初に気付いたのは、ガラス張りの天井越しに見える空だ。

快晴の青空が、あまりにも場違いな極彩色《ごくさいしき》のオーロラで覆われていく。

まるでこの屋敷そのものが、異世界へと移動してしまったかのようだった。

だが空の変化は序の口に過ぎない。天野《あまの》先生が窓際に駆け寄って、「森が！」と叫ぶ。

島の大半を覆っている森が、うねうねと生き物のように動きながら、その姿を変えていく。森というより、もはや樹海。ありふれた広葉樹だったはずのものが太く膨らみ、天を衝《つ》いて、島を薄闇に閉ざしていく。

「なんだこれは……」

いつも余裕ぶっていた月読明来《つくよみあきら》さえもが、その異様な光景を見て愕然《がくぜん》と口を開けていた。

「ホログラムですよ……」

歯噛《はが》みするように、エヴラールは後悔の声音で呟《つぶや》いた。

「さっきのアナウンスが——さっきの声が、HALOシステムに働きかけてホログラムを生み出したんです。この島すべてを覆ってしまうほどのホログラムを……！」

この島には至る所に、HALOシステムの投影機が仕込まれている——

大江団三郎《おおえだんざぶろう》はそう言っていた。それを悪用して、この島を丸ごと異世界に作り変えてしまったというのか。何のために⁉

ピリリリリ、という着信音がどこからか鳴った。

フィオ先輩が生徒端末を取り出す。先輩はその画面を見て少し真剣な顔になると、画面を押して耳に当てないまま通話口に言った。

「もしもし。会長？」

『よかった。電波は届いているようだね』

この声は——真理峰探偵学園《まりみねたんていがくえん》生徒会長・恋道瑠璃華《れんどうるりか》！

ゲストハウスからか？　どうして宇志内蜂花《うしないほうか》ではなく恋道瑠璃華として電話を？

『探偵諸君。わたしは真理峰探偵学園生徒会長・恋道瑠璃華。君たちに共有しなければならない情報がある』

「……恋道瑠璃華《れんどうるりか》……」

「日本史上最年少のA階梯《ティアー》探偵……とんだビッグネームが出てきたわね……」

探偵たちはその名前に驚きつつも、緊張感のある表情で生徒会長の声に耳を傾ける。

『イベント配信で殺人が起こったのを確認した瞬間から、すでに警察に要請し、金神島《かながみじま》へヘリを向かわせている。しかし今、新しく連絡が入った――島上空を覆うオーロラによって視界が塞がれている上、着陸ポイントを見失ったため救援するのは難しい、と』

――閉じ込められます！

エヴラールの切羽詰まった声が思い出される。あの言葉は、まさかこういう……！

『船での救援も現状では難しい。**元より金神島の周辺は岩礁が複雑に入り組んでいて、その辺りの海をよく知る漁師でなければ近づくことができない。**その上、やはりホログラムによる視覚欺瞞《ぎまん》が激しく、熟練の漁師でも方角を見失ってしまうような有様だ。海底の形状をソナーで感知する装置などを使用すればあるいは……といったところだが、調達にも認可にも時間がかかる。君たちを即座にその島から連れ出すのは難しい』

計画書〈マクベス〉は、物理的・情報的に閉鎖された環境でしか実行できない。

一つ目の条件が整えられたのだ――自然災害でも周辺環境でもなく、人の手によって！

『引き続き手段を模索するが、現状、我々にできるのはその島から出ていった者がいないかどうか監視することぐらいだ。故にこの事件を解決するには、内側の君たちに動いてもらう他にはない』

「HALOシステムを止めればいいんですね？」　エヴラールが生徒端末に言う。「この殺人の謎を解いて――システムにかけられたロックを外せば」

『それが最も現実的な選択肢だ。　システムそのものに働きかけるのは管理者権限が必要になる――それは十中八九、亡くなった大江団三郎《おおえだんざぶろう》氏が持っているだろう。とはいえ、そちらのアプローチについても何か手段を講じてみる』

進捗《しんちょく》があればまた連絡する、と言って、会長は通話を切った。

画面が暗くなった端末を軽く振って、フィオ先輩は言う。

「というわけみたいだけど？」

「状況をシンプルにしてくれて嬉《うれ》しいことだ。さすがは探偵学園の生徒会長様といったところか？」

月読明来《つくよみあきら》が皮肉っぽく言って、カツコツと歩いていく。

歩く先にあるのは、俺たちをレンズに捉え続けている神視点ドローンだった。

「犯人は大江を刺した後、タペストリー裏に隠された隠し通路を通って逃げた。あるいは今も通路の中に隠れているのかもな？　いずれにせよ、ホログラムを使って通路を隠したのは犯人である公算が大きい。そして――」

「――あー、そっかぁ。**HALOシステムは事前に登録された声紋にしか反応しない**」

フィオ先輩に言葉を奪われ、月読明来は鬱陶しそうに「……そういうことだ」と言った。

そして、神視点ドローンに向かって言う。

「おい！　声紋を登録した人間の名前をすべて挙げろ！」

そういうことか……。犯人は隠し通路を使って逃げた。つまり、この場にいる6人の探偵は犯人ではありえない。しかしホログラムで通路を隠すことができたのはシステムに登録された人間だけ――もしこの6人の他に登録されている名前があれば、それが……！

『声紋が登録された人物の名前をすべて列挙します』

合成音声は、今度はあっさりと月読明来《つくよみあきら》の命令を受理した。

そして淡々と、この事件の容疑者たりえる者たちを並べる。

『――ロナ・ゴールディ。

――天野守建《あまのもりたて》。

――門刈千草《かどかりちぐさ》。

――月読明来。

――詩亜《しあ》・E・ヘーゼルダイン。

――万条吹尾奈《ばんじょうふいおな》。

――大江団三郎《おおえだんざぶろう》』

7人目の名前に、俺たちは誰も驚かなかった。大江は自分でHALOシステムのデモンストレーションを行っていた。声が登録されていたとしても何ら不思議はない。

問題は。

最後に明かされた、8人目の名前だった。

『――キング・マクベス』

3人の魔女から予言を受けたマクベスは、主《あるじ》を手にかけて初めて王となった――

だからそれは、罪を犯した者の名前。

罪の王冠を被《かぶ》る者の称号。

それが探偵たちの、そして俺の、敵の名前だった。

4　探偵の対立

「全員動かないでください」

ドローンの答えを聞き終わった瞬間、エヴラールは一同に鋭く告げた。

「ここから先は、誰一人離れることなく、固まって行動すべきです。できればどこかの部屋に物資を持ち込み、籠城《ろうじょう》することがベストでしょう」

「どうしてそう思うの？」

門刈千草の質問に、エヴラールは淀《よど》みなく答える。

「大江さんが殺されてしまった今、〈マクベス〉は犯人の手の内にあり、大江さんの計画は乗っ取られてしまった可能性が高い――〈マクベス〉が連続殺人の計画書である以上、この先に続く第二、第三の殺人を止めることが一番重要なことだと考えます。それに最も効果的なのは集団行動と籠城《ろうじょう》です。

先ほど月読《つくよみ》さんは犯人は隠し通路を使って逃げたと仰《おっしゃ》いましたが、はっきり言って私はこの中に犯人がいる可能性をまだ捨てていません。しかし、犯人がこの中にいるにせよいないにせよ、集団行動をしているターゲットの中から一人をピックアップして殺人に及ぶことは困難です。連続殺人の9割はこの方法で予防できると言われています」

危険なのでできるだけ集まって守りを固める――島から出ることができない以上、妥当な提案だと俺にも思えた。

「次のターゲットがわたくしたちの中にいるとは限らないのでは？」

ロナからの疑問にも、エヴラールはすかさず答えた。

「もちろんゲストハウスの皆さんにも集団行動を徹底してもらいます。それに、殺人がこの天照館《てんしょうかん》で起こった以上、その瞬間、犯人がこちら側にいたことは間違いがありません――これはゲストハウスの皆さんのアリバイを証明する事実ですし、これより先、ゲストハウスの出入りを制限すればあちら側は安全だということになります。

それに、事件の寸前、放送で言っていましたよね――『悪徳が服を着た探偵』がどうとか。犯人の標的は私たち探偵ですよ」

くだらないミスリードでなければね、とエヴラールは付け加えた。

標的は探偵たち――もしそうであれば、犯人はこの場にいる6人を全員殺すつもりなのか。エヴラールやフィオ先輩も？

手に汗が滲《にじ》む。命がかかっているのだ。俺がよく知る人たちの命が。

「クローズドサークルで自由行動を許す探偵は三流ですよ。皆さんもそう思いませんか？」

自信に満ちた表情で挑発的なことを言うエヴラールに、即座に反応したのは月読だった。

「ならば俺は三流でいい」

黒いマントを翻し、一人で食堂の出入り口へと向かっていく。

エヴラールがその背中に厳しい視線を投げ、

「この状況での単独行動がどれだけ危険なのか、ご存知《ぞんじ》ではないんですか？」

「連続殺人に対しては籠城する。確かに理には適《かな》っている。学校ではそう習うのだろうな」

月読もまた、鋭い視線を肩越しに返した。

「だが、それで事態が好転するか？　——おいメイド。この島の発電機はいつまで保つ？」

発電機——そうか、こんな離島だ、発電所から電気を引いているわけがない。そしてHALOシステムの維持にも相当量の電気を食うはずだ。ならばエヴラールの籠城案のゴールは、発電機が止まり、システムがエネルギー不足に陥る時ということになる。

竜胆《りんどう》さんはへどもどしつつも、どうにか月読の質問に答える。

「わ、私は担当ではないので、詳しいことはわかりませんが……仮に今すぐ発電機を止めたとしても、一週間は停電にならないと聞いたことが……」

「では食料はどうだ。この人数が一週間飢えずにいられるか？」

「そ、それは大丈夫だと思います！　こんなに必要かってくらい備蓄がありますので！」

「毒を入れられる心配の少ない、缶詰などの保存食に限った場合は？」

「そ、……それは……」

竜胆《りんどう》さんは口ごもる。集団行動をする相手を殺害する方法として、真っ先に思い浮かぶのが毒殺だ。籠城《ろうじょう》するのならば、何よりもそれを未然に防がなければならない。そう考えると、普通の食料はとても口にできそうにはない……。

「電気が尽きるのを待つ持久戦は成り立たん。時間と体力を浪費するのがオチだ。一方で犯人はどこにどれだけの備蓄を用意してるかわかったものではない――それとも人形、お前は自信があるのか？　ここまで大規模な連続殺人を企てる、異常な精神力の人間に対して、根比べで圧勝できる自信が」

エヴラールは静かに目を細め、月読《つくよみ》の顔を見据える。

「何も停電になるまで待つことはありません。現時点でこの島は視覚的な欺瞞《ぎまん》によって閉ざされているだけです。外部からのアプローチで突破できる可能性は高いですし――」

「それでも探偵か？」

エヴラールの言葉を遮るように、月読は言った。

「オレは真理峰《まりみね》の手の者の力など借りるつもりはない。自分の手で犯罪者を捕まえてこそ探偵だ。他力本願など言語道断――生ぬるいな、探偵王女。学校になど行っているせいで、性能が下がったんじゃないか？」

コツコツ、と月読は軽く自分のこめかみを指で叩《たた》く。

「最適解を受け入れろよ、推理人形――本当はこう思っているんだろう？　『現状では手掛かりが少なすぎるから、もう一人か二人、誰か殺されてくれないかなあ』と――」

「そんなわけ――!!」

エヴラールが足を踏み出した瞬間、ぱんぱん、と手を叩く音が機先を制した。

「それではこうしましょう！」

天野《あまの》先生が場違いに明るい声で、一同を見回しながら言う。

「月読さんは遊撃として屋敷内を調査し、それ以外はどこかの部屋に拠点を構築する。同時に、月読さんの安全を確保するため、月読さんの視点配信をつけ、その行動を監視できるようにする――情報共有もできて一石二鳥です。いかがですか？」

視点配信をつけておけば、固まって籠城するよりもむしろ多くの視聴者の目が月読を守ってくれる――確かに妙案のように思えた。

「異議なーし！　誰かが代わりに調べてくれるんならそのほうが楽だし！」

「わたくしも異議はありませんわ」

フィオ先輩とロナが賛成し、続いてエヴラールが自分を落ち着かせるように深く溜《た》め息《いき》をついて、「……それでいいと思います」と言う。

最後に残った門刈千草《かどかりちぐさ》は、大江《おおえ》の亡骸《なきがら》を見やって、

「どちらでも良《い》いけれど、とりあえず、遺体をどこか冷えた場所に移動させることを提案

するわ。現場保存という考え方もあるけれど、遺体保存という考え方においてはここはあまりにも適していない」

そう言って、天井を見上げる。この食堂の天井は全面ガラス張りになっていて、遺体には容赦なく直射日光が降り注いでいた。あれでは腐敗するのも早まってしまうだろう。

「本当に何日も籠城《ろうじょう》することになった場合、遺体から発生した感染症が致命傷になることもあるもの。備えあれば憂いなしと言うでしょう」

「……勝手にしろ」

そう呟《つぶや》くと、月読《つくよみ》はつかつかと歩いて、食堂を出ていってしまった。

本当に大丈夫なのか——さっきの身のこなしを見るに、かなりの戦闘力がありそうには思えたが、果たしてそれがキング・マクベスとやらに通用するのかどうか……。

「竜胆《りんどう》さん、担架を持ってきて」

「は、はいっ！」

門刈《かどかり》たちが動き出す中、俺は立ち尽くして黙り込んでいるエヴラールの側《そば》に寄っていく。

「おい、大丈夫か？」

エヴラールは顔を上げると、皮肉げに唇を歪《ゆが》め、

「心配してくれるんですか？　ついこの間、似たように私を批判したあなたが」

確かに俺も、冷酷にフィオ先輩を告発したエヴラールを責めてしまった。推理人形——月読に同意するわけじゃないが、俺も彼女を似たように捉えていたことに間違いはない。

「だからだろ」

しかし、俺は言う。

「俺にとってのお前はもうただの、意外とポンコツなゲーマー女だぜ」

「意外とポンコツは余計です」

もう一度深呼吸をすると、エヴラールはもうすっかり、頭を切り替えたようだった。

「あなたこそ大丈夫ですか？　すっかり静かになってしまっていたようですが——私たちについていけていないのでは？」

「うっせ。助手として身を弁《わきま》えてんだよ」

……実際、そうだ。

俺はついていけていない。

周りの探偵たちのレベルにもそうだが……殺人事件が起こってしまった、この状況に。

まるで他人事《ひとごと》だ。前のエヴラールのことを言えはしない。

俺は先輩によって半ば無理やりこの島に連れてこられた。だからなのか……当事者感がない。自分のポジションを掴《つか》めていない。周りの状況にひたすら振り回されているだけだ。

俺は何をするべきなんだ？

俺はこの場所に——『何』として存在しているんだろう？

——個人の正義を真に確立するには、真の悪を知ることだ
わからない。

探偵を名乗るには、あまりにも、何もかも。

5 声

私はダンボールを乗せた台車を、カーペットを噛《か》まないようにゴロゴロと押していく。

厄介なことになった――まさかイベントが乗っ取られることになるとは。〈マクベス〉の現物も燃えてしまったし、私の任務は当初より大幅に難易度が上方修正されてしまった。

それに籠城《ろうじょう》するとなると、一人で屋敷内を**再調査**することも難しい……。月読《つくよみ》のように独断専行ができない『ロナ・ゴールディ』というキャラクターが、今だけは恨めしい。

大江団三郎《おおえだんざぶろう》の遺体は、門刈《かどかり》さんと竜胆《りんどう》さんが食堂の隣にあるキッチンに移し、できる限りの防腐処理を施している。その間に他のメンバーで食料庫からできる限りの物資を持ち出し、ラウンジに運んでいるところだった。ラウンジは充分な広さがあるし、ソファーは身体《からだ》を休めるのにも使うことができる。拠点として最適だ。

もちろん集団行動が厳命されているが、何分保存食は山ほどあるため、台車を使っても何往復もしなければならない――**最低でも誰か一人の目が届くようにしているものの、移動が多い分、一箇所に固まることまではできていなかった。**

今ならば、ちょっと抜け出すことぐらいできるか……？

いや、リスクが高い。それで他の探偵たちに疑われてしまえば、ますます自由を失うことになる。ただでさえ万条吹尾奈《ばんじようふいおな》には敵視されているのだし……。

「……今この瞬間も、〈マクベス〉を知る犯人が島のどこかに……」

――くすくす。

密《ひそ》やかな笑い声が聞こえた気がした。

顔を上げると、廊下の先にある角から、一人の少年が顔を覗《のぞ》かせていた。

あれは、昨夜の……！

――自由になる時が来たんだよ
夢でも幻覚でもなかった？　あの子は誰なんだ？　どうして私は、あの子を知っているような気がするんだろう……？

――君も覚えているんだろう？

犯人は隠し通路から逃げた――だとすれば、あの子がそうなのか？

あの少年が、キング・マクベス……？

少年は角の向こうに顔を引っ込めた。私は「あっ」と声を漏らし、反射的にそれを追いかけようとする。

「どうしたんですか、ロナさん？」

しかしそれを、詩亜《しあ》さんの声に止められた。

詩亜さんは廊下の真ん中で立ち止まっている私のことを、不思議そうな顔で見つめている。とっさにスパイとしてのスイッチが入り、私は笑顔の仮面を顔に貼り付けた。

「いえ、すみません。車輪がカーペットを噛《か》んでしまって……」

「ああ、そうですか。手伝いましょうか？」

「大丈夫ですわ。すぐに済みますので……」

私は台車の足元にしゃがみ込んで、車輪からカーペットを外すふりをする。

……どうして、あの少年のことを言ってしまわなかったんだろう。

あんな不審人物、すぐにでも皆さんに報告すべきのはず……。そうすることで私の任務の支障になるわけでもない。

私は自分の行動の理由が理解できなかった。

——自由になる時が来たんだよ

6　攻略不可能な館

ラウンジに拠点を構えた俺たちは、今後の方策について話し合っていた。

電気が切れるのを待つことはできない。月読《つくよみ》が指摘した通り、それでは俺たちの体力が悪戯《いたずら》に浪費されるだけで、犯人の思《おも》う壺《つぼ》になる。

俺たちのほうから状況を打開する方法が必要だった。

「ＨＡＬＯシステムには犯人の声が登録されているはずです」

行儀よくソファーに座った状態で、エヴラールは言った。

「アナウンスでは加工されて判別不可能になっていますが、その元となった音声データがシステムには記録されているはず——それを聞けば、犯人を特定する大きな手掛かりになるはずです。竜胆《りんどう》さん、システムにアクセスできる端末はどこかにありますか？」

「サーバールームなら地下にあるはずですが……でも、アクセスするだけなら旦那様の書斎にあるパソコンでもできるかも。いずれにせよ管理者アカウントにログインするためのパスワードが必要ですが……」

「そのパスワードってさあ、どこかにメモってないのぉ？」

だらしなく姿勢を傾けながら、フィオ先輩が言った。

「いくらお爺《じい》さんとはいえ、今時日付だの名前だのパスワードにしてるとは思えないしさぁ、かと言ってランダムなパスワードだと万が一忘れちゃった時に困るでしょ？　どっかにアナログでメモってあるんじゃないの？」

「さあ……私はただのバイトで、秘書とかじゃありませんから……。あ、でも、旦那様がメモ帳を使っているのは見たことがあります」

「メモ帳ぉ……？」

探偵たちは怪訝《けげん》そうに顔を見合わせる。

「おかしいね。遺体からはメモ帳なんてどこからも出てこなかった」

天野《あまの》先生の言葉に、門刈《かどかり》千草《ちぐさ》も頷《うなず》く。

「どこかにしまったままなのかしら……。それとも——」

「犯人に持ち去られた？」

俺の質問に対して、エヴラールが首をひねった。

「犯人が大江《おおえ》さんに接触したのは、隠し通路から接近したその一瞬だけ……。とてもメモ帳を探して抜き取るような時間はありませんでした。だとすると、犯行前のどこかのタイミングで盗んでおいたか、死後に遺体に触れた時に抜き取ったことになりますが……」

探偵たちが互いに素早く目配《めくば》せを交わした。遺体に触れたのは彼らだけだ。死後にメモ帳を抜き取ったのだとすれば、当然、彼らのうちの誰かが犯人だということになる。

しかしそれは、月読明来《つくよみあきら》の隠し通路説と矛盾する……。犯人が隠し通路を通って大江の背後に現れた瞬間、６人の探偵にはいずれにも完璧なアリバイがあったのだから。

「まあ疑心暗鬼になるのは、ちゃんと探してみてからでもいいんじゃない？」

フィオ先輩が能天気な声でそう言って、自分の膝で頬杖《ほおづえ》をついた。

「メモ帳を携帯してたとも限らないんだしさぁ。どうしてもって言うなら身体検査ぐらいやってみてもいいけど？」

「そうですね……。とりあえずそこから始めてみましょうか」

そういうわけで、男性女性に分かれて簡単な身体検査を行った。といっても、男は俺と天野《あまの》先生だけなので、互いに服の中やポケットをチェックしただけだ。めぼしいものは何も出てこなかった。

女性組も特に成果は得られなかったようだ。少し時間がかかったのは、**門刈《かどかり》が常に持ち**

歩いている鞄《かばん》の中身ぐらいだった。どうやら医療器具をしまっているもののようで、その内容に関してエヴラールからの細かいチェックが入った。

「**このビンの中身は？**」

「**解毒薬ね。**大体の毒を対策できるように、こういうキナ臭い案件の時は携帯してるわ」

「**中身はちゃんとチェックしてますよね？**」

「**もちろん。医療バッグの中身は全部、毎朝欠かさずに点検してるわ**」

解毒薬か……。医療探偵らしい持ち物だが、そもそも俺は医療探偵というものを詳しく知らない。門刈の医者としての専門は何なのだろうか。毒って何科だ？

「医療探偵はねー、病院内部の不正の摘発とか、医療事故の原因究明とかが基本的な仕事だよ」首をひねっていると、先輩が教えてくれた。「だから普段は暇なんだよね。じゃないとテレビとか出てる暇なんてないでしょ？　病院ってブラックなんだからさぁ」

今度の暴言は幸いにも本人の耳には届かなかったようだった。

ブラックかどうかはともかく、忙しい職場なのは間違いない。このイベントに顔を出している時点で、医者としての仕事はそんなに多くはないんだろうと想像がついた。

身体検査をしている間も、俺の生徒端末は月読明来の視点配信を開きっぱなしだった。

月読明来は天野先生の提案に従わず、単独行動の間も配信をつけることがなく、ページは『現在配信は行われておりません』というメッセージを映すばかりだったが――

不意に、そのメッセージが消える。

プツッと回線が繋《つな》がる音がして、真っ暗な画面に色がつく。

扉が大映しになった。焦げ茶色の木材に複雑なレリーフが彫り込まれた扉だ。それ以外に扉を特徴づけるものはなかったが、周りに映っている壁の模様からして、この屋敷のどこかだということはわかった。

『おい、聞こえるか、無能ども』

月読《つくよみ》の声がする。俺の端末から流れたそれに、探偵たちも振り返る。

『情報を恵んでやる。ありがたく思うんだな』

俺が端末をテーブルに置いて、全員が覗《のぞ》き込《こ》めるようにした時、カメラが少し引いて、扉に相対《あいたい》している月読を横から映した。

「あ、旦那様の書斎です」

竜胆《りんどう》さんが呟《つぶや》く。どうやら月読も、こちら側と考えは似通っているらしい。HALOシステムを止めるための手掛かりがここにあると判断してきたのだろう。

月読の手がドアノブに鍵を差し込む。

それを見てエヴラールは言った。

「あの鍵は?」

「マスターキーだと思います。使用人室に保管されているので……」

月読が扉を引いて、部屋の中に入っていく。カメラはそれを追いかけて、月読の背中を映す形で開かれた扉を通った。

書斎の全景が画角に入ってくる。

両脇の壁に本がぎっしりと詰まった棚が並べられた、いかにも書斎といった部屋だ。あるいは校長室を豪華にしたような雰囲気と言えばいいか。

豪奢《ごうしゃ》なカーペットが敷き詰められた空間の奥には、シックな設《しつら》えの木製デスクと、肘掛けのついた革張りのオフィスチェアが置かれている。

「………？」

その時、俺の視界の端で、ずっとエヴラールの側《そば》に控えていただけだったカイラが、不審そうにちょっと眉をひそめるのが見えた。

俺がそれに気を取られている間にも、画面の中の月読は書斎の中を進んでいく。

彼は壁に並ぶ本棚を眺めながら小さく鼻を鳴らした。

『典型的なマニアだな。〈劇団〉関連の評論本、オカルト本、他は探偵伝記小説やフィクション推理小説ばかりだ』

大江団三郎《おおえだんざぶろう》は有名な〈劇団〉フリーク――だったっけか。犯罪者以外にもそういう人間がいてもおかしくはないんだろうが、どうにも共感できないな。

月読は奥のデスクに近づいていき、**肘掛け付きのオフィスチェアにすっぽりと収まると、**容赦なく引き出しを開ける。偉そうに頬杖《ほおづえ》をつきながら引き出しをガサゴソと漁《あさ》る姿は、人《ひと》ん家《ち》のタンスを勝手に開ける勇者と同じくらい無遠慮だった。

そんな月読と、デスク周辺の様子を、カメラは黙って捉え続ける。

「――お嬢様」

カイラがそっと呼んで、エヴラールに何か耳打ちをした。エヴラールは少し驚いた顔をして、しばらく黙って考え込む。それから少しだけ、悔しそうな顔をした。

なんだ？　何か気がついたのか？

俺が話しかける前に、エヴラールは自分の端末を手に取る。どうやら月読《つくよみ》の視点配信にコメントを書き込もうとしているようだった。

音声入力を使うのか、エヴラールは通話しているかのように端末に言う。

「月読さん。そのオフィスチェアなんですけど――」

『**――実はこの屋敷の構造は、目に見えているものとはまったく違うものだった**』

「「「!?」」」

突然響き渡った合成音声に、俺たちは一斉に顔を上げる。

これって……まさか、またかよ!?

『廊下は壁に、壁は扉に、扉は窓に――ＨＡＬＯシステムのホログラムによって、天照館《てんしょうかん》はいくらでも姿を変える。決して自分の目を信じてはいけない』

まるで魔法の呪文だった。

壁が、扉が、窓が――ぐにゃぐにゃと飴細工《あめざいく》のように形を変えていく。

俺は思わず足元を確認した。床さえもが形を変えて、宙に放り出されるんじゃないかと思ったのだ。だけど違う。落ち着け、騙《だま》されるな。これはホログラムがうごめいているだけのこと――物質としての屋敷が形を変えているわけじゃない！

ラウンジの出入り口を、溶けた壁が飲み込んでいこうとする。それを見て、落ち着きかけた心が再び焦りに支配された。人間の感覚は視覚が大半を占めている。それが支配されるということがどういうことなのか、俺は今、まざまざと見せつけられているのだ。

わからなくなる。

自分が今どこにいるのか。ほんの数メートル先に何があって、何がないのか。

この変形が終わった時、俺たちは果たして、この屋敷を無事に出られるのか？

見ず知らずの構造に様変わりした天照館は、もはや迷路も同じ――未知の迷路のど真ん中に突然放り込まれて、果たして犯人の襲撃をかわし続けることはできるのか⁉

「――出ましょう！」

やはり今回も、エヴラールが最も早く決断した。

「物資は捨てて構いません！　元の道が残っているうちに！　早く！」

探偵たちは即座に応じた。それぞれの荷物を素早く手に取り、せっかく移動させてきた食料もその場に捨て置いて、ラウンジの出口に走る。

『チッ！』

端末の中で月読が舌打ちをした。配信画面は溶け出した書斎を飛び出していく月読の背中を映している。彼も脱出を決断した。それを確認したのを最後に、俺も端末をポケットにしまい、探偵たちを追いかけた。

廊下はまだかろうじて原形を留《とど》めていた。しかし、壁は生き物のようにうねり動き、今にもエントランス方面の道を塞いでしまおうとしている。エヴラールたちはその壁を突き破るようにして、廊下を走り抜けていった。

俺もそれに続く。これはホログラムだ。実体はない。そうとわかっていても、本能が壁に全力で突っ込む行為にブレーキを掛けようとした。先を走る探偵たちの背中を見ていなければ、ここで立ち止まってしまっていたかもしれない。

途中、変形する壁の隙間に、**ブンブンと蝿《はえ》が湧き始めている大江《おおえ》の死体**を目撃した。あれだって回収することはできない。すべてを置き去りにして、俺たちは逃げるしかない。

おかげでエントランスまで辿《たど》り着《つ》く。

幸い、玄関扉はまだその姿を残していた。だが時間の問題だ。上部の壁が溶け落ちるようにして、扉を飲み込もうとしている……！

「今のうちに！」

エヴラールの声かけで、俺たちは一丸となって玄関扉に飛びついた。

扉は開く。当たり前だ。本当に壁が溶けてるわけじゃない！

外に飛び出した俺たちを待ち受けていたのは、渓流がせせらぐ優美な前庭ではない。

異界。そう形容するしかない。見たこともない木の枝が地面から直接生えてたり、脈絡もなく逆さまのトイレがループするように落下し続けてたり、壁紙が貼られた壁がパタパタと箱を作っては開かれてを繰り返してたり、まったく理解不能の世界が広がっていた。

すべてまやかし。

だが、それが見えるすべて。

「気をつけてください。ここには川が流れていたはずです。玄関からまっすぐ前に……」

玄関扉からまっすぐ前に進めば川を渡る橋があったはず。川も橋も無茶苦茶《むちゃくちゃ》なホログラムに包まれて見えやしないが、確かにそこに存在するはずなのだ。

俺たちは電車ごっこみたいに一列になって、慎重にまっすぐ進んだ。無意識に曲がってしまっていたとしても、これならば気付くだろうという判断だ。

結果、川が流れていると思《おぼ》しきエリアは無事に通り抜けることができた。

だけど、危険はこれだけじゃない。

俺たちの逃げ場所はゲストハウスしかない。だがそこに辿り着くまでには、**森の中をぐねぐねと曲がる林道**を歩かなければならないのだ。

「ひゃっ⁉」

早速、ロナが何かに足を引っ掛けて転んだ。

不意打ちだったのだろう。何せつまずいた後ですら何につまずいたのかわからないんだ。

ロナはかろうじて地面に手をついたものの、受け身を取ることもできなかったようだ。

門刈《かどかり》が助け起こすと、ロナは左手を派手にすりむいていた。

それを見るや、門刈《かどかり》は医療鞄《かばん》を開けて、手早く応急処置をする。

「軽く捻挫もしてると思うわ。しばらくは無理に動かしたりしないようにね」

ロナは少し悔しそうな表情だった。スパイとしてのプライドか、こんなことで負傷してしまった自分を許せないのかもしれない。

「いつまでもまごまごと何をしている」

横柄な声に振り返ると、月読明来《つくよみあきら》が追いついていた。無事、脱出に成功したらしい。

「ゲストハウスだろう。さっさと行くぞ」

「えっらそーに。自分だってさっきはビビってたくせにさー」

「なんだと？」

フィオ先輩の煽《あお》りに敏感に反応した月読を、天野《あまの》先生が「まあまあまあ」と押《お》し留《とど》める。

「早く行《た》きましょう！　森もいつまでも通れるとは限らないんですから！　ね！」

俺は溜め息《いき》をついて、背後の天照館《てんしょうかん》を振り返った。

異形《いぎょう》の風景の中にあって、その洋館だけは元の外観を保っている――しかし俺にはもはや、そこは魔物の巣窟《そうくつ》のようにしか見えなかった。

7　とある情報強者の溜め息

いつも通り昼頃に起きると、ネットが祭りになっていた。

ＳＮＳの投稿内容を解析してグルーピングしているソフトが、ある事件に対する世間の関心が異常な数値を叩《たた》き出していることを示している。

なんだなんだとディグってみれば、とある謎解きイベントが犯罪者に乗っ取られたらしい。しかも伝説的な存在である犯罪王の計画書が関わっているとなれば、トレンドがそれ一色になってしまうのも当然の話だ。

しかし……。

「なんだこれ？」

彼女は首を傾《かし》げた。

常日頃からネットに漂う情報を隅から隅まで収集している、真の情報強者である彼女にとって、この事件はあまりにもくだらない。

彼女が知っているとある事実と、わかりやすく符合しない点があるからだ。

「しょうもな……。みんなこんなので騒いでんの？」

しかしまぁしょうがない。ほとんどの人間は一般的に公開されている情報しか知らないのだから。ネットには真実があるが、ほとんどの情報弱者たちにとっては真逆なのだ。

二度寝しようかと思ったが、しかしどうやらそういうわけにもいかないようだった。

事件に巻き込まれている人間の中に、見知った顔があったからだ。

「はぁー……やれやれ」

彼女は分離型のキーボードを手元に引き寄せると、滑らかな手つきでとあるプログラムコードを書き始めた。

「仕方ないなあ……にぃにぃは」

8　犯罪芸術の必須要素

俺たちは何とか遭難せずにゲストハウスに辿《たど》り着《つ》くことができた。

ゲストハウスはすべての窓の鎧戸《よろいど》が閉まっていた。台風が来た時のような物々しさに驚いたが、フィオ先輩が「よしよし。言った通りにやってるね」と褒めているのを聞いて得心する。天照館《てんしょうかん》から犯人を侵入させないための対策か。

宇志内《うしない》が内側から玄関を開け、俺たちを出迎えてくれる。

「お疲れ様、みんな。状況は配信で見てたよ」

「他の二人は？」

訊《き》きながら中に入ると、リビングで本宮《もとみや》と黄菊《おうぎく》がテーブルに缶詰を積み上げているところだった。

「こちら側にあった食料を大体かき集めてきたよ」

「この人数やと保って3日ってところやな……。けったいなことになってもうたで」

話が早い。これがフィオ先輩が人手を必要とした意味か。

「おいガキども。**他には誰も来ていないな？**」

月読明来《つくよみあきら》の不躾《ぶしつけ》な質問に、黄菊は眉をひそめながら、

「来てへんけど……。何や兄さん、生で見ると余計に礼儀のないやっちゃな」

「育ちが悪いんでな。勘弁してもらおうか」

月読はばさりとマントを脱ぐと、ソファーにどっかりと腰を下ろす。日本有数の探偵一家のセリフとしては皮肉が効きすぎている。

「あ、あの……」

玄関扉をきっちりと閉めた後、竜胆《りんどう》さんがおどおどと遠慮がちに話し出した。

「ここまで来ておいて今更ですが……他のスタッフさんたちは大丈夫でしょうか……。天照館にたくさん取り残されて……」

竜胆さんは心配そうにスマートフォンを覗《のぞ》き込《こ》んでいた。**名前のない裏方スタッフは全員がアプリで所在を確認できるようになっている**と昨日言っていた。それで確認しているのか。くそ、気が回らなかった……。

「心配せずとも、この犯人はモブなど相手にはせん」

月読がそう言って、鋭い視線を俺に飛ばした。

「そうだろう？　犯罪王の孫息子。お前ならよーく知ってるんじゃないか？」

「は……？　何の話だ？」

「〈劇団〉の犯罪の特徴の話でしょう」

エヴラールに言われて、俺はようやく、あの人から聞いた話の一節を思い出した。

――我々の犯罪は芸術です。現代における芸術とは、見て楽しめるばかりではなく、そこから何らかの意味を汲《く》み取《と》れるもの。つまり――

「――テーマ性の話か？」

月読《つくよみ》は皮肉そうに唇を歪《ゆが》める。

「お前の育ちは良かったようだな。教育が行き届いている」

ふざけろ。俺は苛立《いらだ》ちで眉間《みけん》に皺《しわ》を寄せた。

「テーマ性……？　って？」

宇志内《うしない》が首を傾《かし》げて（白々しい）、フィオ先輩が嬉《うれ》しそうに解説を始める。

「〈劇団〉の犯罪とそのフォロワーである後継者犯罪には、共通した特徴があるんだよ。本来の犯罪には必ずあるはずの、『動機』が存在しないっていう特徴がね」

「動機がないぃ？　アホな。ほんならなんで人殺したり物盗んだりしよんねん」

「本人たちが言うところには、彼らの犯罪は芸術だから。現代アートの一種として扱ってるんだよ。あえてジャンル分けするとすればインスタレーションが近いのかな――とか言っちゃうと、アート界がマジギレしてくるんだけど」

「これはあくまで、彼らの主張を解説するものですが」

と前置きして、エヴラールが解説を引き継いだ。

「今でこそ、SNSなどでの観客の反応さえも作品の一部としてしまうアートは珍しくありませんが、不実崎未全《ふみさきみぜん》はそれを前世紀から、犯罪という禁じ手を使って行っていたんです。**いわゆる劇場型犯罪に、目立ちたい、社会を困らせたいといった原始的な動機ではなく、社会的なテーマ性や私小説的なメッセージ性を込めることで**」

「例えばコロナ禍の時に起こった〈リモート会議連続殺人事件〉ね」

再びフィオ先輩が解説を引き取って、

「感染症の蔓延《まんえん》によって家の中に閉じこもるようになった人々に対して、犯人はあえてリモート会議中の人間だけを狙って殺していくことでアンチテーゼを提示したってわけ。そこには誰かへの恨みとか、何かで得をするとか、直接的な動機はなぁんにもない。ただそういう『表現』ってだけ。殺人という行為自体も、たまたま選ばれた『手法』に過ぎない。絵を描くのに鉛筆を使おうか筆を使おうか、っていう具合にね」

俺にとって重要な事件である〈怪盗コンクール事件〉もそうだった。

あれは元々はダークウェブ上の企画で、窃盗行為の動画をアップするとその難易度、盗んだものの希少性などに応じてポイントが割り振られ、自称怪盗たちが合計点数を競い合う、というものだった。あの事件の首謀者も『この世のすべてを絶対的に位置付けたかった』というような供述をしていたらしい。

「この事件のテーマは明白だ」

月読明来《あきら》が傲然と足を組んで、話を元に戻す。

「俺たち探偵を殺して、今の探偵社会に一石を投じようと言うのだろう。1万回は繰り返されてきた稚拙で幼稚なテーマだ。だがそれゆえに、俺たち以外は殺さない——大江《おおえ》が殺されたのはオープニングアクトといったところだろう。あるいは探偵を集めて犯罪ごっこを見世物にしようとしたことが犯人にとっては罪なのか……」

だから天照館《てんしょうかん》に閉じ込められたスタッフたちは安全だと、月読《つくよみ》はそう言いたいらしい。

あの人から〈劇団〉の事件をいくつも語り聞かされた俺からしても、その判断は間違っていないと思う。しかし竜胆《りんどう》さんは信じきれないのか、スマホを見ながら気を揉《も》んでいた。

……それにしても、稚拙で幼稚か。

テーマ性の話を改めて思い出して、俺は違和感を持った。**探偵を殺して探偵社会に一石を投じる——それが〈マクベス〉のテーマ性だとしたら、確かに幼稚すぎる。これは犯人自身が設定したテーマなのか？　……考えてみれば、過去に〈マクベス〉によるものと推測された事件には、探偵の被害者はいない……。**

〈マクベス〉なんて——本当に存在するのか？

情報が増えれば増えるほど、雲のように掴《つか》みどころがなくなっていく……。

「……ひとまず、ゲストハウスの中を詳しく調べましょう」

エヴラールの提案に、天野《あまの》先生が首を傾《かし》げた。

「どうしてだい？　こちら側に犯人はいないはずだろう？」

「ＨＡＬＯシステムの対策です。ホログラムはあくまで推理を出力したものでしかありません——先ほどのようにゲストハウスの構造を変えられそうになっても、私たちが本当の構造を詳しく知っておけば、反論を加えて打ち消すことができます」

「ふん。対抗呪文か。いよいよファンタジーめいてきたな」

月読が鼻を鳴らす。まったくだった。本当に現実なのかと疑わしく思えてくる……。

「それじゃあ行ってきて。私はこの子の手をもっとちゃんとよく診ておくから」

門刈《かどかり》が**医療鞄《かばん》を持って**ロナの側《そば》に寄りながら言う。

エヴラールが心配げに、

「二人で大丈夫ですか？」

「こんな開けた場所で殺人に及ぶ犯人はいないわよ」

確かにこのリビングは吹き抜けになっていて、二階からもよく見える。俺たちがあまり奥に行き過ぎなければ大丈夫だろう。

それよりも俺には、ロナの様子が不可解だった。

いつからなのか、口数が少なくなっているような……。

今のロナは、昨夜俺と先輩に宣戦布告をした人間とは思えないくらい、大人《おとな》しかった。

9　探偵動機

「このゲストハウスって、どこも壁薄いよね。予算ケチって安普請《やすぶしん》なのかなあ。それともトリックに関わってたりして」

お互いの姿が見える範囲で手分けをして、ゲストハウスの構造を調べている最中、フィオ先輩が軽く壁を叩《たた》きながら言う。俺はその小さな背中を所在なく見つめていた。

「先輩は……いつも通りっすね。少しは怖いとか思わないんすか？」

「ん～？　まあ助手クンよりは慣れてるからねぇ。って言ってもフィオは裁判勢だから依頼にはあんまり出たことないんだけど」

フィオ先輩は顔だけ振り返り、試すような視線を寄越《よこ》してくる。

「怖いの？」

「……いや、不思議とそんな感じじゃないっす。どっちかといえば……」

不安と、焦り。

学園での事件では、周りの雰囲気に反発し、事件から距離を置いた。あれはあれで、自分の立ち位置を確立することができていたのだろう。だからこんな風には感じなかった。

だけど今回は、それすらもできていない。

事件と戦う優秀な探偵はすでにいて、俺みたいな素人《しろうと》の出る幕はない。この島に固執する確固とした目的もない。犯罪王の孫という身分だけが空々しく存在しているだけで、実際にはただただ巻き込まれただけの一般人。

俺は何のためにここにいる？

「言ったじゃん。助手クンはフィオの代わりに推理をしてくれればいいって」

「だから出る幕がないんですって。俺が何もしなくたってエヴラールたちが真相を突き止めてくれるならそれでいいでしょ」

「自己顕示欲がないんだねぇ。探偵向いてなくない？」

　直接的な物言いに、俺は思わず口ごもった。

「なんとなくわかったよ。助手クンはさ、他人との関係を深めないくせに、自分のためだけの推理ができないんだね」

「それは……悪口すか？」

「どっちかといえばそうかな。だってさ、さっきの物言いだと、フィオが活躍できなくて恥かいちゃっても別に問題ないって言ってるみたいじゃん」

　俺は沈黙することしかできなかった。その通りだからだ。フィオ先輩が活躍できようができなかろうが、俺はどうでもいいと思っている――大したことじゃないと思っている。

　それは俺にとって、真の悪じゃない。

「あ～んなにサービスしてあげたのにさ、助手クンはまだ、フィオのことがあんまり好きじゃないんだね。悲しいよ。よよよ……」

「好き嫌いじゃないっすよ」

「じゃあなんで王女ちゃんは助けたの？　王女ちゃんが好きだったからじゃないの？」

「だから違いますって。あの時は、ただ……」

　……憧れを守りたかった。

　かつては確かに存在した、憧れを。

　でもそれは、同じものを共有していた同類が――仲間がいたからで。

俺自身の何かを原動力としたわけでは、なかったかもしれない。

──坊ちゃん。探偵におなりなさい

その一言に背中を押されて、ここまで来た。かつての夢はとっくにおぼろげで、あの時の情熱の輪郭すら掴《つか》めない。

俺は何のためにここにいる？

俺は何のために推理する……？

もし何か理由があったとして──それが俺である必要はどこにある？

「……助手クンさぁ、一応言っておきたいんだけどぉ」

フィオ先輩は少しムスッとした顔をして、俺の顔を見上げた。

「アタシは別に、誰でもよかったわけじゃないからね？」

「……、はい？」

「ゴースト探偵を務めてくれる後輩なら誰でも良かったんじゃないかって、そんな風に思われてそうだったからさあ──それは違うよって、ちゃんと言っておこうと思って」

「……俺に論破されたのが癖になったから、ですよね？」

「それもあるよ？　でもだから、それが誰でもよかったわけじゃないんだって──あーっ！　なんて言ったらいいかなあ！」

先輩はもどかしそうに頭を振ると、頬《はお》を膨らましながら俺の鳩尾《みぞおち》を指でグリグリした。

「とにかく！　アタシはこう見えて軽い女じゃないし！　キミはそのお眼鏡《めがね》にかなった

の！　それがわかったら黙って頭を動かしな！」

「は、はい……」

「まったくもう！」

ぷりぷりしながら俺に背中を向けるフィオ先輩。

なんで怒ったんだ……？

まるでわけがわからなかったが――たぶん、わからないで済ましてはいけないんだろう。

わからないことに向き合うのが、探偵なのだから。

10　ふてぶてしくても腹を決めて

缶詰での昼食が終わった後、リビングで探偵たちの議論が進んでいた。

「このゲストハウスと天照館《てんしょうかん》の間は無事に行き来することができた。ならばもう一度天照館に戻り、HALOシステムへのアクセスを試みるべきだろう」

「ですから、当てがなさすぎるというんです。それに必要なパスワードがどこにあるのかもわからないんですよ？」

「どこかにあるならまだマシですが……大江《おおえ》氏が自分の頭の中にしかメモしてなかったらお手上げですよねえ。やれやれ」

「それも調べてみなければわからん！　貴様らが尻込みしようとオレは一人で行くぞ！」

「いいわよ？　私の仕事を増やさないでいてくれるならね。専門外の検死なんてもうごめんよ。ギャラが出るわけでもないし」

紛糾《ふんきゅう》する議論に、私も控えめなキャラを演じつつ参加していく。

「パスワードがわからないのでしたら、ハッキングという手はいかがでしょう……？　わたくしは詳しくないのですが、パスワードを無理やり突破する技術があるのでしょう？」

ふむん、と口元に手を当てて、詩亜《しあ》さんが考える。

「島のシステムはスタンドアローン――ネットには接続していないと思いますが、サーバーに直接接触してバックドアを仕込むことができれば……」

「その準備がある人はこの中にいて？　ちなみに私はからっきしよ」

門刈《かどかり》さんが言って、探偵たちを見回す。

天野《あまの》さんが困った顔をして、詩亜さんが難しそうに首をひねった。

「ノートパソコンならありますが、プログラムは嗜《たしな》む程度でして……」

「やってできないことはないと思いますが、この島のＨＡＬＯシステムのセキュリティを調べる必要もありますし、バックドアプログラムを準備するのにも時間が必要です。少なくとも今日明日では無理ですね……」

「それでは月読《つくよみ》様は……？」

私が水を向けると、月読明来《あきら》は舌打ちをしてそっぽを向いた。

万条吹尾奈《ばんじようふいおな》がにやにやしてそれを見やる。

「できるわけないよね？　戦後の非実在探偵の劣化コピーがさぁ」

「……黙れ」

明智小五郎《あけちこごろう》の時代、探偵にはプログラムもハッキングも必要とされなかった。その再現である月読家はハイテクには弱いらしぃ。

私も人のことは言えない。ＭＩ６で使用しているスパイ道具の中には、ＵＳＢ端子に差し込むだけでコンピューターのデータを丸ごと抜き取ったり、遠隔操作を可能にしたりするものがある。文字通りのスパイウェアというわけだ。

だけど私は宗教上の理由で、その手のハイテクな道具を所持していない。持っているのはマスターと連絡を取り合うための無線機だけだ。

歯がゆさに内心焦れながら、私は不覚を取ってしまった左手を見下ろす。

私は、ＭＩ６に拾われて育てられた孤児だった。

故郷のことはほとんど覚えていない。ロナ・ゴールディと言う名前だって、任務のために与えられた偽名に過ぎない。ただ、記録だけが事実として残っている。

犯罪王の計画書――〈マクベス〉によって、私以外の人間は皆殺しにされたのだと。

恨みはない。怒りはない。だってそれらを生み出すだけの記憶がない。

だけれど、記録に残った数字が、名前が、私に語りかけているような気がした。

お前がやれ。

お前が生き残ったのだから、お前が自分たちの代わりにやれ。

自分たちのような犠牲を、もう二度と——

——サバイバーズ・ギルトだな
私の決断を聞いて、マスターはそう言った。

——災害や戦争の生き残りが抱きがちな罪悪感。お前が聞こえているつもりになっているそれは、お前自身が勝手に作り出した幻想に過ぎん
——お前のその使命感は、幻想の上に成り立った砂上の楼閣《ろうかく》だ。それでも志すか？ 世界を平和にするスパイとやらを
私のこの気持ちに、学者がどんな名前をつけていたとしても。

名前も記憶も、何も残されていない私にとっては、唯一縋《すが》ることのできる真実なのだ。

たとえ幻想でも真実に見せる。

それがスパイという生き方なんだ……。

「……おい、大丈夫か？」

議論が小休止に入った時、不実崎《ふみさき》未咲《みさき》が近寄ってきて、ぶっきらぼうな調子で言った。

手の怪我《けが》のことを言っているのかと最初は思ったけれど、彼の視線は手ではなく、私の表情に向いていていた。

……心理状態が顔に出ていた？

だとしたらまたしても不覚だ。スパイは決して心を顔に出してはならない。顔に貼り付けるのは、計算された仮面だけでいい。

「ええ。門刈《かどかり》先生の治療のおかげで。動かさなければ何ともありませんわ」

勘違いしたふりをして、私は言った。嘘《うそ》だとバレているかもしれないけれど、問題はない。正体がバレた今、彼は『スパイとしての私』を使って籠絡《ろうらく》する。

「そうか」

そう言って、不実崎未咲は私の隣に腰を下ろす。

「元気がないように見えたんでな。昨夜《ゆうべ》あんな風に言ってたくせに何にもしてこねえし」

「あら。期待させてしまいました？　ですが、スパイは場を弁《わきま》えるものですわ。今はハニートラップなどしている場合ではありませんもの」

くすり、と妖しく見えるように微笑《ほほえ》んで、私は不実崎未咲の瞳を覗《のぞ》き込《こ》んだ。

「それはそれとして、吊《つ》り橋効果、というものもございますけれどね？」

不実崎未咲は言葉に詰まって、気まずそうに目を逸《そ》らす。その反応を見て私は喉を鳴らすように笑うと、少しだけ肩をすり寄せた。

秘密の共有は心の距離を縮める。彼には警戒心が強いというか、他人と距離を置きがちな部分が見受けられたけれど、これなら効果を期待できそうだ。

やけに私を敵視している万条吹尾奈《ばんじようふいおな》や、見た目だけならどんな女スパイも敵《かな》わない詩亜《しあ》さんなど、不実崎未咲の周りには障害が多いが、私の技術なら全部はねのけられる。そして〈劇団〉の残党から聞いたという情報を、洗いざらい引き出すのだ。

犯罪王の孫――不実崎未咲。

世界最大にして最悪の烙印《らくいん》を生まれながらに刻みつけられた彼は、どういう人生を送ってきたのか。私はそれを人づてのデータでしか知らない。引っ越しを繰り返しながらどんな気持ちでいたのか、何を考えて探偵学園に入ることにしたのか……。

「ねえ――未咲《みさき》さま」

気づけば、私は問いかけていた。

質問をすることは相手に興味があるというアピールになる。即座に頭の裏で理論武装を完了して、私は尋ねる。

「恐ろしくなることは……ないんですの？」

不実崎《ふみさき》未咲は少しだけ眉を上げて、私の目を見つめ返した。

「恐ろしくなること？」

「自分の中に流れる血が――何かを訴えかけてくるような、そんな気がすることは……？」

彼が犯罪王・不実崎未全《みぜん》の孫であること。

それは記録であり、事実。

その事実が、声を放つことはないのだろうか……。

不実崎未全の犠牲となった人々の声が、聞こえてきはしないのだろうか……。

私の意図がどこまで伝わったのか、不実崎未咲は目を泳がせ、考えた様子を見せてから、

「さあな。じいさんみたいになりたくねーとは思ってたが、正直それ以外には実感ねえよ」

「……そうですか……」

「ただ――ある意味それ自体が、俺の中の血の影響なのかもな」

自嘲《じちょう》を滲《にじ》ませながら彼が口にした言葉に、私は耳をそばだてた。

「この境遇に生まれて、俺はずっと思ってた――自由になりたい、って」

「……自由……」

「不実崎未全の孫でさえなければ、俺はもっと自由に生きられた。友達がいっぱいいたかもしれないし、彼女だってできてたかもな。放課後に誰かの家で集まってゲームをしたり、コンビニの前で駄弁《だべ》ったり……そういう普通のことを、俺はじいさんの血筋っていう檻《おり》に閉じ込められてたせいでできなかった。そういう境遇への反発心が、今の俺を作ってる」

まあ今は結構、どれもできてるんだけどな――と不実崎未咲は少し照れ臭そうに言う。

「じいさんから自由になりたいっていう気持ちがなけりゃ、探偵学園にも入らなかった。そう考えたら、俺も結構、自分の血筋に影響されてることになるだろ？」

「それを……恐ろしいとは思わないんですか？」

「たまに思うさ。結局俺の人生、何もかもじいさんに作られてるのかもって――それに、実感ないとは言ってもさ。周りには言われるわけじゃん。お前のじいさんがあれをしてこれをして、って。でもだからって、俺が嫌な目にあうのは違うだろうがよ。悪いのはじいさんであって俺じゃねえ。ふてぶてしくてもそうやって腹決めて生きてくしかねえんだよ」

……腹を、決めて。

自由に……。

「何かの役に立ったか？」

「……そうですわね。あなたの好みの女性のタイプが少しわかりましたわ」

「え？　なんで？」

適当な韜晦《とうかい》で誤魔化《ごまか》して、私は物思いに沈む。

ふてぶてしくても……。

――お前の使命感は幻想の上に成り立った砂上の楼閣《ろうかく》だ
どういうわけか、マスターの言葉が脳裏によぎった。

――ピピピピピピピピ！

不意に着信音が響き渡る。

一同が一斉に音の源を見ると、万条吹尾奈《ばんじょうふいおな》がポケットから端末を取り出すところだった。

万条吹尾奈は端末を耳に当てて、軽い声音で言う。

「はい、もしもしー？　会長ぉー？」

その言葉が聞こえた瞬間、リビングに緊張感が漲《みなぎ》った。

恋道瑠璃華《れんどうるりか》からの連絡……！　何か状況に変化があったのだろうか？

「んー？　あー、はいはい。おっけー」

緊張感のない受け答えの後、万条吹尾奈は端末をテーブルの上に置いた。

そこから、史上最年少A階梯《ティアー》探偵の声が流れ出す。

『諸君、聞こえているか？　結論から手短に話すが――先ほど君たちが検討していたハッキング案、それを採用したい』

11　明智小五郎《あけちこごろう》に呪われた男

月読明来《つくよみあきら》は、二人の子供を引き連れてゲストハウスを出る。

鬱蒼《うっそう》と茂る密林は、もはや昨日とはまったくの別物だ。元々の林道がギリギリ残されていなければ、ほんの5分歩くだけでも遭難するハメになっていただろう。

このような危険地帯を、子守りをしながら歩かなければならない、と思うだけで溜《た》め息《いき》をつきたくなる。

恋道瑠璃華からの連絡は、次のようなものだった。

『金神島《かながみじま》のHALOシステム、そのセキュリティをすべてパスできるバックドアプログラムを、さるルートから入手した。これを書き込んだUSBメモリを、メッセージボトルの要領で海に流し、その島の砂浜に漂着させる』

海流を精緻に計算した上で、複数個流すことによってどれかは砂浜に辿《たど》り着《つ》いてくれるはずだ――ということだそうだ。そのUSBメモリを大江団三郎《おおえだんざぶろう》の書斎にあるPCに差し込めば、HALOシステムの内部にアクセスできる。仮に動作を止めることはできなくても、登録されているキング・マクベスの声を確認することはできるはずだと言う。

手っ取り早くて結構なことだが、メッセージボトルで島に持ち込むということは、誰かが砂浜に取りに行かなければならないということでもある。ドローンでもなんでも使ってくれればと思うものの、島の外部から飛ばしたドローンはすぐに自分の居場所を見失って墜落してしまうと言うから、他に方法はなかったのだった。

砂浜への回収部隊は、体力のある男が二人と、戦闘力のある女が一人選ばれた。すなわち月読《つくよみ》と、不実崎未咲《ふみさきみさき》、そして詩亜《しあ》・E・ヘーゼルダインである。

確かに両方とも、一見して子供の割には鍛えられていると評価することはできる。しかしはっきり言ってお荷物だ。〈万能探偵〉明智小五郎《あけちこごろう》の再現として育てられた月読にとっては、多少バリツをかじっただけの子供など物の数にも入らない。

「行くぞ。……離れてくれるなよ」

しかしそれでも、彼らを見捨てることはできない。

これは、呪いだった。

——明智さんは……素晴らしい。明智さんがいれば、きっとなんとか……

その譫言《うわごと》のような祖父の言葉を、月読は物心がつく前から何度も何度も聞かされてきた。

日本史上最高の探偵、明智小五郎を再現する。

その馬鹿げた誇大妄想は、その譫言に染み付いた妄執《もうしゅう》から始まった。

月読家の開祖でもある祖父は、少年時代に明智小五郎の活躍を直《じか》に見たことがあると言う。もちろん何の証拠もない、ただの口伝《くでん》だ。明智小五郎のライバル・怪人二十面相《かいじんにじゅうめんそう》が新聞を賑《にぎ》わせた事実はないし、少年探偵団のリーダー・小林《こばやし》少年だって実在したか疑わしい。

なのにそれでも、祖父の話に一族は魅入《みい》られた。

明智小五郎を絶やしてはならない。

彼は日本を救う存在なのだ。武芸百般に通じ語学も堪能、家族でも見間違う変装で怪人を翻弄《ほんろう》し、少年たちがピンチに陥れば必ず助けに来てくれる──

子供の幻想だ。

変身ヒーローを本物だと思うように、サンタクロースの正体を知らないかのように、大人《おとな》たちが揃《そろ》いも揃って、老人の妄言を真に受けた。

その結果、月読明来《あきら》の人生は使い果たされたのだ。

二十数年──まるで忍者か何かにでもなるような修行を、ひたすらに仕込まれた。卒業することを許されない果てしないごっこ遊び。どれだけ苦痛だと思っても、どれだけくだらないと思っても、親兄弟や親戚の声がそれを封じ込めた。

お前は明智小五郎になるのだ。

お前は明智小五郎にならなければならないのだ。

真理峰真源《まりみねしんげん》などまがい物。本物はお前だ。お前が本物だ。本物はお前だ。お前が本物だ。本物はお前だ。お前が本物だ。本物はお前だ。お前が本物だ。本物はお前だ。お前が本物だ。本物はお前だ。お前が本物だ──

……もはや月読は、自分が何を信じていて、何を疑っているのかもわからない。

どれだけ理性が否定しても、幼い頃から刻まれた呪いは拭えない──明智小五郎として生きることは、もはや月読《つくよみ》の本能になってしまっている。

だから、明智小五郎《あけちこごろう》であるしかない。

明智小五郎であり続けることしか、できない――

「……大丈夫です。こっちの方角で合ってます」

変貌した森の中でも正確に位置を捕捉し続ける詩亜《しあ》を見て、月読は心の中でほくそ笑む。

どれだけ自分が無様でも、こいつよりはマシだろう。

哀れな哀れな、探偵王のお人形。

自分の人生に疑問を抱くことすらできない、彼女よりは……。

12　一人遊びじゃ救われない

「ちょっと片付けてくるわ」

食べ終わった缶詰を捨てたゴミ袋を両手に持って、門刈《かどかり》が立ち上がった。

宇志内《うしない》が軽く腰を浮かして、

「手伝いましょうか？」

「平気よ。ちょっと台所に移してくるだけだから。襲われたら悲鳴でも上げるわ」

そう言って、門刈は一人でリビングのすぐ隣にある台所に消えていく。

ゲストハウスに逃げ込んでから、すでに3時間が経過していた。

バックドアプログラムの回収部隊を送り出して以降、ゲストハウスには停滞した時間が流れている。誰も特別に発言することはなく、かと言って本を読んだりゲームをしたりして暇を潰す雰囲気でもない。ただいたずらに空白の時間が過ぎ去っているだけだった。

（暇だなあ……）

吹尾奈《ふいおな》は欠伸《あくび》を噛《か》み殺《ころ》す。

一番暇つぶしになる不実崎《ふみさき》がいなくなってしまったから、いよいよやることがなくなってしまった。殺されるかもしれない、という恐怖は特にない。探偵であればその警戒心は持っていて当然のものであり、いちいち意識するものでもないし、何よりこの犯人は、自分みたいな小物を相手にはしないだろう――そういう予感があった。

この事件の犯人は、目立ちたがり屋だ。

バイト先の悪戯《いたずら》を動画にしてネットに上げてしまうような、そういう幼稚な承認欲求が見え隠れしている……。たぶん、子供だろう。少なくとも、精神的には。その割には仕掛けが大きすぎるっていうのが気になるところだけど――

（おっと。暇すぎて推理しちゃった）

自分らしくもない。

でも暇つぶしくらいにはなるかと思って、吹尾奈は推理を進める。

大江団三郎《おおえだんざぶろう》が刺し殺された時、天照館《てんしょうかん》にいた名前持ちのキャストは全員、その瞬間を第三者として目撃していた。つまりアリバイがある。名前を持たないスタッフについてもア

プリで所在の確認が取れており、やはり全員にアリバイがある。

残るゲストハウス組はと言うと、配信自体は見ていたものの全員バラバラの場所にいたと言う。男子二人が宇志内蜂花《うしないほうか》と3人きりの空間に耐えかねたらしい。

しかし3人は、事件が起こってから3分も経《た》たないうちに集合しており、時間的な問題から犯人ではありえない。ゲストハウスから天照館《てんしょうかん》までは歩いて10分はかかるのだ。

いずれにしても、犯人がHALOシステムを悪用して隠し通路を隠蔽《いんぺい》したと仮定する限り、犯人はシステムに声紋を登録した誰かと言うことになる。

招待された探偵6人以外の誰かが隠れて声を登録している（そしてキング・マクベス、もしくは大江団三郎《おおえだんざぶろう》を名乗っている）という可能性はすでに検討されていて、**6人の探偵以外は全員、システムに何を話しても反応しないことが確認されていた。**

すなわち、キング・マクベスとしてシステムに声を登録しているのは、未《いま》だ姿を現していない何者かか、6人の探偵のうちの誰かということになる。

探偵たちのアリバイが確かな以上、未知の何者かということになるが……。

ちなみに、この声紋登録システムには一つだけ抜け道が存在する。だけど、それが使用されている形跡は見られなかったし、トリックには関係ないと見て間違いないだろう。

この条件下で説明を付けられる可能性があるとすれば――

（……やめとこ）

吹尾奈《ふぃおな》は推理を中断させた。何の証拠もない言いがかりならいくらでも思いつくが、いたずらに冤罪《えんざい》を生むだけで、事件の解決には何の役にも立たないだろう。

もちろん、選別裁判《セレクト》に勝つためならばいくらでも屁理屈《へりくつ》を弄《ろう》するが、これは現実の事件なのだ――屁理屈の使いどころくらいはきちんと心得ている。

だからこそ、彼が必要なのだ。

吹尾奈がどんな屁理屈をこねても論破してくれる、そんな存在が。

（それじゃあ～……）

再び暇になった吹尾奈は、手近なところで一番からかい甲斐《がい》がありそうな人物にちょっかいをかけることにした。

その人物の背後にこっそりと忍び寄り、ポンポンと肩を叩《たた》く。

「――んギュっ」

そして振り返った頬《ほお》に、人差し指を突き刺した。

くすくすと笑う吹尾奈に、その人物――ロナは不機嫌そうな視線を送る。

「何の御用でしょうか？」

そう尋ねながら、ロナは吹尾奈に触られた肩や頬を軽く手で払っていく。盗聴器を警戒しているのだろう。

吹尾奈は軽く首を傾《かし》げながら言う。

「別にぃ？　ただの暇つぶし」

「……あなたはどうして、わたくしを目《め》の敵《かたき》にするんですの？」

スパイらしからぬ、直接な物言いだった。

「わたくしが何か、あなたに不利益をもたらしまして？」

「フィオの大切な助手クンに手を出した――ってなるその前の話だよね？」

吹尾奈《ふいおな》は一目見た時から、彼女のことがなんとなく気に入らなかった。

証拠もロジックもない。単なる勘――本能的な何か。生理的な嫌悪感だった。

今となってはその正体を、やはりなんとなく、掴《つか》みかけている。

「アンタだって感じてるはずだよ。アタシのこと、なんとなく気に入らないでしょ？」

「…………………」

「それが答えだよ。アタシたちは、同類なの。アンタを見てると、不細工な鏡を見てるみたいでイライラするんだよね」

ロナはそっと眉根をひそめながら、吹尾奈の瞳を睨《にら》みつける。

「一緒に……しないでください。あなたみたいにいい加減で、はしたない人と……」

「アンタにだけは言われたくないなぁ。はしたなさで人を騙《だま》すのが仕事の人にさ」

「言っておきますが、わたくしのやり方はあなたの考えているようなものではありません」

「なるほどね、清純ぶってるんだ？　性癖ダダ漏れじゃん」

「……はい？」

「だって――汚してほしいから、そういうキャラでやってるんでしょ？」

その瞬間、ロナの顔が瞬時に赤熱し、足が荒々しく床を蹴った。

「違いますッ！　私はっ――！」

立ち上がってから、ロナはハッとして周囲を見た。

今までは小さな声で話していたから聞《き》き咎《とが》める者はいなかったが、今は大きな声に驚いた面々が、一斉にロナの顔を見つめていた。

その失態を静かに嘲笑《あざわら》いながら、吹尾奈は言う。

「仮面が外れてるよぉ？　図星じゃないと、そんな顔はしないよね」

はい論破、と吹尾奈は冷たく囁《ささや》いた。

実際、ロナは二の句も継げず、ただうつむいて、ソファーに腰を戻す。

そんな様子でさえムカついた。

自覚がない。

自負がない。

自分の欲求から逃げている。

心のどこかでは探しているはずなのだ。魂の奥では求めているはずなのだ。口では、頭では、どれだけ否定していても、一度刻まれた願望からは逃げられない。

救われる方法はそれしかない。

見つけ出すしかないのだ。自分にとってのヒーローを。だってアタシたちは、自分で自分を慰めることすら許されない。

(どうせあんたも、欲しがることになるんだよ)

このプライドを。

この思想を。

この性格を。

この生き方を。

このアタシを。

（徹底的に論破《ころ》してくれる、誰かをさ）

13　あの人

ホログラムでしかないはずの密林は、しかし魔境と化していた。

木々の向こうにわだかまる闇の奥から唸《うな》り声《ごえ》が聞こえたかと思えば、血に飢えた野犬が飛び出してくる。もちろんそれも映像に過ぎないが、それにびっくりして足を取られれば、木の根に転倒させられたり、最悪の場合には隠されていた崖に落とされるハメになる。

「ったくちくしょう！　これじゃまるでお化け屋敷だ！」

毒づく俺に振り返って、エヴラールが言う。

「出口が用意されてるだけお化け屋敷のほうがマシです。あなたも方角をよく覚えておいてくださいよ、不実崎《ふみさき》さん――私たちはこの道を、次は戻らないといけないんですから」

「わかってる……」

俺は折り重なる梢《こずえ》の隙間から空を見上げる。空はオーロラに覆い尽くされていて、昼か夜かもよくわからない。しかしうっすらと太陽の光が透けていて、俺たちはそれでようやく、なんとなくの居場所を掴《つか》んでいるのだった。

もちろん探偵学園が誇る万能探偵道具である生徒端末には、方位磁石アプリがついているのだが……方角がわかった程度じゃあ自分がどこにいるのかわかりやしない。エヴラールと月読明来《つくよみあきら》は、自分の記憶や歩測を使って大体把握しているらしいが、こんなバケモンたちと一緒にすんなって話だ。

昨日遊んだ砂浜に繋《つな》がっているはずの林道は、記憶よりも明らかに曲がりくねっている。しかも何もないはずの場所で頭をぶつけたりするのだ。そのたびにエヴラールの記憶を頼って進行方向を修正し、実体のない密林の中を突き進んでいた。

「まったく、頼りないですねぇ。このくらいでそんなに汗だくになって」

目に見えているものが信じられない。幻の密林の中から何が飛び出てくるかわからない。その不安からくる緊張で、全身がぐっしょりと湿っていた俺に、エヴラールがハンカチを持った手を伸ばしてくる。

彼女は俺の額から流れる汗を拭いながら、

「鍛え方が足りないんじゃないですか？　ペット探しばっかりやってるからですよ」

「金がねえんだから仕方ねーだろ……」

「帰ったらお小遣いでも上げましょうか。荷物持ち一回５００ＤＹで」

にやにやと笑いながら言うエヴラールの顔を見て、俺は少し眉根を寄せた。

「なあ……お前、心なしか気が緩んでねえか？」

「え……え？　そうですか？」

「事件が起こった直後くらいは完全に探偵モードって感じだったのに……いつの間にか、寮にいる時みたいな感じに戻ってるような……」

もちろん他の探偵たちと話している時は真面目《まじめ》な空気感を出してるんだが、俺やカイラと話してる時なんかは、かなり自然体に近くなっているような。

「そりゃまあ、あなたより慣れてますからね。そうそう緊張ばっかりしていられませんよ」

かすかに、嘘《うそ》の匂い。

こいつ……何か隠してないか？

「おい、ガキども」

俺たちの会話を断ち切るように、先を歩いていた月読《つくよみ》が低い声で言った。

「気を引き締めろ。――ゴールだ」

――波の音。

それに言われてみれば、潮の香りを強く感じた。

密林の隙間の向こうに――寄せては返す、青黒い海がある。

俺たちは足を早めて、密林を一気に抜けた。

開けた視界に、白い砂浜が広がる。でも、ホログラムのオーロラに空を塞がれているからか、昨日よりもずっと薄暗く感じられた。

灰色の砂浜に、青黒い海。

この場所のどこかに、ＨＡＬＯシステムをハッキングするためのＵＳＢメモリが漂着しているはずだ。

「ここは視界が開けているな。固まって動く必要もないだろう。手分けしてさっさと――」

「――え？」

エヴラールが戸惑いの声を漏らした。

月読が眉をひそめる。

俺はエヴラールが、何かを見ているのに気づく。

砂浜が延びた先――波打ち際に、一人の男が、立っていた。

オーロラが落とす薄闇に紛《まぎ》れるような、漆黒のスーツ。葬式会場の端っこで背景に溶け込む葬儀会社のスタッフのような、黒子のようでいて、しかし異質な姿。

その男を。

俺たちは、この島に来て、初めて目にしたのだ。

「……誰、だ……？」

月読の呟《つぶや》きを、俺は喉を干上がらせながら聞いていた。

あの男を。

俺は街中《まちなか》で見かけたとしても、気づかないかもしれない。

すっきりと伸びた背中。海風に揺れる黒い髪。あまりにも静かな立ち姿。表情もきっとどこかで見たようなそれ。

会社員にしては不吉すぎ。

俳優にしては陰気すぎ。

落伍者《らくごしゃ》にしては鮮烈すぎ。

成功者にしては謙虚すぎる。

どこにも、何にも、誰にも属さない佇《たたず》まい。

俺はそれを――その姿を、その男を、その人を。
・・・
あの人を……知っていた。

「…………ソポクレス…………？」


あの人が俺に、いつも名乗っていた奇妙な名前。

それを口にした瞬間、側《そば》にいた二人の探偵が劇的な反応を示した。

「――ソポ、」

「クレス、ですって……!?」

愕然《がくぜん》と俺を見た二人の様子に、俺も驚いているうちに、あの人――ソポクレスが動いた。

腰を曲げ、砂浜に手を伸ばし、細い指で何か――ビンのようなものを拾い上げる。

見間違いでなければ。

そのビンの中には、ＵＳＢメモリが入っていた。

「――未熟なキャストには手間をかけさせられる。しかしそれもまた、愛《いと》おしい……」

そしてその目が――あの顔が、ゆっくりとこちらを向いた。

何の変哲もない、どこかから盗んできたような薄い笑みが。

瞬間、エヴラールと月読《つくよみ》が電撃的に反応する。エヴラールはスカートの裏から瞬時に折りたたみステッキを抜き、月読はマントを払って構えを取る。

そんな二人に向かって、ソポクレスは慇懃《いんぎん》に頭を下げた。

「お初にお目にかかります。私は犯罪劇団〈ディオニュソスの杯〉――〈詩人〉筆頭に任じられております、ソポクレスと申します」

そして頭を上げると、彼は俺に眼差《まなざ》しを向けた。

懐かしい、あの眼差しを。

「お久しぶりですね――坊ちゃん」

推定〈マクベス〉第1号――日本

恨みはなかった。
悪気もなかった。
ぼくはただ、外に行きたかっただけだ。
この狭い島の外に、ぼくという痕跡を残したかっただけだ。
だって、じゃないと、意味がないじゃないか。
海はこんなに広いのに。
世界はこんなに広いのに。
そのどこにも、ぼくがいないだなんて――あんまりにも、無意味だ。
3人、必要だった。
誰でも良かったわけじゃない。選び抜いた3人が、必要だった。
その3人の命が、ぼくにとってのパスポートだった。
ぼくを外の世界に連れていってくれる、翼だった。
――さあ、そろそろにしよう。

〈マクベス〉よ、ありがとう。
きみのおかげで、ぼくはこの広い世界に痕跡を残す権利を得た。
生まれ故郷よ、さようなら。
お前のおかげで、きっとぼくはこの衝動を得た。
世界よ、どうかこの声を聞いてくれ。
どんなにちっぽけであっても、ぼくという存在はここに在ったのだと。
……よし、いこう。
ぼくは自由だ。
そうしてぼくは、足を踏み出した。

極秘

推定〈マクベス〉第1号・調査報告

発生国　**日本**

環境類型　**孤島型**

被害者数　**3人**

事件推移　日本海に浮かぶ孤島で、事件は人知れず起こっていた。3人の住民が密室となった自宅で死亡し、それらにはすべて異なるトリックが使われていた。

　この島は非常に閉鎖的な文化を持ち、来る者を拒み、去る者を留める。夜這いや生贄といった前時代的な慣習も未だに残っており、さながらこの島自体が一つの世界のようだった。調査できた限り、事件の前後数年間、島から住居を移した者はいない。

　強固な相互監視社会によって犯罪率が抑えられている一方、ストレスからか自殺者が多い傾向にあり、事件の直後にもわずか12歳の少年が崖から身を投げている。事件との関連性は不明だが、少年に対する非人道的な行為の痕跡が、島の各所に残されていた。

被害者リスト

林純（はやし　じゅん）
――動物殺人トリック

黒澤勇太（くろさわ　ゆうた）
――死体をドアに立てかけるトリック

上田牡丹（うえだ　ぼたん）
――密室に死体を運び込むトリック

第三章　犯人はずっと前からすぐ側《そば》に

1　〈詩人〉筆頭

「……あんたが……なんでここに……」

薄暗い砂浜に立つ黒スーツの男——幼い頃から見慣れているその姿を見て、俺は愕然《がくぜん》と呻《うめ》いた。

エヴラールが油断なくステッキの先を彼に——ソポクレスに向けながら、俺のほうに横目で視線を送る。

「不実崎《ふみさき》さん……本当に彼が、あのソポクレスなのですか？」

「あ、ああ……。少なくとも俺にはそう名乗ってた……」

だけど……あの？

エヴラールも月読明来《つくよみあきら》も、警戒の仕方が尋常じゃない。一瞬たりとも臨戦態勢を解かないだけでなく、二人ともじんわりと、顔に汗が浮き始めていた。

「……とんでもない大物が出てきたものだ……」

いつも横柄な月読ですら、漏らした声はかすれていた。

「〈UNDeAD《アンデッド》〉が設立以来追いかけ続けている世界最大の賞金首が、こんなところでお出ましとはな……。〈マクベス〉はそれほど重要というわけか？」

「世界最大の賞金首……？　あの人が？」

「不実崎さん……あなたたち犯罪王直系の血筋が、私たち探偵から見逃され続けてきたのは、あの男が理由です」

ソポクレスのどこかから盗んできたような薄笑みを見据えながら、エヴラールは言う。

「〈劇団〉に生まれ、〈劇団〉に育てられた真性の犯罪者……。不実崎未全《みぜん》逮捕の時、推定年齢わずか8歳にして〈劇団〉の残党をまとめ上げ、その命脈を繋《つな》いだ驚異の天才……。世に憚《はばか》る劣化量産型の〈後継者《フォロワー》〉たちとは一線を画す、犯罪王・不実崎未全の正統後継者」

犯罪王の、正統後継者――？

唖然《あぜん》とする俺に、「そして」とエヴラールは続けた。

「これは推定に過ぎませんが……数々の情報が裏付けている事実でもあります。彼こそは不実崎未全が自身の思想と技術を受け継がせた唯一の子供――隠し子である、と」

……隠し子……？　じいさんの……!?

じゃあ……じゃあ、あの人は……！

「〈終末《おわり》の種〉のソポクレス――不実崎さん、あなたの叔父にあたる人物です」

叔父……俺の……。

だから、だったのか……。だから頻繁に、俺の家に来て……。だから探偵たちは、俺たち家族を相手にせず……。血の繋《つな》がった親戚だったから……ちゃんとした後継者が他にいたから……！

くつくつと、ソポクレスは密《ひそ》やかに笑った。

「バラされてしまいましたね——いつ明かすのが面白いかと、いろいろ構想を練っていたのですが」

「——そのUSBを寄越《よこ》せ」

断ち切るようにして、月読《つくよみ》が告げた。

「そもそも、なぜ今回に限って表舞台に出てきた？〈劇団〉は犯罪計画を作るだけで実行には関わらない——そういう組織だったと思うが？」

「いかにも。我らはあくまで演出家。脚本を演じるのは俳優の仕事です」

しかし、とソポクレスは、USBメモリが入ったビンを顔の横で軽く振った。

「今回は例外だ。何せ主演が、素人《しろうと》同然の新米でしてね——今はまだ、あなた方のような一流の探偵をまとめて相手にできるような器ではないのです。自転車に補助輪をつけるように、初心者にはサポートがなくては……。まあそれにしても、このような雑事は本来、〈群衆《コロス》〉の仕事なのですが」

「もういい。黙れ」

瞬間、白い砂が舞った。

バウンっ！　と音を立てて、月読明来《あきら》が砂浜から飛び上がったのだ。事件直後に見たのと同じ、爆発的な跳躍だった。およそ人間技とは思えない――まさに超人。漆黒のマントを薄闇に靡《なび》かせながら、月読は上空から全体重を乗せた蹴りをソポクレスに叩《たた》き込む。

だが、俺には結末がわかっていた。

無理だ。

あんな程度の攻撃じゃあ――あの人には通じない。

ソポクレスの手のひらが、月読の踵《かかと》にそっと触れていた。

「何っ……!?」

瞬間、月読の身体《からだ》が急激に縦回転する。そのまま砂浜に頭から墜落するが、月読はすぐに両手を地面に突っ張って、バク転するようにしてソポクレスから距離を取った。

ザザっ！　と靴を砂浜に滑らせながら、月読は愕然《がくぜん》とした表情でソポクレスを睨《にら》んだ。

「なんだ今のは……！　決して強くはなかった――しかし身体を突き抜けた衝撃は……！」

「もしや……バリツ……!?」

「……いや、違う」

エヴラールの呟《つぶや》きを、俺は静かに否定した。

「バリツは『合理』の格闘術だ……。あの人が使うのはその真逆――『不合理』の武術」

「『不合理』の武術……？」

「〈詩人〉は事件に関わらない——関わってはいけない。だから探偵にとって推理不可能の、特異点でなければならない——俺はかつて、そう教わった」

「探偵にとっての特異点……？　もしかしてそれって……！」

「〈ノックスの十戒《じっかい》〉の失効項目……！　〈第五戒《ミッシング》〉使いか！」

月読《つくよみ》は忌々《いまいま》しげに舌打ちをする。

〈第五戒《ミッシング》〉とやらが具体的に何を示す用語なのか、俺は知らない。だが、その意味するところはなんとなくわかる。

不合理・不可解・不自然——どんな推理でも説明できない『決して解けない謎』は存在する。探偵が神ならざる人である限り、それは受け入れざるを得ない事実だ。

ソポクレスはその隙を突いている。探偵が用いるシステムのバグを利用しているとも言えるだろう。感覚的・非科学的な術理によって紡がれた武術は、合理的・科学的な術理によって紡がれたバリツでは対応できない。いわば対探偵用の格闘術なのだ。

「……いかに推理不可能を標榜《ひょうぼう》したとて、それは現時点での話」

月読が腰を低く落とし、再び臨戦態勢を取る。

「幽霊の正体見たり枯れ尾花、だ。スカイフィッシュが蠅《はえ》の残像だったように——ミステリーサークルがただの悪戯《いたずら》だったように——気功だろうが、エスパーだろうが、見抜いてしまえばただの奇術にすぎん」

「ではご期待に沿って、こうお答え致しましょう」

ソポクレスは迎え入れるように両腕を広げ、ゆっくりと頭を下げた。

「種も仕掛けも——ございません」

「抜かせ！」

よせ、という言葉が出る前に、月読は再び突撃していた。

やはりそのスピードは人類の限界に肉薄している。砂煙は置き去りにされ、その姿は霞《かす》んで煙《けぶ》った。黒いマントの影だけを一瞬前の空間に置いて、月読の本体はすでにソポクレスの懐に飛び込んでいる。

アギト《あご》のような形になった右の手指が、ソポクレスの喉笛を噛《か》み切《き》ろうとした。

あるいは、殺そうとしていたのか。気道を締め上げて捕縛するつもりだったのか。月読の意図は、結局のところわからない。

月読の顔面が、砂浜に押し付けられていたからだ。

「……え？」

エヴラールが戸惑いを表情に浮かべる。

まるで時間が奪われたかのようだった。

確かに一瞬前までは、月読は攻撃態勢に入っていた。しかしほんの一瞬間を置いただけで、その身体《からだ》はうつぶせに倒れてしまっていたのだ。

ソポクレスが何をしたのか、傍目《はため》に見てもわからなかった。

速いわけじゃない。ただ、理解の外だっただけだ——人はあまりに意外な現実を目にすると、それを受け入れるのに時間を要する。そのラグの間に、月読《つくよみ》が倒されただけだ。

理外の武闘——ソポクレスの拳を、資格なき者は見ることすら能《あた》わない。

「大したものです」

倒れていることにようやく気づき、起き上がろうとした月読の背中を、ソポクレスの靴底が鋭く踏みつけた。

「あぐっ……！」

「その身体能力だけでC階梯《ティアー》には相当するでしょう。弛《たゆ》まぬ研鑽《けんさん》が為《な》しえた、まさに努力の結晶だ。いや——あるいは妄執《もうしゅう》と言ったほうがよろしいか？　明智小五郎《あけちこごろう》の劣化品よ」

走り出そうとしたエヴラールを、俺は肩を掴《つか》んで止めた。

勝てるわけがない。今わかった。あの人を正面から相手できるのは、世界でもトップクラスの——S階梯の探偵だけだと。

「屏風《びょうぶ》の虎を引きずり出そうとするような行いを、一体何十年続けてきたのか……。あなたの力。あなたの技。すべてがあなたの人生を偲《しの》ばせる。あまりにも哀れだ——そしてだからこそ、輝くような魅力がある」

……いや、そんな賢い打算じゃないかもしれない。

俺はただ、恐ろしいだけなのかもしれない。

人間を踏みつけにして、なおも柔らかに笑い続けている、あの人のことが。

生まれて初めて見る――犯罪者としてのソポクレスが。

「どうです？」

歯を食い縛って睨《にら》み上げる月読に、ソポクレスは悪魔のように微笑《ほほえ》みかけた。

「あなたのために脚本を書きましょう――その中でなら、あなたは今よりも光り輝ける」

「グッ……！　き、貴様ッ……！」

――バガァァァンッ!!

という強烈な破裂音が、唐突に耳をつんざいた。

すべての視線が、エヴラールに集中した。その白い手にはいつの間にか、白い煙をたなびかせる拳銃が握られていた。

「お、おま、それっ……！」

一瞬動揺するが、ソポクレスにも、砂浜にも、どこにも弾丸が着弾した痕跡がない。空砲……？　そうか……！

「――バリツ二式〈ジオッコ・ピアニッシモ〉」

ソポクレスが妖しい笑みを湛《たた》えながら、エヴラールを見つめる。

「弾丸の入っていない銃で相手を威圧し、隙を作って制圧するバリツ――それは私には通用しませんよ、王女殿下。殺意なき銃口に恐怖するほど、幼くはない」

「本当に殺意がないかどうか、試してみますか？」

拳銃の銃口をまっすぐソポクレスに向けながら、エヴラールは告げる。

「あなたはとっくに、生死問わず《デッドオアアライブ》の賞金首。ここで射殺したところで、私は罪に問われませんよ」

「……ふふ」

小さく含み笑いをすると、ソポクレスはゆっくりと、月読《つくよみ》の背中から足をどけた。

それからUSBメモリが入ったビンを、軽く振ってカラカラと鳴らした。

「目的はすでに達しました。ここはその、可愛《かわい》らしいハッタリに乗っておくとしましょう」

両手をホールドアップしながら、一歩、二歩と、ソポクレスの足が月読から離れる。それでもエヴラールは、拳銃をひたと照準して動かさなかった。

「――ところで」

両手を上げたまま、ソポクレスが言った。

「こんなところで遊んでいる暇はあるのですか？　探偵の皆さん――お仲間の配信の様子が、おかしいようですが」

……配信？

俺も、エヴラールも、起き上がりかけの月読も、一様に眉根を寄せた。

それから俺は急いで端末を取り出すと、探偵たちの視点配信が並んでいるページを開く。

すると――門刈千草《かどかりちぐさ》の配信が、なんだか妙だった。

ライブ中と表示されているのに、画面が真っ暗で……。

「エヴラール！　これ！」

配信を開いてエヴラールに見せると、彼女も小さく目を開いた。

何も映っていない真っ暗な配信は、しかし奇妙な物音だけを垂れ流していた。

何かを落とす音……棚の扉を開ける音……閉じる音……机を叩《たた》く音……バッグのファスナーを開ける音……。そんな物音が移動している。比較的近いところから、徐々に遠ざかっていって、また近づいてくる……。

やがて、どさりと、何か重い物が落ちる音がした。

いや――あるいは、誰か人間が、床に倒れたような……。

「……そんな……」

エヴラールは、顔を青ざめさせる。

この海岸に着く前の少し気の抜けたような雰囲気が、何もかも間違いだったかのように。

俺はふと端末から顔を上げた。

ソポクレスはすでに、足跡一つ残すことなく、砂浜から消え去っていた。

2　第二場

門刈千草は、彼女自身の部屋で死んでいた。

収納という収納が開け放たれた、空き巣にでも入られたような部屋で、口の端から泡を吹きながら死んでいた――そう、それはあたかも、この場で溺れ死んだかのように。

部屋の天井には、血文字を模した書体で文章が投影されている。

――『海で皆　泡雫《あぶくしずく》と　溺れ死に』。

唱え歌の2行目――見立て殺人、か。

残るは2行――殺人は、まだ終わっていない。

「……すみません……」

天野《あまの》先生が、それこそ死体のような顔色をして、か細い声で謝った。

「君たちの、配信に、気を取られて……気づかなかった。忘れてしまっていた。彼女が、いつまで経《た》っても帰ってこないことを……」

「……言い訳はいい」

月読《つくよみ》の横柄な口ぶりにも、どこか覇気がなかった。二人目の犠牲者が出たことを気に病んでいる――という感じではない。どちらかといえば、ソポクレスへの敗北が、彼から自信を失わせているように見えた。

「詳細を寄越《よこ》せ。なぜこんなことになった？」

「それじゃ、フィオから説明するね？」

天野先生の憔悴《しょうすい》ぶりを見てか、フィオ先輩が現場の前の廊下で、俺とエヴラール、月読の砂浜遠征組に、経緯を説明し始める。

「**キミたちがゲストハウスを出てすぐ――たぶん1時間くらい前かな？――に、あの女医さんがリビングを出てったの。食べ終わった缶詰を片付けるために、ゴミ袋を持ってね。**

それからしばらくして、キミたちが砂浜に辿《たど》り着《つ》いた――それからはみんな、配信に釘付《くぎづ》け。まさかあんな大物が出てくるなんて思わないもん。

そうしてるうちにご存知《ぞんじ》の通りあの変な配信が始まって、フィオたちはみんなしてこの部屋に駆けつけた。**ドアにはもちろん、内側から鍵がかかってた。**呼びかけても返事がないから、学園から持ってきた密室解除ツールで錠を壊して、中に入ったの。そしたらご覧の通りの有様だったたってわけ」

泡を吹いて死んでいる門刈《かどかり》を指差して、フィオ先輩は言う。

エヴラールはそっと眉をひそめて、その屍《しかばね》の側《そば》にしゃがみ込んだ。フィオ先輩はそれを背後から覗《のぞ》き込《こ》みながら、

「**検死はもちろん念入りにしたよ。フィオたちが見つけた時点で確実に死んでた。それと部屋の机の中から面白いものが出てきたよ。**ほら」

フィオ先輩がエヴラールの手元に一本の鍵を落とした。エヴラールは瞠目《どうもく》する。

「この鍵は、まさか……」

「**ゲストハウスの客室のマスターキー。**暗証番号式の施錠システムを追加する前に**一本だけ作られた**ものらしいよ。メイドちゃん曰《いわ》く。記録上は処分されてるはずらしいけどね――大江団三郎《おおえだんざぶろう》がイベント用にガメてて、犯人が利用したってところかな。なんにせよ、一本しか作られてない鍵がここにあったってことは――」

――密室。

犯人が出ていく時に、鍵を閉めることができなくなる。普通なら暗証番号で閉めることができるが、さっき先輩は**内側から鍵がかかっていた**と言った。**内鍵による施錠は暗証番号とは別物**だ。

「**この鍵以外に、暗証番号を使わずに外から施錠する手段はないんですね？**」

「**ないみたいだね。他に鍵が作られた記録がないもん。**ま、犯人を信用してもいいんじゃない？　わざわざ鍵を置いていったのは密室だっていう意思表示なんだろうし——ただし、今回は不思議でも何でもないけどね」

「……**毒殺**、ですか」

死体の顔の辺りを見ながら、エヴラールが冷えた声で言った。

「種類まではわかりかねますが……。**門刈《かどかり》さんは自分で部屋の中に立てこもった後、毒で死亡した……。典型的な、内出血密室です**」

……内出血密室。

昨日本宮《もとみや》から教えられたばかりだ。犯人から逃げるなどして、被害者自身が密室を形成した後、死んでしまうといったタイプの密室殺人をそう呼ぶらしい。

「**死体の手元に医療鞄《かばん》があるでしょ？　たぶんそれに解毒薬が入ってたんだろうね。**だからフィオたちの誰にも助けを求めずに、まっすぐこの部屋に来た……」

門刈の周りには中身がぶちまけられた小ビンが散乱していた。中身はとっくにカーペットに染み込んで乾いている。この中のどれかが、彼女が求めた解毒薬だったんだろう。

「ってところで、不審なポイントが二つあるんだけど」

俺、エヴラール、月読《つくよみ》の視線が、フィオ先輩に集中した。

「まず一つ目。**女医さんが孤立する直前まで食事をしてた**んだけど、普通、この時に毒を盛られたって思うじゃん？」

「違うんですか？」

「**胃の内容物から毒が出なかったんだよね。**手持ちの検査キットで軽く調べたんだけど」

「胃の内容物って……解剖でもしたのかよ？」

俺の質問に、フィオ先輩は呆《あき》れたように片目をつむり、

「やだなあ、助手クン。死体には傷一つないじゃん。**ゲロだよ、ゲロ。この部屋のトイレに吐いてあったの**」

ゲロゲロー、とフィオ先輩は手を使って口から吐き出すジェスチャーをした。解毒薬を飲む前に、トイレに駆け込んで応急処置をしたってところか……。

「ってなると、毒は経口摂取じゃなかったってことになるでしょー？　例えば、注射器で血管に打ち込んじゃうとかさ――でもそれだと」

「毒が回るのが早すぎる……」

エヴラールが口元に手を当てて、ぼそりと呟《つぶや》いた。

「経口摂取ならば消化を待たなければなりませんから、最大で3時間程度は毒の効き始めを遅延させられる可能性がある……。ですが、血管に直接注入してしまっては、毒はあっ

という間に身体《からだ》を回り、効力を発揮してしまう――そういうことですね？」

「そういうことぉー。それにプラスして悲報なんだけど、**女医さんが孤立してからあの真つ暗配信がつくまでの間に、生きてる女医さんを見たって人がいるんだよね**」

「あ、それわたしだよ」

遠巻きに話を聞いていた宇志内《うしない》が、遠慮がちに手を上げた。

「**遠目に見ただけなんだけどね、廊下を歩いていく門刈《かどかり》さんをちらっと……。事件が起こる30分くらい前かな。一瞬だったけど、体調が悪そうな感じはしなかったよ**」

「そして――」

エヴラールが立ち上がり、ゲストハウス居残り組を見回した。

「――**その目撃時刻から事件発生まで、全員のアリバイが完璧だった。そうですね？**」

「**大正解！**　ちょうどその時にキミたちが砂浜に着いたからねぇ。間違いないよ。その前までだったら、結構みんな、トイレに行ったりしてて自由だったんだけどねぇ」

待てよ……？　毒の回りは早かった。しかも被害者に直接注射器を刺すなどした可能性が高い……。つまり事件発覚からそう遠くない時間に、犯人が被害者と対面して犯行に及んだことになる。

それが可能な時間に、アリバイのない人間がいない。

すなわち――誰にも殺せない。

「それじゃ、不審なポイントもう一つね」

フィオ先輩が指を立てて、現場の壁際を指差した。そこにはランプが乗った棚がある。今はすべての引き出しが開けられて、中身が乱雑に飛び出していた。

「この現場の状況について。メイドちゃんが面白い意見を出してくれました。どうぞ〜」

囃《はや》し立《た》てるようなフィオ先輩に答える形で、カイラが楚々《そそ》と歩み出てきた。

今まで存在に気がつけないほど黒子に徹していたメイドの登場に、月読《つくよみ》が不審そうに眉をひそめる。一方のエヴラールは褐色肌の助手に信頼の眼差《まなざ》しを向けて、

「再現できたんだね？」

「おおよそは」

切実な表情で頷《うなず》きかけて、送り出すようにカイラの背中を軽く押した。

状況がつかめないでいる俺と月読に、エヴラールは言う。

「彼女は職業柄、生活空間の状態に敏感です――それこそ、細かな情報から、そこにいた人間の行動を再現できてしまうほどにね」

……確かに、カイラは普段から、寮の中の状態について異常なほど細かく観察しているし、異常なほど細かく記憶している。そこにエヴラールと最後まで探偵王女の座を争った推理力が合わされば――

「カイラ。始めて」

カイラは俺たちを振り返ると行儀よく腰を折り、いつもの無表情で言った。

「これより、門刈様がこの部屋に入ってからの行動を再現致します。**ただし、この推理は**

門刈《かどかり》さまが天照館《てんしょうかん》からゲストハウスに帰還以後、この部屋に戻っていないことを前提としておりますす。この事実はすでに証言により裏付けされております」

もう一度頭を下げて、カイラは俺たちに背を向け、歩き出した。

入り口から出発し、左の壁際を足早に歩きながら、彼女は口を開く。

「漁《あさ》られている収納のほぼすべてに唾液や胃液の付着が認められます。よって門刈さまは部屋に入った後すぐに、トイレに向かって胃の中身を嘔吐《おうと》したものと思われます」

トイレのドアを開け、すぐに閉じると、

「この行動から、門刈さま自身の認識としては、毒は食事の中に入っていたものと考えていたようです。この不審点については一旦判断を留保します」

「…………！」

毒を注射器などで注入されたのだとしたら、吐いて解毒なんてしようとするはずがない。

どういうことだ……？

カイラはトイレから客室に出ると、ベッドに置かれているドローンに軽く触れた。

「次に、門刈さまはドローンを操作し、配信を開始します。カメラのレンズはあらかじめ破壊されており、そのために放送されたのは音声のみとなりました。この部屋の中にレンズの欠片《かけら》などは発見されておらず、破壊されたのは別の場所でのことと思われます」

何のためにそんなことを……？　助けを求めるためだとしたらその旨《むね》を配信で言うか、犯人の名前を叫ぶかしていたはずだ。毒の苦しみで声が出なかったとか……？

カイラはそれから、ベッドのサイドテーブルに触れる。

「**ここから先は、配信から聞き取れた物音に基づいた推測になります。まず、門刈さまはサイドテーブルの上にあったこの置時計を手に取りました。そしてそれを片手に抱えたまま壁沿いに移動し――**」

カイラは門刈の行動を再現していく。デスクの引き出しを漁り、その上部に据え付けてある戸棚に左手を伸ばし、扉を開け、左側だけ閉め――

「**この間、門刈さまは置時計をどこにも置きませんでした。配信にその物音がなかったことが根拠の一つ目。置時計に付着している体液の分布を見るに、ただの一度として持ち直していないであろうことが根拠の二つ目です**」

門刈の手に付着していた唾液や胃液は、当然置時計にも付着しているはずだ。そして置時計を一度でもどこかに置いて、持ち直した場合、それら体液が付着した位置は２箇所以上に分散する――カイラはその痕跡がないことを確認したのだろう。

さらにカイラは収納を漁りながら壁沿いをぐるりと一周して、ベッドの側《そば》に帰ってくる。そこには門刈の死体と、ファスナーを開けられた医療鞄《かばん》があった。

「**そしてこの鞄の側に置時計を置いた後、鞄から解毒薬を探し出し、飲み干しましたが――時すでに遅く、亡くなられてしまいました**」

「……おいおい」

月読《つくよみ》が苛立《いらだ》たしげに、唇を歪《ゆが》めた。

「なんだこれは――意味がわからん。無駄な行動が多すぎる」

まさにそうだった。

毒が回って生きるか死ぬかの人間が、自分の部屋を空き巣みたいに探し回って何をしている……？　解毒薬は鞄《かばん》の中にあるとわかっていたはずだ。自分の鞄なんだから。

「収納を片っ端から開けて回ったのは百歩譲ってわからんでもない。何かしら見つけなければならないものがあったんだろう。だが、その置時計は何だ？　そんなものをわざわざ移動させて、一体どんな意味がある？」

「これは推測になりますが、始点と終点をはっきりさせるためだと思われます」

カイラが振り返り、平静な声で言った。

「実際、わたくしはこの置時計の移動があったからこそ、門刈《かどかり》さまがどこからどういう順番で収納を開けていったのか、特定することができました。置時計の移動に意味があるとすれば、我々に自分の行動を推理させるためだとしか考えられません」

「ダイイングメッセージ……というわけですね。あの暗黒配信も含めて」

エヴラールの言葉に、カイラは頷《うなず》いた。

「現状ではそう解釈するのが最も合理的です」

ダイイングメッセージ――死に際の伝言。

だとしても、解毒薬を飲むことより優先すべきことだったのか……？　もしかしたら、その無駄な行動さえなければ、助かったかもしれないのに……。

「馬鹿馬鹿しい……。そもそも、それらの行動はすべて配信されていた。映像こそなかったがな。何か伝えたいことがあるのならば、口で言えばよかったはずだ」

「あ、言い忘れてた。たぶん声は出せなかったと思うよ」

「何？」と月読《つくよみ》が眉根を寄せ、フィオ先輩が身振りでカイラに会話の主導権を渡す。

「門刈さまの肌には蕁麻疹《じんましん》が、喉にはひどい腫れが確認されました。おそらく何らかのアレルギー反応です。とてもまともに発声できる状態ではなかったと思われます」

「犯人に知らない間にアレルゲンを食べさせられてたんだろうけど、それだったらもちろん毒物検査キットには引っかからない。**でも、死因はアレルギーじゃない。**口から吹いてる泡を調べたら一応毒っぽい反応が出たし」

　犯人は門刈に喋《しゃべ》らせないためにアレルゲンを盛った……？　缶詰に注射したりすれば不可能ではないだろうが、そうなると、門刈はアレルギーと毒物の両方に苦しめられながら、部屋の中で謎の行動をしていたことになる。それにどんな意味があるって言うんだ……？

「……はぁ……」

　エヴラールがこめかみに指を当て、頭痛がするようにかぶりを振る。それは俺にとって、初めて見るエヴラールの姿だった――ただ山積する謎に悩んでいるという風じゃない。それは、そう――混乱、しているように見えたのだ。

　彼女の様子が変わったのも、ソポクレスが現れてから。月読のように直接敗北したわけでもないし、それどころかあの人を退却させたのはエヴラールだ。

どうしてだ？

あの人が現れてから、何もかもが切り替わってしまったような気がする――

「――……皆さん、聞いてください」

世界は加速していく。

俺を置き去りにして。

天野《あまの》先生が唐突に口にした言葉は、俺たちをさらなる混沌《こんとん》に叩《たた》き込んだ。

「僕が、犯人役なんです」

3　〈金神島《かながみじま》の殺人〉

リビングに場所を移し、俺たちは神妙に、天野先生の告白を聞いた。

「ＨＡＬＯシステムを応用した、まったく新しいトリックの事件を作りたい――僕は大江《おおえ》団三郎《だんざぶろう》氏から、そう話を聞いていました」

天野先生の対面に座るのは月読明来《つくよみあきら》。それ以外の面子《メンツ》は、柱に背を持たせかけたり、ソファーの背もたれに手をかけたりして、どこか落ち着かない様子で話を聞いていた。

「事件の全体構想はこういうものです――殺人が一つ起こるたびにホログラムによって天照館《てんしょうかん》の構造が変わり、その構造を利用した密室トリックを実行する。事件は全部で四つで、それをすべて解き明かすと、ＨＡＬＯシステムは停止し、島を脱出する道が現れる――僕の役どころは、犯人兼第三の被害者です。いわゆるバールストン・ギャンビットですよ」

「（バールス……何やて？）」

黄菊《おうぎく》が隣の本宮《もとみや》にこそこそと質問する。「（犯人が被害者を装って容疑を逃れようとするトリックのことだよ）」と本宮が呆《あき》れ気味に答えた。

「大江さんが第一の被害者となるのは、僕が聞かされていたシナリオと一致していました……。ですから、僕はずっと、思い込んでいたのです。あの男――ソポクレスが現れるその時まで、これはまだイベントの内だと……」

エヴラールが、自分の二の腕をぎゅうっと握り締めるのが見えた。

「天野守建《もりたて》……貴様は自分が犯人役だったと言ったな。その仕事の内に、大江団三郎を殺すことは入っていなかったのか？」

月読の意地の悪い詰問《きつもん》に、天野先生はゆるくかぶりを振って答える。

「現場の形成はスタッフにお任せすることになっていました。そのほうがミスがありませんしね……。僕はただ、指定通りの時間に、指定通りの場所に立っているだけでよかった」

「貴様は大江殺しの時、俺たちと一緒に食堂でそれを見ていたな。完璧なアリバイがあるその状態で、大江を殺害できるトリックがあったということか？」

「はい。**単純なトラップ殺人です……。皆さんが隠し通路の存在を疑っていたタペストリーの裏には、小さな部屋だけがあるのです。そこに電波を送ると短剣を射出するボウガンのような装置があり、それによって背後から大江さんを刺殺するというシナリオでした。**

トリックはシンプルですが、解き明かすためには『キング・マクベス』の正体を突き止める必要があります。それがあの隠し部屋を封じているホログラムのキーですから」

天野《あまの》先生は頷《うなず》いて、

「トリックを解き明かすために犯人を突き止める——逆説的な仕掛けというわけか」

「ですが、もはや本来のシナリオからは完全に逸《そ》れている……。僕の知っているシナリオでは、このタイミングで門刈《かどかり》さんの殺人など起こるはずがなかった……。僕が犯人である、という推理が、まだあの隠し部屋の鍵として機能しているかはわかりません」

「天野さん」

ここで初めて、エヴラールが口を開いた。彼女は青い顔で、どこか縋《すが》るように質問する。

「大江《おおえ》さんが殺された時点では、まだイベントだと思っていた——と仰《おつしや》いましたよね。しかしあなたも確認したはずです。大江さんが確かに死んでいたことを——それでもイベントだと思っていたのですか？　大江さんがよくできた死んだふりをしていると？」

「その通りだよ。何せ、門刈さんが共犯役だったんだから」

俺を含む学生組が驚きを示す。門刈千草《ちぐさ》が共犯役だった？

フィオ先輩だけが鼻で笑って、

「医者が共犯とか、ベタベタもいいとこじゃん」

「まあ、反論はできないね……。大江さんは古典的なミステリがお好きだったようだから」

天野先生は苦笑しつつ、

「だから僕は門刈さんが監修して、君たち探偵の目を誤魔化《ごまか》すような死んだふりの方法を作り出したんだと思っていた――犯人役なのに変な話だけど、トリックのすべてを聞いているわけじゃないんだ」

「そう……ですか」

逡巡《しゆんじゆん》したような様子で、エヴラールはようやくそうこぼした。それを天野先生は不審の現れだと思ったのか、自嘲《じちよう》するように力なく微笑《ほほえ》む。

「信じられなくても無理はないよ。ただ、僕は僕が知っていることを伝えるだけだ。これ以上油断して犠牲者を増やしたくないからね……」

「知っていることとってぇ？」

先輩の小首を傾《かし》げながらの質問に、天野先生は深く頷いて、

「さっき、四つの事件に四つのトリックが用意されていたと言ったけど、そのうちの一つ――僕自身が被害者になる事件のトリックは、この島自体から脱出するものだったらしい」

「島から脱出？」月読《つくよみ》が眉をひそめる。「ＨＡＬＯシステムを解除する前に、か？」

「そういうことになるね。**ホログラムを消し去らなくても、この島から脱出できる方法がどこかにある。それを使うことが、犯人側の勝利条件なんだ。**最後まで犯人を見つけられなければ、ホログラムを消すこともできないわけだからね……」

……それもそうだ。ホログラムがある限り、犯人自身もこの島に閉じ込められていることになる。犯人の目的が皆殺しではないのなら、目的を達成したらさっさと逃げ出せるよ

うに、何らかの方法が用意されていないとおかしい……。

だが、そんな方法、どこに？

「これが僕が知っていることの全部だ。信じるか信じないかは、君たち次第だ……」

リビングに沈黙が降りた。

それぞれ、今の話をどう飲み込むか考えているようだった。俺だってそうだ。大江団三郎《おおえだんざぶろう》が殺された時点で、イベントは本物の犯罪者に乗っ取られたものだと思っていた。実際にはそれが正しかったわけだが、天野《あまの》先生は違うように考えていた……。門刈千草《かどかりちぐさ》が共犯役だったというのなら、彼女もきっと——あるいは最期まで。

同じものを見ていたのに、まったく違うように見えていた——

これだけの探偵が集まっているのは、果たしていいことなのだろうか？　探偵がたった一人のほうが、むしろシンプルに捉えられたかもしれない……。俺は今更のように、選別《セレ》裁判《クト》の根拠となっている、探偵学園の信条を思い出していた。

「（——不実崎《ふみさき》さん）」

不意にくいくいと、服の袖をエヴラールに引っ張られる。

「（ちょっと……いいですか）」

「（……どうした？）」

「（聞いてほしいことが——そう、聞いてほしいことが、あるんです）」

俺は驚く。

こんなに弱々しいエヴラールの声は、初めて聞いた。

「（……わかった。俺の部屋でいいか？）」

「（……はい）」

4　探偵王女の懺悔《ざんげ》

俺に続いて部屋に入ると、エヴラールはきっちりとドアを閉じた。

その後ろには相変わらずドローンが飛んでいる——だが、配信ランプはついていない。

本当に他人には聞かれたくない話らしい。

俺はデスクの椅子を引いてエヴラールに勧めると、自分は整えられたベッドの端に腰を下ろした。**そういえば、朝に呼び出しついでに竜胆《りんどう》さんが整えてくれたんだっけ。**

エヴラールはドローンをデスクの上に置くと、椅子に座ってスカートを小さくぎゅっと握った。心の整理をつける時間だと察して、俺は黙って待つ。

10秒ほど経《た》って、エヴラールはようやく口を開けた。

「実は……私もなんです」

「え？　……もしかして、お前も犯人役だったってことか⁉」

「あ！　そ、そうじゃなくて……！　私もついさっきまで、事件じゃなくてイベントだと思ってたってことです……」

な、なんだ……。そっちか……。

「お前も大江《おおえ》さんは生きてるって思ってたのかよ。あんなに真剣な顔で捜査しておいて」

「いえ……捜査の時点では、私も事件だと思っていたんです。**私がイベントだと思ってしまったのはその少し後……月読《つくよみ》さんが書斎を調べていた時です**」

そういえば、と思い出す。あの時、カイラが何かエヴラールに耳打ちをしていた。思えばあの時からだ、エヴラールの様子が変わったのは。

「その理由……聞いてもいいのか？」

「……いえ、今はまだやめておきましょう」

「出たよ、名探偵ムーブ。確証を得るまでってやつか？」

「違います……。万が一にも犯人に知れるとまずいんです。あの時カイラが気づいたことは、もしかすると、犯人にとって切り札かもしれないんですから――」

「犯人の切り札……？」

エヴラールは神妙な顔で頷《うなず》く。

「私たちはあの時、大江さん殺しのトリックに気づいたんです。だからこそ、本格的な事件を模したイベントだと思ってしまった――ん、ですけど……」

「何悩んでんだ？　それって天野《あまの》先生が言ってたトラップ殺人トリックのことだろ？」

「それが、違うんです」

俺は息を詰めた。

「私とカイラが気づいたのは、全然別のトリックです――そして、犯人役もまったく別の人だったんです。だから、わけがわからなくなってしまった……。犯人役だったと自白した天野先生が、思っていたのとは全然違うことを言い始めたから……」

エヴラールは眉根に深い皺《しわ》を刻んで、いつもの毅然《きぜん》とした敬語もどんどんほどけていく。

「こんなわけのわからない事件は初めて……。簡単なのか、難しいのか、それすらもわからない……。でも、たぶん、おそらく言えることは、私たちは犯人にとって本命のトリックに、先に気づいてしまったということ。ダミーとして用意されていたトラップ殺人のトリックを飛ばして――犯人の想定よりも、私たちの推理力が高すぎたんだ……」

「なんだよ、そりゃあ……。それじゃあまるで、この事件の犯人が――」

――未熟なキャストには手間をかけさせられる

その時、ソポクレスの言葉を思い出して、俺は言葉を止める。

そんな俺の顔色を見て、エヴラールはゆっくりと頷いた。

「そうです。この事件の犯人は、間違いなくド素人《しろうと》です」

「いや待てよ。お前は前にもそんなこと言ってたけど、そんなに未熟な犯人にここまで大規模な事件が起こせるもんなのか？　島丸ごと閉じ込めてんだぞ」

「たぶん、それを可能にするのが〈マクベス〉なんですよ」

犯罪王の計画書――

「私はもう、〈マクベス〉の正体に想像がついています。この想像が正しければ、すべての殺人が密室である理由、毎回トリックが変わる理由、情報が封鎖された環境というルールが破られている理由——全部説明がつく。この計画書は、絶対に野《の》に放っちゃいけない……。絶対に絶対に、この島で回収しなきゃいけない……。できなかったら、最悪——」

エヴラールはどこまでも真剣な表情で、一度唾を飲み込んでから、その推理を語った。

「——世界が、滅ぶ」

あまりにも荒唐無稽《こうとうむけい》な言葉に、しばらくの間、脳が理解を拒絶した。

なん……なんだって？

世界が……滅ぶって言ったのか、今？

「お、お前……大袈裟《おおげさ》だろ、それは……。犯罪王の計画書なんて言ったたって、たかが殺人事件だぞ？　戦争を起こすわけじゃあるまいし——」

「それよりもひどいことが起こるの！　最悪の場合はだけど……。だからこの犯人を、絶対に逃がすわけにはいかない……。私が気づいているということを、絶対に悟られてはいけない……。私が殺されるだけならまだいいほう。このさして賢くない犯人が、もし自暴自棄になったらと思うと……」

エヴラールは青ざめた顔に冷や汗を流していた。その余裕のない表情だけで、彼女の言葉を信じるのには充分な証拠だった。

「悪魔的だよ……。こんなことを考えたあなたのおじいさんは……。神の言葉がこの世を形作ったように、この世を滅ぼすのもまた、言葉さえあればいい……。それに気づいたんだ。計画書を書く前か、書いた後かはわからないけど……。だから封印した。後の世に託したんだ……。〈マクベス〉に、今の人類は耐えられないと知っていたんだ……」

「……話してくれ、エヴラール」

意を決して、俺は言った。

「お前が自分を責めているのはわかる。イベントだと思って油断さえしなければ、門刈《かどかり》さんは死ななかった――そう思っているから、最悪のことを考えて怖くなっちまうんだろ？　だったら、もっとちゃんと吐き出せ。誰にも漏らさないと約束する。フィオ先輩にも宇志《うし》内《ない》にも言わない。そんな最悪なことになる前に、協力して犯人を捕まえようぜ」

俺はベッドから立ち上がり、今にも吐きそうな顔をしたエヴラールの肩を力強く掴《つか》んだ。

「教えてくれ――犯人は誰だ？」

エヴラールはゆっくりと顔を上げて、俺の瞳を見つめ、ある人物の名を――

「――不実崎《ふみさき》いッ！　おい、不実崎っ!!　おるかっ!?」

突然、ドンドンドンとドアを叩《たた》かれて、俺もエヴラールも驚いて顔を跳ね上げた。

この声は……黄菊《おうぎく》か？

いつも声がでかいやつだが、今はいつにも増して鬼気迫っている。俺は一旦エヴラールをその場に置いて、足早にドアに向かった。

ドアを開けると、黄菊《おうぎく》は部屋の中にいるエヴラールの姿も見えてないような様子で、

「不実崎《ふみさき》！　おい、大変やで！」

「なんだ、どうした？」

まさか、また新しい犠牲者が――

「月読《つくよみ》さんが、犯人わかったって言いよんねん！　説明するから全員集めろやって……！」

……何だって？

5　月読明来《あきら》の解決篇《かいけつへん》

急いで1階のリビングに降りると、事態は俺たちを待たずに動き始めていた。

月読明来がロナの目の前に立ち、見下すように睨《にら》みつけていたのだ。

「犯人はお前だな」

前置きもなく、段取りもなく、もったいぶることもなく――月読はロナ・ゴールディに向けて、すっぱりとそう告げた。

ロナが、犯人……!?

それじゃあ、さっきエヴラールが言おうとしていたのも……！

俺はエヴラールの顔に振り返り、そして見た。

「…………!?」

眼前のことが理解できないといったような、驚愕《きょうがく》の表情を。

違うのかよ!?

何なんだ、一体……！　なんでどいつもこいつも、全然違うことを言い出すんだ！

「もはやはっきりしている——犯人はお前以外にありえない。トラップボウガンをホログラムで覆い隠し、門刈《かどかり》に毒を盛った犯人はな……！」

「な、何を仰《おっしゃ》るんですか……」

突然のことで驚いたのか、ロナは弱々しい声で反論した。

「トラップ殺人はわたくしに限らず、誰でも可能だったはずです……。それに門刈さんの事件では、わたくしはこのリビングから一歩も動いていません。いつ、どうやって毒を盛ったというのですか……！」

「大江《おおえ》殺しの犯人は、隠し部屋を隠すホログラムを作った人間と一致する。この説にはコンセンサスが取れていたはずだ。そして、ＨＡＬＯシステムを使ってホログラムを作るには、それに応じた推理をすればいい」

ＨＡＬＯシステムは、探偵の推理をホログラムで表現する装置。ならばそうか、隠し部屋を隠したい場合、例えば『この屋敷には隠し通路はない』とでも言えば——

「——あ」

俺が決定的な瞬間を思い出したと同時、月読が鼻を鳴らして話を続けた。

「貴様は言っていたな、ロナ・ゴールディ——昨日、全員でシステムへの声紋登録を済ました後、『**この屋敷に隠し通路はない**』と……！」

——実は早めに着いてしまったものですから、もう一通り調べてあるんです。シンパイしなくとも、隠し通路などはどこにもなさそうですすよ

正確にはこう言っていた。確かにロナが、はっきりと……！

「システムへの声紋登録後、隠し通路に関して言及《げんきゅう》したのはお前だけだ！　したがって、ホログラムで隠し通路を隠せたのもお前しかいない！」

「ちょ、ちょっと……ちょっと待ってください！」

慌て気味に、エヴラールが割って入った。

彼女は小柄な身体《からだ》で正面から月読《つくよみ》を見据える。

「それだけではあまりに根拠が薄弱すぎます……！　他の誰かが誰も知らないところで同じ推理をシステムに聞かせたのかもしれないじゃないですか！　それに、門刈《かどかり》さんの事件のことも説明できていません！　宇志内《うしない》さんが被害者を目撃して以降、ロナさんはずっと他の皆さんとリビングにいたはずです！　完璧なアリバイがあります！」

「そうだよ！　ロナちゃんはずっとここにいたよ!?」

宇志内が声を上げると、黄菊《おうぎく》や本宮《もとみや》も「その通りや！」「間違いない」と追従する。少し遅れてフィオ先輩と天野《あまの》先生が「そうだよねぇ」「確かに」と同意した。カイラも無言で首肯《しゅこう》する。当時はこれだけの数の人間がいたのだ。誰にも気づかれずにリビングを離れられたとは思えない。

「グズどもが。こんな異形《いぎょう》の島で、まだ自分の目を信じているのか？」

見下げ果てたように吐き捨てて、月読は宇志内に鋭い視線を投げた。

「ガキ。お前が見たのは幻像だったんだよ。犯人が――この女が作り上げたホログラムだったんだ！」

「えっ……!?」

唖然《あぜん》と口を開ける宇志内。演技なのか、あるいは本気なのか。

「お前は少しでも門刈の声を聞いたのか？　**遠目に見ただけ**――そう言っていたな？　だとしたら、ホログラムだったとしても何の不思議もあるまい。そしてそれを前提に考え直すと、すべてのアリバイが綺麗《きれい》に消失する！　**その目撃以前には、全員に席を外すタイミングがあった**――そうだったな？」

「だ、だったら……！」

月読の勢いに押されそうになりながらも、エヴラールは食らいつく。

「だったらあの配信は!?　あの配信の時点まで、門刈さんは生きていたはずです！」

「貴様は確か、配信業もしていたな？　だったら知っているだろう――『遅延配信』というものがあると。この女は門刈を殺す前に部屋を荒らし、門刈のドローンを使ってその音を配信した。何時間か後に遅れて始まるように設定してな……。ドローンはいくらでも乗り替えられる。あるいは自分のドローンから門刈のアカウントにログインしたのかもしれない。主催者側と通じていたのなら充分に可能なことだ。

部屋に残っていた胃液だの唾液だのだって、DNA鑑定をしたわけでもあるまい。犯人による偽装だったとしても、今の俺たちには判別のしようがない。

こう考えれば、あの無駄な行動にも説明がつくというわけだ。門刈《かどかり》自身は家探《やさが》しなどせず、まっすぐに医療鞄《かばん》に向かって死んだ。あの荒らされた部屋は、アリバイトリックのための意味のない行動によるものだったんだ。どうだ人形、これで納得したか？」

「いいえ……いいえ。まったく納得できません！」

エヴラールは何周りも体格で勝る男を力強く睨《にら》み上げ、月読《つくよみ》は鬱陶しげに眉をひそめた。

「仮に門刈さんが宇志内《うしない》さんの目撃証言より前に殺されていたのだとしても！　アリバイがなくなるのはあの時ゲストハウスにいた全員であり、ロナさんだけではありません！

ロナさん以外にも、門刈さんに近づき、注射器などで毒物を注入することができた人物はいくらでもいたはずです！」

「それが不自然だという話はしたはずだったな？」

高圧的に、超越的に、月読明来《あきら》は滔々《とうとう》と語る。

「注射で毒を盛られた奴《やつ》がなんで胃の中身を吐くんだ。門刈のあの行動は、毒が経口摂取されたことを物語っている！」

「ですが、嘔吐物《おうとぶつ》から毒は検出されていません！」

「ならば、単体では検出されない毒なんだろう」

平然と語られた推理に、エヴラールは「なっ……」と口を開けた。

「貴様、この世に毒が何種類あると思っている？　学園のままごとめいた検出キットなどで見つかる物はたかが知れている。特に、何らかのきっかけで効果を発揮するタイプの毒物はな……！　門刈は死の直前、アレルギーを発症していた！　それを呼び水として毒性を発揮する毒を事前に食べさせていたのだとすれば、嘔吐物から毒が検出されないのは当然だ。毒物はとっくに消化されてしまっているのだから！

だとしたら毒はいつ盛られた？　お前ら、門刈が何かを食べているのを見たことがあるか？　そんな証言を一度でもしたか？　ないのなら、貴様らが見ていないタイミングで毒を口にしたのだとしか考えられない。そんなタイミングは一度しかない！

ロナ・ゴールディ――貴様の怪我《けが》を門刈が治療していた時だ！　あの時俺たちはゲストハウスの中を調べていて、貴様たちの行動を見張っていなかった！」

びくりとロナが肩を震わせる。

被害者が他人と二人きりになった唯一のタイミング――その相手は、確かにロナだった。

でも。

「でも！」

俺の心と重なるように、エヴラールが言った。

「アレルギーで効果を発揮する毒物なんて……そんな都合のいいもの――！」

「事件は犯人に都合よく作られるものだろうが!!」

苛立《いらだ》たしさを露《あら》わにして怒鳴ると、月読は強引にエヴラールをどけようとした。

「もういい！　どけッ！　その女を吐かせれば済むことだ！」

「どきません……！」

伸ばされてきた腕を、エヴラールは逆に掴《つか》み止める。

「あなたの推理はエレガントではありません！　穴だらけのハリボテですッ！　一体何を焦っているんですか!?」

「このっ……人形ごときがァ……!!」

月読《つくよみ》が伸ばした腕と、エヴラールが掴んだ手が震え出す。月読の腕に細い指が深く食い込み、エヴラールの足がずずりと少しだけ後ろに滑った。拮抗《きっこう》しているように見えるが、体格差がある。筋肉量だって雲泥《うんでい》の差だろう。まずい、エヴラールが押し負ける……！

俺が飛び出そうとしたまさにその時、誰よりも先に動いた人間がいた。

ロナだ。

「……わたくし……私はっ……！」

彼女は青ざめた顔を左右に振り、よろよろと今にも倒れそうな足取りで、走り出した。

向かう先には、このゲストハウスの玄関がある。

「貴様ッ!!」

その背中を追いかけようとした月読の前に、エヴラールが立ち塞がった。

その間に、ロナはゲストハウスを飛び出していく。

月読が視線だけで射殺せそうな目つきをして、エヴラールを睨《にら》みつけた。

「正気か……！　犯人を庇《かば》うのかッ!!」

「そっちこそ正気ですか！　なんでそんなに周りが見えていないんですか!?」

エヴラールは両腕を大きく広げた。

今、この空間を――この空間にいる人間を、示すように。

「もうすでに！　いつの間にか！　いなくなっているじゃないですか!!」

その言葉に、月読は虚を突かれた表情をした。

俺もリビングを見回して、ようやく気がつく。

そういえば。

言われてみると。

ロナ以外に――もう一人。

あの人が、いなくなっている。

6　真犯人

違う。

私じゃない。

違う……。違うっ……！　私は、私は人殺しなんかっ……！

ゲストハウスから飛び出して、私はがむしゃらに走っていた。なのに不思議と、異世界と化した森の中に迷い込むことはなく、天照館《てんしょうかん》のある方向に向かっていた。

頭の中がぐるぐるする。乱脈で順序を見失う。

私は。違う。だって記憶が。そうだ覚えていない。人殺しの。人を殺したことなんてない。ないはずだ。ない。一度も――

一度も？

――なんで疑問を？　わからない。ないわから。くなっていく。いくなっていく分から。ない、ないないないないな。一、度も、一度も一度もいつでも、人、人は人は――

いつの間にか、建物の中に入っていた。ここは天照館？　面影はない。ただ私は逃げる。

「……違う……違う……違う……」

私は違う。人殺しじゃない。殺したはずがない。私は。私じゃない！

――そうだ。

「もっと……怪しい奴《やつ》がいる……。そうだ、もっと……私よりも、もっと……！」

二度に亘《わた》って目撃した。

あの少年――私だけが知っている、あの少年……！

「どこ……!?　いるんでしょう!?　私が犯人じゃないならあなたしかいない！」

そう口にした途端だった。

私の願いが聞き届けられたかのように、目の前にあの少年が、滲《にじ》み出《だ》すように現れた。

やっぱり……やっぱりそうだ……！

「あなたが犯人なんだ……。私以外の誰にも存在を知られていないあなたなら！　アリバイなんて関係なく、門刈《かどかり》さんを殺すことができる……！」

『それじゃあ二番煎じじゃないか』

よくわからないことを言って、少年は意味深に微笑《ほほえ》んだ。

『君は知っているはずだよ。誰が犯人なのか。誰が二人の人間を殺したのか』

「だからあなたでしょう？　あなたが誰かは知らないけれど……！」

『それも知っているはずだよ。僕が誰なのか——君は知っているはずだ』

……何……どういうこと……？

私は知らない……。こんな男の子のことなんて……私は……。

『僕は、君だよ』

声が。

前にいるのに。

なぜか、耳元から。

『君以外には見えない。君以外の中には存在していない。君の無意識の推理が生んだ幻像でしかない』

耳の中に籠る。
耳の中に響く。
頭の中で語る。

『君は全部僕のせいにした。僕のせいにして自分のしたことを忘れたんだ。すべては君がやったことだ。僕のせいにして、君が忘れたことだ』

そうじゃない。
私じゃない。
私は犯人じゃ——

『だったら、ポケットの中にあるそれは何だい？』

ポケットの中？
恐る恐る手で探る。
がさり、という感触に、悪寒がした。
ポケットの中に、いつの間にか入っていた、それは——

そのメモは。

――文字列だった。

ランダムの、12文字の――パスワードだった。

『スパイとしてこの屋敷を訪れた君は、当然真っ先に、屋敷内を調査した』

声が、私の罪を暴く。

『そこでそのパスワードを見つけ、メモを取ったんだ――島のシステムにアクセスすることができる、その管理者用パスワードをね』

私はこのメモを、ずっと持っていた。

誰にも見せることなく、ずっと。

『そのパスワードがなければ隠し部屋のボウガンは使えない……。君だよ。君しかいないんだ。君はずっと騙《だま》していた。他の探偵たちをじゃない。君自身をだ。罪から逃れたかったんだ……。自分は犯人じゃないって信じたかったんだ。その希望的観測が形となり、僕を生み出したんだ』

私は。

私は。

『そろそろ自由になりなよ――ねえ、ルース』

名前を呼ばれて、記憶の蓋が開いた。

推定〈マクベス〉第4号――カナダ

足がもつれる。

息が詰まる。

冬でもないのに身体《からだ》が震える。

村から、人がいなくなったせいだ。あんなに優しかった仕立て屋のおばさん。毎週のミサで、こっそりお菓子を分けてくれた。雑貨屋のおじいさんは厳しくて怖いけど、ワンピース作りがうまくいったら褒めてくれた。

みんなみんな、もういない。

私は誰もいなくなった家々の間を抜けていく。もう一人しかない。お兄ちゃんしかいない。でもいつの間にかいなくなっていた。他のみんなと同じように。

おかしい。おかしい話だ。もうこの村には、私とお兄ちゃんの二人しかいないはずなのに――

やがて、小高い丘に辿《たど》り着《つ》いた。いつもお兄ちゃんと二人で遊んだ丘。こんもりと盛り上がった緑色の地面が、今は夕焼けに染まって、赤くなっていた。

夕焼けだ。

夕焼けのはずだった。

足が何かに引っかかる。地面に倒れる。**赤い地面に手をつく。**起き上がって、ようやく気がついた。**これは夕焼けじゃない。**

草の中に埋もれるように、真っ赤《まか》になったお兄ちゃんが倒れていた。

私は何も考えなかった。考えたくなかった。ただ、その背中を揺する。**シャツに触れた手が赤く濡《ぬ》れていくのも気にしないまま。**

お兄ちゃんは起きなかった。

お兄ちゃんは死んでいた。

――ああ、今の私ならはっきりとわかる。

あの少年がお兄ちゃんだった。

私はずっとお兄ちゃんの幻を見ていた。

もはや推理の余地はない。

私がやった。

お兄ちゃんを殺した。

極秘

推定〈マクベス〉第４号・調査報告

発生国　カナダ

環境類型　特殊型

被害者数　84人

事件推移　経緯は不明だが、計画書はカナダのとある小さなアーミッシュ・コミュニティに渡っていた。アーミッシュは現代文明と距離を置くことで有名な宗教集団だが、通常、その暮らしは非アーミッシュと共存関係にある。しかしこのコミュニティは極めて特殊な例であり、外部との関わりを一切絶った閉鎖環境だった。

　その閉鎖環境の中で、世界の誰も知らないまま、今までで最も恐ろしく、最も大規模な事件が進行していた。後に調査したところによると、事件発覚時から数えて約２ヶ月半ほど前から毎日一人ずつ、住民が密室内で殺害されていた。わかる限りでトリックはいずれも異なり、死体は聖書に由来する装飾が施されていた。

　生存者はわずかに一人。事件の第一発見者ともなった我々ＭＩ６は、集落の郊外にある丘でその少女を保護した。少女は心身喪失状態にあり、精神状態が落ち着いた今となっても事件以前の記憶を取り戻せていない。

　被害者リストは別紙を参照。すべてを記すには、この報告書はあまりに小さすぎる。

　付記――生存者の少女を発見した丘には血痕が残っていたが、誰の死体もなかった。

7　悲鳴幻想

ロナを追いかけて天照館《てんしょうかん》への林道を走っていた時、異変は始まった。

今までは、異形《いぎょう》の異世界と化していたとはいえ、空気自体は静かなものだった。それがざわめき始める――風が逆巻き、唸《うな》りを上げて、あっという間に密林をしならせた。

それだけならいい。

風向きと垂直に交差するようにして、今度は大吹雪《ふぶき》が吹き荒れ始めたのだ。自然には決してありえない現象に、俺たちの脳がバグり始める。フィオ先輩が大きなくしゃみをしたことを皮切りに、俺の肌も凍え始めた。

「な、な、何やこらあああ……!!」

「寒くないはずなのに……寒いっ……!?」

フィオ先輩が俺の背中にぴったりとくっついて風除《かぜよ》けにしつつ、

「VR酔いみたいなもんかな……！　身体《からだ》は少しも動いてないのに、脳が勘違いして気持ち悪くなっちゃうやつ……！」

「解説なんかしてる場合っすか――……っ!?　危ないっ!!」

横合いから、ゴオオオオッ――――!!　という風の轟音《ごうおん》が聞こえて、俺はとっさにフィオ先輩を抱きかかえ、後ろに飛びすさった。

すると直後、しなる木々の合間から、洋風の列車が線路もなく目の前を走り抜けた。実体はないはずなのに轟風に煽《あお》られた気がして、俺はフィオ先輩ごと地面に転がされる。

「でっ、電車ああ――――っ!?　なんやねんこれ!?　ほんまなんやねん！」

「騒ぐなクソガキ！　全部ホログラムだ……！　あの女が俺たちを近づけないように、推理で生み出しているんだッ!!」

「月読《つくよみ》さん！　あなたはまだ自分の推理にこだわってっ……！」

俺たちを近づけないように？　いや、違う……。なんとなくそう思った。仮にこれを生み出しているのがロナなんだとしても、この世界は……まるで……――

幻の嵐と吹雪《ふぶき》をかき分けながら進んでいき、ようやく天照館《てんしょうかん》の影が見えた。

そう、影だ。

天照館はもはや屋敷とは呼べない状態になっていた。オーロラと虹を同じボウルに入れてかき混ぜたような、極彩色《ごくさいしき》の闇の塊――もはやどこが玄関で、どのくらいの高さだったのかもわからない。建物であるということすら、ゲストハウスとの距離を正確に把握していたエヴラールがいなければわからなかっただろう。

それは、まるで、異界から召喚されてきた神のような……。

俺たちの認識能力を超えているから、うごめく極彩色の塊にしか見えないのだと――そう言われているかのような、不定形の何かだった。

この中に、ロナがいるのか？

こんなものの、中に——

「……一体……どんな推理をすれば、こんなものが……」

エヴラールが愕然《がくぜん》と呻《うめ》いた。

暴走。混沌《こんとん》。呼び方はいろいろとあるだろう。だけど俺には、もっと他の呼び方がその光景にはふさわしいと思った。

悲鳴。

まるで自分自身を傷つけるかのような——そんな悲鳴。

「……あーあ。だから言ったのに」

フィオ先輩が、諦めるように呟《つぶや》く。

「誰かに罰してもらわないと、アタシたちはどうしようもないんだって——さっさと認めちゃえばよかったのにさ」

俺にはわからなかった。

フィオ先輩が何を言っているのか。ロナが何に苦しんでいるのか。

そして俺が、何のためにここにいるのか。

——でも、今は。

はっきりとしていた。あんな暗闇に、あんな暗黒に、一人きりでいていいわけがない。

俺は知っていた。何度も何度も経験していた。悔しくて、悲しくて、ただ暗い部屋の中でうずくまることしかできなかった日々を。

たとえどんな人間であっても。

あんなものの中に──取り残されていて、いいわけがないんだ。

「……えっ？　不実崎《ふみさき》さん⁉」

俺は走り出していた。

何が見えていようと関係ない。天照館《てんしょうかん》はそこにある。ロナはそこにいる。ならば走れば着くはずだ。手を伸ばせば届くはずだ！

「──っ⁉　あっ……⁉」

ずるり、と足が滑った。

違う。沈んでいる。地面に足が。そう見えている。感触では滑っている。何かの斜面を──そういえば、天照館の前には渓流があった。今はどこにも見えていない、渓流が──

全身が滑り落ちようとしたその瞬間、俺の手を誰かが掴《つか》んだ。

「──まったく、仕方ないワトソンだなぁ」

フィオ先輩が細い腕で俺を引っ張りながら、茶化《ちゃか》すようにウインクした。

「無茶《むちゃ》する時はホームズにお伺いくらい立ててよね、助手クン」

「フィオ先輩……！　す、すいません……」

「うん。とりあえずマジさっさと上がって？　もう、本当、限界、だからっ……！」

先輩の腕がプルプルと震え始めた時、その背後から慌ててエヴラールや黄菊《おうぎく》が駆け寄ってきて、俺はどうにか渓流に滑り落ちずに済んだ。

くそっ……！　やっぱりホログラムをどうにかしないと天照館《てんしょうかん》には入れないのか……！

地面を殴りつける俺に、フィオ先輩の声が、どこか冷えた調子で降ってくる。

「助手クン――キミはどうして、あの子を助けたいの？」

俺は顔を上げる。フィオ先輩が、心が抜け落ちたような無表情で俺を見下ろしていた。

「なんでも何もない……。あんなところにいちゃいけないんだ。こんな辛そうな悲鳴を上げてる奴《やつ》を！　一人にしておいちゃいけないんだッ！　何も見えねえんだ……。誰かが寄り添って、その顔を上げてやらなきゃ、あるかもしれない光だって……！」

「でも、それでいいのかもしれないよ？」

……は？

「何も見えなくて。ひとりぼっちで。誰も寄り添ってくれる人がいない――それでいいのかもしれないよ？　お前は日の当たる場所でぬくぬくしてていい存在じゃないって、誰かに本当のことを言ってほしかったのかもしれないよ？　助けなんて、救いなんて、ちっとも求めてないのかもしれないよ――」

「――だとしても！」

俺は立ち上がる。

膝に力を込め、拳を握り締め、闇の塊と化した天照館を見据えて。

「それは自分で決めた選択か？　これはあいつが選んだ結末か？　違うだろ！　仕組まれた選択だ。選ばされた結末だ。たとえあいつの末路がいずれここに辿《たど》り着《つ》くんだとしても！　それはあいつ自身の意思によってでなければならないッ!!」

嵐と吹雪《ふぶき》が入り混じる空に向かって、俺は叫ぶ。

「ソポクレスッッ!!　これがあんたのやり方か？　年端も行かない女の子をこんなところに閉じ込める……こんなものがっ、こんな醜悪なものがッ！　あんたたちの言う芸術か!?」


「――その通りですとも、坊ちゃん」


密林の奥から。

いや――世界の闇から染み出すように。

どこかから盗んできたような笑みを浮かべた男が、音もなく現れた。

「醜悪こそ我らが本懐。邪悪こそ我らが理想。アートとは美しく作るばかりが能ではない」

吹き荒れる嵐も吹雪も涼風のように受け入れながら、ソポクレスは言う。

「否定したくなったでしょう。破壊したくなったでしょう。それこそ我々が欲しい感想だ。我々という存在が、正しく生きていることの証明だ！」

探偵たちは眉をひそめ、武器を構え、それぞれに不快感を示し、目の前の悪と対峙《たいじ》する。

俺は幼い頃から慣れ親しんできたその男を、なのに初めて出会ったような気がしていた。

「そのせいで、誰かが泣くことになってもか」

静かに、冷たく、俺は問う。

「涙がなければ物足りません。殺人事件とは、最もありふれた悲劇なのだから」

平然と、軽やかに、彼は答える。

「……そんなものを……」

俺の頭の奥から、望んでもいないのに記憶が溢《あふ》れ出《だ》してきた。

なんでもないおとぎ話のように、この男が俺に語った事件の数々。密室、アリバイ、ダイイングメッセージ、物理トリック心理トリック、遺産相続保険金恋人の復讐《ふくしゅう》正当防衛間違い殺人快楽殺人劇場型突発型――!!

「――そんなものをお前は！　笑顔で俺に語り聞かせていたのか!!」

「おや……気付いていなかったので？」

きっと今までは、本当のこの男を見たことなどなかったのだ。

きっと今までは、本当の己の罪を知りもしなかったのだ。

エヴラールや学園の奴《やつ》らのことを言えはしない。

誰よりも俺が、犯罪王の犠牲者のことをイメージできていなかったのだから……！

「不実崎《ふみさき》さんっ！」

自覚するよりも早く、俺は地面を蹴っていた。

幻の嵐や吹雪《ふぶき》などもはや認識にも入らない。その先にいる漆黒スーツの男に向かって、俺は硬く握り締めた拳を突き出した。

しかしソポクレスが構えた腕に、軽く受け止められる。込めた力に比して、あまりにも薄っぺらい反動。理屈に合わない感触に、俺は戸惑いはしない。

「事件を止めろッ！　お前ならできるんだろ‼」

地面に軸足を釘《くぎ》のように差し込みながら、空いた脇腹を狙って右足を振るう。ソポクレスは避《よ》けなかった。ただ、添えるように、俺の膝に手を触れさせただけだった。

「坊ちゃん」

見慣れた笑顔で、しかしいつよりも酷薄に、ソポクレスは言う。

「これは、稽古ではないのですよ？」

蹴りの威力が消えた。

触れられた膝が、そのまま掴《つか》まれた。

俺を片足立ちの不安定な姿勢に固定し、ソポクレスはゆっくりと膝を持ち上げる。

あまりにも緩やかなその予備動作に反して――

――パイルバンカーのような鋭い蹴りが、俺の腹部を貫いた。

「げうッ……⁉」

衝撃が痛みも吐き気も吹き飛ばす。俺は背中を地面にガリガリと削られながら、５メートル以上も転がされる。

すぐには起き上がれなかった。身体《からだ》の芯からまだ衝撃が突き抜け続けている。それが筋肉という筋肉から力を奪って、俺を何度でも地面に這《は》いつくばらせるのだ。

「大人《おとな》にお願いしてどうにかしてもらうのは、子供のやることです」

ザク、ザク、とソポクレスが地面を踏む音が近づいてくる。

「止めたければ止めてみせなさい。それが探偵というものです」

バギャンッ！　と、何か硬質なものを受け止める音がした。

顔を上げると、エヴラールがステッキを斜めに地面に突き刺して、俺を踏みつけようとするソポクレスの靴を受け止めていた。

「考えなしで動く探偵がどこにいるんですか、不実崎《ふみさき》さん――少しはフォローする側のことも考えてください！」

エヴラールはソポクレスの足を乗せたステッキを、少し上に持ち上げる。

地面を支点としたステッキが体格で勝るソポクレスの足を押し返し、男の身体《からだ》を少しだけ後ろにのけぞらせた。体幹が崩れる。その瞬間を狙って、エヴラールの手が鋭く閃《ひらめ》いた。

「ほう」

捉えたのは襟。瞬間、ソポクレスの身体がぐるんと縦に回転し、空中に放り出される。

エヴラールはそれをまだ睨《にら》み据え、追撃のためかステッキを地面から引き抜いたが、その前にソポクレスが地面を手で強く弾《はじ》いた。

下弦の月のような綺麗《きれい》な弧を描いて着地したソポクレスは、称賛の笑みを浮かべる。

「良《い》いバリツだ。さすがは――」

ソポクレスが口を閉じるのを待たず、風雪の中に漆黒のマントが広がった。

月読明来《つくよみあきら》がソポクレスの頭上から躍りかかり、独楽《こま》のように高速な回転から回し蹴りを放つ。さすがに避《よ》ける暇なく、ソポクレスは腕を立てて受け止めたが、月読はその間にソポクレスのすぐ背後に着地した。

　振り返る間も惜しんでの肘鉄。肋骨《ろっこつ》をすべてまとめてへし折ろうとするような一撃。だが、ソポクレスの肘と膝が素早く対応し、月読の肘鉄を挟み止めた。

「あなたにはお礼を申し上げておきましょう」

「何……!?」

　背中合わせの格好で、ソポクレスは月読に微笑《ほほえ》みかける。

「あなたが彼女を追い詰めてくれたおかげで、この事件は完成した——あなたはまさに、理想的な道化役だ」

「道化だと……!?　このオレが……！」

「悔しかったのでしょう？　焦っていたのでしょう？　私に敗北し、プライドを傷つけられ、このままでは明智小五郎ではいられないと——だから、目の前の結論に飛びついた。飛びつかざるを得なかった……」

　月読の表情が歪《ゆが》んでいく。使い終わったメモ用紙がくしゃくしゃに丸められるように。

「あなたも大した役者だ——だが、それではまるでままごとだ」

　甘く冷徹な言葉に、月読の身体が震え出す。まるで噴火寸前の火山だった。歯を食い縛り、目を血走らせ、月読の端正な顔がみるみる憎悪に染まっていくのがわかった。

「……だ、ま……れぇえぇえぇえぇえぇえぇえぇえっっっ!!」

挟み止められた腕を強引に引き抜き、月読《つくよみ》は振り返りながら拳を豪然《ごうぜん》と振るった。

しかし。……その時にはすでに、まるですれ違うように、ソポクレスは背後にいて。

閃光《せんこう》のような手刀《てがたな》を、月読の首筋に叩《たた》き込んでいた。

「かッ……!!」

月読の全身から力が抜け、地面にくず折れる。

それに振り返りもせず、ソポクレスは何事もなかったようにジャケットの乱れを直した。

「暴力による解決は今回の脚本にはふさわしくない……。探偵ならば探偵らしく、灰色の脳細胞とやらを働かせることです」

俺はようやく、よろよろと立ち上がる。ソポクレスから受けた攻撃の衝撃はまだ抜けていない。まるで身体《からだ》の中で何度も反響しているかのようだ。エヴラールもそんな俺を守るためか、ステッキを構えたままその場から動けないでいた。

「あんたは、何がしたいんだ……」

痛みに気付かないふりをして、俺は声を絞り出す。

「こんなことに一体、何の得があるんだ……。悲しむ人間を増やして、それで一体、何の意味があるんだ……」

「……一つだけお教えしておきましょう、坊ちゃん」

ソポクレスは振り返らないまま言った。

「アートとは、言葉です」

　風雪が一時、消える。

「伝えるもの。広げるもの。蔓延《はびこ》り憚《はばか》るもの。ならば、その頂点たる〈マクベス〉とは――」

「そいつの口を塞げ!!」

「――殺人という言葉の使い方を、広くあまねく人に伝えるものです」

　殺人という……言葉の、使い方？

　嵐と吹雪《ふぶき》の合間から、不可思議な光が一筋、ソポクレスに降り注ぐ。まるでこれからの言葉を、万人に、世界に、照らしてみせようとするように。

「〈マクベス〉に特定のターゲット、トリック、シナリオは存在しません。それらを誰にでも簡単に作り出せるようにする、初心者向け連続殺人スターターキット――それが〈マクベス〉の正体です」

　ああ……と、エヴラールが悲嘆に満ちた吐息を漏らした。

　誰でも……簡単に、連続殺人を生み出せるようにする……？

　確かに、それならば、説明がつく……。

　なぜ密室殺人なのか？　――トリックがわかりやすいから。

　なぜ毎回事件内容が違うのか？　――その考え方を教えるものだから。

　そしてなぜ――

「我らが主宰がなぜこの計画書を封印したのか——そしてなぜ、必ずクローズドサークルで実行されるのか。それはこの計画書の伝搬《でんぱん》性を危惧してのこと」

ソポクレスは悠々と、世界を滅ぼす言葉を語る。

「どこの誰にでも簡単に複雑な連続殺人が実行できるようになってしまえば、あなたたち探偵は対応しきれますか？　できはしない。感染症と同じです。〈マクベス〉はパンデミックを起こす。今の人類には対抗する手段がない——人類愛に溢《あふ》れる我らが主宰は、その危険性を勘案して〈マクベス〉を未来に託したのですよ」

その言葉が、ネットを通じて全世界に配信されていると知りながら、ソポクレスは語る。

今日この事件を見て、今この話を聞いて、世界中の多くの人間たちが、〈マクベス〉を理解するだろう。

そして、試したくなる。

本当に現実にできるのかと——ニュースや探偵伝記小説で見る、あんな連続殺人を自分でも現実にできるのかと、こぞって試し始める。

殺人は感染し。

秩序は終焉《しゅうえん》する。

「さあ、封は解かれました。種子はこの島より蒔《ま》かれます」

〈終末《おわり》の種〉が振り返り、嵐を抱くように両腕を広げた。

「よくご覧なさい、探偵たちよ——悪は今、ここにあるぞ」

第四章　推理する救うでもなく何のため

1　正しさだけでは

頭に何か小さなものが当たった。

『うわっ、やりやがったやりやがった！』

同じクラスの男子のこそこそとした話し声。俺が振り返ると、３人集まってにやにや笑いながらこっちを見ていた男子たちが、『見つかった見つかった！』『逃げろ逃げろ！』とまたこそこそ言い合って、教室を飛び出していく。

人間ってのは、どいつもこいつも代わり映えがしない。

どこの小学校に行ったって、最初は誰もが俺の様子を遠巻きに窺《うかが》う。そのターンが過ぎたら、今度はこれだ。一部の馬鹿が勝手にチキンレースをし始めて、どんどん俺という人間が奴《やつ》らにとってただのゲームになっていく。

ここから先のルートは大きく二つだ。

俺が無視して奴らが増長するか、俺が反撃して大人《おとな》が出てくるか。

今回は無視することにした。引っ越しするのだってタダじゃない。もうしばらくはこの辺に住んでいないと、我が家の財政が破綻すること間違いなしだった。

そうして、ささやかな悪戯《いたずら》が日常になっていく。俺にとってはやり飽きたゲームのような、退屈で退屈な日々だった。

そんなある日——チキンレースの域から、一歩踏み出した奴《やつ》がいた。

脈絡なんてなかった。いつも通りに一人で下校していると、唐突にどんっと横から突き飛ばされて、車道に飛び出しそうになったのだ。すでにソポクレスに鍛えられ始めていた俺は、とっさに踏ん張って歩道に留《とど》まると、自分を突き飛ばした人間を振り返った。

そいつには、今までのチキンレーサーどもとは異なるポイントが一つだけあった。

目に涙をいっぱいに溜《た》めて、悔しそうに顔を歪《ゆが》めていたのだ。

『…………………』

坊ちゃん刈りで大人《おとな》しそうな奴だし、誰かいじめっ子に言われてやらされているんだろう。少し見てそう当たりをつけて、俺は無言で再び歩き始めた。

すると再び、どんっと背中を突き飛ばされる。

今度はつんのめることすらせず、一瞬だけ背後をちらりと見やって、また歩き始めた。

『……返せよ……』

何か言ってるな。

『返せよ……。返せよぉお……！』

ひときわ強い衝撃が腰に来た。見下ろすとさっきの奴が、ぐちゃぐちゃの顔で俺の腰にすがりついていた。

『おまっ……お前のっ……！　じいさんの、フォロワーがっ……！　僕の……僕のお姉ちゃんを奪ったんだ……。返せよ……返せよぉおぉおおおおっ!!』

何度でも、何度でも言おう。

こんなのは俺にとっては、やり飽きたゲームのような、退屈で退屈な日々だったんだ。


『うるさいな。俺に言うな』


俺はそいつを強引に振り払うと、足早にその場を立ち去った。

『……返せよ……返せ……』

涙声の呟《つぶや》きが、あっという間に遠くに消える。

何も思わなかったわけじゃない。ただ、俺はうんざりしていた。たくさんのうんざりが数えきれないくらい積み重なっていて、その中に混ざった今のうんざりに、特別な意味を見出《みいだ》せなかった。

じいさんがやったことならともかく、じいさんに影響された犯罪者がやったことなんて、いよいよ俺には何の関係もない。

その正しさだけが、正論だけが俺のうんざりを癒《いや》していた。

だから気づかなかったんだ。

目の前で流れている涙と、自分が無関係のわけがないって。

俺に言わないではいられないくらいに、あいつは悲しくて悔しかったんだって。

関係に執着がない、とフィオ先輩は俺に言った。

それは人間に興味がないということだ。

誰が語っても真実は真実だ、とジョルジュ・エルミートは言った。

それは人間に意味がないということだ。

思えば俺はずっと、『正しいこと』を追い求めてきた気がする。この島に来てからも、何をするべきなのか、そのことばかり考えて、何ができるのか、そのことを考えようとはしなかった。

目の前に泣いている人間がいたら——真実を語るのではなく、手を差し伸べることが必要なんだと、そう考えることができなかった。

俺はずっと、正しさに救われてきたから——自分は間違っていないという真実だけが、俺を慰めてくれていたから。

だから。

俺には、何もできなかったんだな。

「…………門刈《かどかり》、千草《ちぐさ》」

ゲストハウス2階の廊下に座り込み、開けっぱなしの客室のドア越しに医療探偵の死に顔を見つめながら、俺はしわがれた声で呟《つぶや》いた。

「あんたは……俺のじいさんに、殺された」

当たり前のことを、今更のように。

「俺の、じいさんに、殺されたんだ」

2　これまでの生き方、これからの生き方

ソポクレスが姿を消した後、俺たちはすごすごとゲストハウスに引き下がった。

どうすることもできなかった――

ソポクレスを暴力で組み伏せることもできなければ、極彩色《ごくさいしき》の闇の塊と化した天照館《てんしょうかん》に無理やり押し入ることもできなかった。

形勢を立て直しましょう、と言ったのは誰だったか。その耳障りのいい言い方からして、きっと天野《あまの》先生だろう。大人《おとな》にしか言えない言い方だった。子供からは出てこない言葉だった。何もできない子供には。

ゲストハウスに戻ってから、誰も、何も口にしなかった。

次の殺人を警戒する気もなく、それぞれ好き勝手に、ゲストハウスの各所に散らばった。

それからずっと、物憂げな沈黙が続いている。

ソポクレスが予言した人類の終焉《しゅうえん》なんて、ずっとずっと遠くに行ってしまったみたいに。

「……なんや。こんなとこにおったんかいな」

どのくらい時間が経《た》ったかも忘れた頃、いつものひょうきんさが鳴りを潜めた黄菊《おうぎく》が、後ろに本宮《もとみや》を伴って現れた。

黄菊は俺が見ている客室内を一瞥《いちべつ》すると顔を顰《しか》め、バタンと素早くそのドアを閉める。それから何も言わず、壁際に座り込んだ俺の隣にしゃがみ込んだ。

「なあ、不実崎《ふみさき》……オレはお前が何を考えて生きてんのかわからへん。当たり前や、他人なんやからな……。でも……オレは、お前がそこまで背負い込むことはないと思うで？」

お前がやったことやない、と黄菊は言った。

そうだ。俺もずっとそう思っていた。犯罪者だったのはあくまで俺のじいさんで――今回だって、黒幕はあくまでソポクレスで。俺の祖父がやったことも、俺の叔父がやったことも、どっちも俺がやったことじゃない。

でも、無関係じゃない。

無関係では、なかったんだ。

「……ロナに……」

「ん？」

「ロナに、睨《にら》まれたことがあった……。一瞬で、言葉にもしなかったが……あれは憎悪だった……。今ならわかる。あいつも、俺のじいさんの被害者だったんだ……」

あの目と同じだった。

下校中に俺にすがりついてきた、あの男子の目と。

「俺がやったわけじゃない——俺が責任を取るべきことじゃない。それは正しい……。正しい理屈だと思う。でもその正しさに押し潰されて、怒りや悲しみの行き場を失った奴《やつ》だっているんだ……」

「やからってお前が生贄《いけにえ》になんのか？　それは違うやろ」

「わかってる……。でも、それは事実だ。実際に存在することなんだ……」

俺には責任がない。

どんな探偵も警察も裁判官も、そう判決を下すだろう。でも、だったら、あの男子やロナを、やっぱり俺は見捨てるべきだったのか？　それが正しいことだったのか？

「自信がなくなったんだ……。ちっさい頃から知ってる人の素顔を、この目で見て……。今までは、一方的に貼り付けられてるレッテルに怒ってるだけだった……。それを否定することさえできればよかった……。

でもさ……実際にじいさんやソポクレスの被害にあった人間の前でさ、同じようにできんのかよ……？　ドヤ顔で推理して、ヒーロー面して手を差し伸べて……そんな資格あるのかよ？　俺には責任がない……。だけど、資格もない……。できることといえば、ガキみたいに暴れてやめろやめろって喚《わめ》くことだけだ……」

無力だ——無力で、無価値だ。

じいさんやソポクレスが傷つけた人々の神経を逆撫《さかな》でするだけで……あまりにも、あまりにも、意味がない。

なんで俺はここにいる？

「…………………」

黄菊《おうぎく》はそっと息をついて、壁に背中を預けた。本宮《もとみや》も無言で、廊下の床に目を落とした。

間を置いて、不意に黄菊が喋《しゃべ》り始める。

「……オレなあ、落語の才能なかってん」

唐突な言葉に、俺も本宮も一斉に黄菊を見つめた。

黄菊は天井を見上げながら、

「おとんは磨けば光るて言うてくれたんやけど……磨くほどの根性もなかったんや。努力できるんも才能やからな、どんだけセンスあっても根性なかったら凡才と一緒やろ。オレは結局、落語家の家に生まれてもうたから仕方なくやってるだけの奴《やつ》やった」

恥ずかしそうにぽりぽりと頭のてっぺんを掻《か》いて、

「それでも、絶対に継がなアカンって言うんやったら凡才なりに頑張るしかなかったんやろうけどな、おとんが言いよんねん。『お前、他にやりたいことがあるんやったらやってもええぞ。世襲にこだわる時代でもあらへんし』って」

「いい親御さんじゃないか」

本宮が言うと、黄菊は鼻を鳴らす。

「そらそうなんやけどな。実際、昔っから探偵にも憧れとったし……うまいこと学園にも受かったから、喜んで入学してんけど。……あかんよなあ。結局、逃げやねん。長いことやっとったことを自分なりに極めるんもできずに放り出すような奴が、『これやったら才能あるかも』って言うて他のことに手ぇ出しても、結局何もでけへんねん。それを突きつけられたんや——不実崎《ふみさき》、お前のこの前の選別裁判《セレクト》でな」

「それでお前……あんな号泣しながら話しかけてきたのか」

　黄菊は照れ臭そうに鼻の頭をこすった。

「とにかくやな、何が言いたいかっちゅうと、何もでけへんなんて当たり前なことやっちゅうことやねん。普通の高校に行った友達とも時たま喋るんやけど、気楽なもんやで？　将来のことなんか1ミリも考えずに遊んだり彼女作ったりしとるわ。こんなオレでも、やりたいことのために頑張っとるって言うて褒めてくれてやな……。それから考えたら、不実崎、お前は真面目《まじめ》に考えすぎや」

　見かけに似合わずな、と言って、黄菊はにやりと笑った。

　確かに、そうなのかもしれない。本来ならまだまだ、何がしたいのか、何をするべきなのかなんてぼやけさせたまま、目の前のことだけ考えていればいいのかもしれない……。いや、そうしていたはずなんだ、ほんの昨日までは——ソポクレスと再会するまでは。

「……こういう流れなら、僕も少しだけ昔のことを語ろう」

　そう言って、本宮も俺の隣に座り込んできた。

「僕の故郷は結構な田舎《いなか》でね。住んでいるところから離れることなんて滅多《めった》になかった。

だけど、そんな場所にも変わり者というのはいてね、頻繁に都会に出て遊んでは帰ってくる、パリピの化身みたいな人がいたんだ。だいぶ年上だったけど、僕はその人を一番の友人だと思っていた……」

「あー、おるよな、そういう近所の兄ちゃん！」

黄菊《おうぎく》の相槌《あいづち》に本宮《もとみや》は頷《うなず》く。

「僕はその人に憧れていたし、それは今も変わらない。だけど……今から思えば……都会から帰ってくる彼の土産話《みやげ》には、いくつか不道徳な要素が含まれていたように思う。例えば女性関係だ。彼はいつものように女の子と遊んだ話をしていたけれど、よくよく思い出してみると、どう考えても毎回登場人物が違うんだよ」

「「あー……」」

俺と黄菊が揃《そろ》って声を漏らすと、本宮は苦笑を浮かべた。

「多くの女性と関係を持つことを、勲章のように語る人だった。それを今の僕はよしとしないけれど、彼の話を聞いていた幼い日の記憶は、今も変わらず大切な思い出だ。彼はもしかすると、たくさんの人を泣かせていたかもしれないが、そういう彼に憧れていた過去が、今の僕を形作っているからだ」

大切なのは、と本宮は続ける。

「大切なのはこれから何をするかだ――自分が生きていた証《あかし》を、どう世界に刻み込むかだ」

これから、何をするか――

じいさんでもなく、ソポクレスでもなく、俺が何をするか。

「カッコつけよって。わかったで、本宮。お前の巨乳好きはその兄ちゃんの影響やろ！」

「言われてみれば……彼の話に、３人分のおっぱいに包まれて寝たというのがあってね」

「はあ!?　えっぐ！　ちょお詳しく話しいや！」

「いや食いつきエグすぎだろ」

不思議な感覚だ。死体がある部屋の前で、こんな昼休みの教室のようなバカ話をしている。不謹慎で、不心得で——でも、少しだけ、楽になれた気がした。

3　今回のラッキースケベ（？）

「ていうか不実崎《ふみさき》、身体《からだ》汚すぎやろ！」

「地面に転がされていたし、川にも落ちかけたからね」

「いっぺん風呂入ってこい！　そしたら頭もちょっとはすっきりするやろ」

そう言われて、俺は着替えを持って1階の浴場の前までやってきた。

すでに日は落ちて、風呂に入ってもおかしくない時間になっている。だがお湯は張ってあるのだろうか。**支度をする人はもういない**。

まあシャワーを浴びるだけでもありがたい。黄菊の言う通り、熱いお湯を浴びれば多少は頭の中の整理もつくだろう。

そう考えながら、脱衣所の戸を開いた。

「……およ？」

「………………」

宇志内《うしない》がいた。

ちょうど上に着たシャツをまくり上げて、お腹《なか》が見えているところだった。

中に誰かいるか確認しなかった俺が悪いのは重々承知の上で、一つだけ言わせてくれ。

またかよ。

「なになに？　不実崎《ふみさき》くん。『またかよ』みたいな顔してさ。それが乙女《おとめ》の柔肌《やわはだ》を目撃した男の子の態度なのかな？」

「……いや、宇志内。悪《わ》りいけど、今はラブコメやるようなノリじゃねえんだよ。そういうのやるなら昨日にしておいてくれ。それなら俺も存分に顔を赤らめてたからよ」

「なんだいなんだい！　人を年下をからかって遊ぶウザいお姉ちゃんみたいに言ってさ！」

みたいじゃなくてそうなんだよ、年齢鯖《さば》読み生徒会長。

ここはさっさと退散するに限る、と俺が踵《きびす》を返そうとすると——

「不実崎くんもお風呂でしょ？　だったら手っ取り早く一緒に入っちゃおうよ」

「は？」

耳を疑ったその時、宇志内は着ていたシャツを躊躇《ちゆうちよ》なくまくり上げた。

裾に引っかかった巨大な脂肪の塊が重力に引かれて、ゆさっ！　と大迫力で弾む。

シャツがなくなったそこには――

「へっへっへ」

――昨日も海で見た、ビキニがあった。

「裸だと思った？　残念でしたー♪」

「……やっぱ確信犯じゃん……」

屋内の風呂場に水着着てくる奴《やつ》がどこにいるんだよ。

宇志内はスカートもパサッと足元に落とすと、「ほいっ」とそれを足で蹴り上げて脱衣籠の中に入れる。当然ながらスカートの下にも水着を着ていた。

「不実崎くんも水着、取ってきたら？　それとも……あんまり、気にしない感じ？」

そう言うと宇志内は、これ見よがしに頰《ほお》を赤らめて、太ももをモジモジとさせた。

「不実崎くんがいいなら……わたしも、別に……」

「いいわけないだろ！　普通に順番待つっての！」

「まあまあ、そう言わずに取ってきなよ、水着」

宇志内は少しだけ眉尻を下げて、少しだけ年上っぽく言った。

「今回のこと、詳しく話したりもしたいしさ」

部屋に戻って水着を取ってくると、すでに宇志内は浴槽に入ってリラックスしていた。

「おー、こっちこっち」

カフェでの待ち合わせみたいに手招きされて、俺は軽くかけ湯をすると、宇志内《うしない》が待つ大きな浴槽に足を入れた。

一度は宇志内の正面に浸《つ》かったが、水着を着ているとはいえちょっとあまりにも目に毒すぎたので、彼女の横の少し距離を空けたところに腰を落ち着ける。

「いろいろあった1日だったねえ」

そう言って、宇志内はぐぐーっと組んだ手を上に伸ばし、背中を反らす。

まるで今日が終わったかのような言い方に、俺は横目で白けた視線を送りつつ、

「お前は――いや、あんたは、今日という日を何を考えて過ごしてたんだ？」

「んん？」

ばちゃん、と両手をお湯の中に戻しながら、宇志内はこっちを見た。

「あんたも天野《あまの》先生と同じように、イベント側の人間だったのか？　今から思い出してみると、外の世界の様子を、俺たちはあんたの言葉でしか知らないんだ――本当にこの島が脱出不可能なのかどうかさえ、自分たちでは確認できていない……」

ホログラムで島が閉ざされるまでがイベントのシナリオ通りだとしたなら、その状況を説明してくれたこいつ――恋道瑠璃華《れんどうるりか》だって、そのシナリオを把握していたことになる。

宇志内蜂花《ほうか》は、黒幕探偵の表情で意味深に微笑《ほほえ》むと、手でお湯を自分の肩にかけていく。

「正直に言うと、今回はちょっとやられちゃったね」

言葉に韜晦《とうかい》はなかったが、黒幕探偵が言うと何でも胡散臭《うさんくさ》く聞こえた。

「本当だよ？　わたしたちも天野先生と大体同じ――大江《おおえ》さんの事件が起こった時点では、脚本通りにイベントが進行していると思っていた。元々、本格的なものにするためにキャストの探偵たちには本当の事件だと思わせておくっていう計画でさ。いわば大規模なドッキリ企画だったわけ」

「よくそんな企画に学園が協力したな」

「普段やってる模擬事件だって似たようなものでしょ？」

言われてみればそうか。この前の最終入学試験だって、最後の最後まで俺たちは模擬事件だと知らなかった。

「もちろん、学園もUNDeAD《アンデッド》も、そんな暇があったらさっさと〈マクベス〉を提出しろって言ったけどね。大江さんがあの手この手で交渉して、半ば無理やりこのイベントを成立させたわけ。蓋を開けてみたらこれなんだから、言わんこっちゃないって感じだよ」

「それで、あんたはいつまで騙《だま》されてたんだ？」

「天照館《てんしょうかん》を脱出する時までだね。ほら、**不実崎《ふみさき》くんが大江さんの死体を見た**でしょ？」

「確かに見たが……配信に映ってたのか？」

「いや、たぶん屋敷の変形との噛《か》み合《あ》いで、直接見たのは不実崎くんと、近くにいた万条《ばんじょう》先輩くらいだと思う。ただ、蝿《はえ》の羽音がかすかに入ってたからね」

蝿の羽音って……確かに死体にたかってたけど、そんな些細《ささい》なことで……。

「それから大急ぎで調査を始めてね、そんな時に、あのUSBメモリが送られてきたの」

「USBメモリ？　って……ソポクレスが持っていった、あの？」

「その、だよ。世界トップクラスで堅牢《けんろう》なHALOシステムにバックドアを作るプログラムなんて、普通、数時間で用意できるもんじゃないもん。なのにどういうわけか、誰かさんがご丁寧に、この辺りの海流情報まで添付して、学園に送りつけてきたんだよ」

「どこの誰だ？　〈劇団〉の人間か？」

「わからない。でも事実として、あのバックドアプログラムはソポクレスにとって不都合なものだった。だから〈劇団〉じゃないとわたしは思ってる。今のところは、謎のスーパーハッカーっていうのが答えかな」

「なんでそんな奴《やつ》が送ってきたもんを俺たちに？　怪しすぎるだろ」

「内容は学園で精査して、問題ないと判断したのが一つ。もう一つは——事件を丸ごと崩壊させかねないあのプログラムを投入すれば、事件の裏にいる人間が出てくるかもしれないと思ったから。まさかあんな大物が出てくるなんて、わたしも思わなかったけどね」

「……撒き餌《まえ》、ってことかよ……？」

平然と言う宇志内《うしない》に、俺は浴槽の底に手をついて身を乗り出した。

「あれを回収するために俺たちが分かれなかったら、門刈《かどかり》さんは——！」

「だから」

宇志内は俺の目を見つめ返して、優しく包み込むように微笑《ほほえ》んだ。

「あれは、わたしのミスだよ」

その微笑に、俺は何も言えなくなってしまった。

俺の中にわだかまる罪悪感も、無力感も……彼女は何もかも、見透かしているのだ。

「イベントを装うのも、稚拙に思える犯人像も、全部全部わたしたちを油断させるための罠《わな》だった。わたしたちにあえて真相を見抜かせることで、事件を途中で止めさせないようにしたんだ――イベントが続いていると気づけば空気を読んで行動を控え、裏に誰かがいると気づけばそれを炙《あぶ》り出《だ》そうと躍起になる。そういう探偵の心理を突いた、ソポクレスの策だった……。わたしたちは、まんまとそれにハマっちゃったの」

でも、と言って、宇志内はお湯の中から立ち上がる。

「事件は解決するよ。大事なのは救えなかった命を数えることじゃなく、救える命を見逃さないことだからね」

――大切なのは、これから何をするかだ
当たり前といえば当たり前の言葉が、重々しく耳の奥に響く。

「あんたも……慰めてくれるんだな」

宇志内はくすりと悪戯《いたずら》っぽく微笑むと、深い胸の谷間を見せつけるように中腰になって、俺の顔を覗《のぞ》き込《こ》んだ。

「お望みだったら、抱き締めてあげるけど？」

俺は小さく笑った。

「ありがとよ。偽乳でも嬉《うれ》しいぜ」

「あ、言ったなー？」

宇志内《うしない》はむうと不満そうに唇を尖《とが》らせると、次にハッと何か思いついた顔をして、にやりと意地悪く笑った。

それから、唐突に左手を自分の右肩の辺りに持っていく。

直後の光景を見て、俺はぎょっとした。

ペリペリと湿布みたいに、宇志内の右胸が肩のところから剥《は》がされていったからだ。

宇志内は水着をうまく手で押さえながら、胸の膨らみをずるりと引っ張り出す。ロボットが装甲をパージするように、乳房の一番外側の部分を剥がしたのだ。

「わたしの胸がどうなってるのか、ずっと気になってたでしょ？」

ペローン、と宇志内の左手に摘《つま》まれて、パージされたおっぱいが揺れる。

「こういう変装道具もあるんだよ。身体《からだ》に貼り付けたり、あるいは着ぐるみを着るみたいにして、体型を変えちゃうの。人工皮膚を使ってるから感触も本物同然」

ぺいっとそれを投げ渡されて、俺は慌てて受け止めた。

手のひらに伝わる柔らかさに驚く。本物同然——って言っても、本物なんて（フィオ先輩のくらいしか）触ったことがないからわからないが。白い肌に青黒く透けた血管や、濡《ぬ》れてつやつやと輝くピンク色の乳首までがひどくリアルで、不覚にも動悸《どうき》が速くなった。

「思春期の男の子には刺激が強かったかなー？」

勝ち誇ったように言う宇志内。フィオ先輩みたいなマウンティングしやがって。それは宇志内蜂花《ほうか》としてなのか、恋道瑠璃華《れんどうるりか》としてなのか、どっちなんだ？

　ここはあえてこのパージされたおっぱいを矯《た》めつすがめつ、隅々まで検分することで恥ずかしがらせてやろうか――と考えた時、俺の手から人工乳房が奪われた。

「はい、レンタル期間しゅーりょー」

　宇志内は慣れた手つきで水着の中にそれを押し込み、爆乳に戻っていく。

「偽物だからって侮っちゃダメだよ？　本物になろうとする分、偽物のほうが本物よりも本物らしいんだからさ」

「……誰の言葉だ？」

「なんかの小説」

　適当なことを言いながら、宇志内は太ももを上げて湯船から上がった。

「気になるなら図書室で調べてみたら？　あるかどうかわかんないけど！」

　生徒端末で調べたほうが早くないか？

　俺の答えを待たずに、宇志内蜂花はぺたぺたと歩いて浴場を出ていった。

「……図書室……」

4　真の正義

　風呂から上がった後、俺は言われるがままに、廊下の奥にある図書室を訪れていた。

あっちへ行けこっちへ行けって、まるでRPGの主人公になった気分だ。しかし今の俺には心地《ここち》良かった。黒幕探偵が糸を引くままに動くことが、無力で無価値で無意味な自分にとっては救いになっていた。

図書室には、昨日足を踏み入れて以来だ。電灯をつけると、俺はむせ返るような紙の匂いの中を、ゆっくりと歩いていった。

昨日は本宮《もとみや》と少し話しただけで、本棚を詳しく見る機会はなかった。本宮が蔵書を褒めていた記憶があるが、**よく見ると本棚にはちらほらと抜けがある。元からないのか、誰かが読んでいるのか……。**

俺はなんとなく聞いたことがあるタイトルをいくつか抜き取ってみた。どれも探偵伝記小説——過去の名探偵の活躍を脚色して小説化したものだ。『ナイルに死す』『黒蜥蜴《くろとかげ》』『Yの悲劇』『犬神家《いぬがみけ》の一族』『バスカヴィルの犬』……。

幼い頃から探偵に反感を持って育った俺は、こういう小説をあまり読んだことがない。でも、今は知りたい気持ちになっていた。過去の探偵たちがどういう態度で事件に挑んだのか。どうやって謎と向き合ったのか……。

いくつかの本を抱えて壁際の机に移動すると、椅子に腰かけ、表紙を開く。隅々まで読んでいる時間はない。適当に斜め読みしていこうと、どんどんページをめくっていく。

世界一有名な探偵であるシャーロック・ホームズは、興味があるかないかで事件を選《え》り好《ごの》みしていたと言う。俺はそんなホームズが好きになれない。興味がないからと無視された事件の中にも、本当に助けを求めていた人々がいたはずだ。それに思いを馳《は》せて、胸が痛んだりはしなかったのだろうか？

「……くそ」

やっぱり探偵は好きになれない。人格破綻者の博覧会だ。倫理観が欠けている人間がこんなに多い職業は他にない。推理力がなければただの迷惑な変人のくせに、時には失敗をしたり、挫折して事件を放り出してしまったりもする。自分勝手で、傍若無人《ぼうじゃくぶじん》で――

――それでも、最後には事件を解決する。

それに比べて、俺は何だ？

こんな暗いところで細かい悪口をグチグチ並べて、周りの探偵についていけなくて、本物の事件に尻込みして、考えなしに突っ込んで、いろんな人に慰められて、それを素直に受け取ることもできなくて。

俺も、こんな風だったら良かった。

常識がなくても、倫理観がなくても、誰よりも華麗に事件を解き明かし、ソポクレスと正面から戦えて、どんな逆境の中でも謎を解くことを迷ったりしない。

こんな風に、生まれられたら良かった。

どうして、俺はこうじゃない？　知的好奇心だけでいいだろ。面白そうだと思っただけで事件が解けるならそれでいいだろ。好きこそものの上手《じょうず》なれだ。面白がることで能力を発揮できるなら、それが一番いいじゃねえかよ。

どうして、俺はこうじゃなかったんだ。

犯罪王の孫のくせに、どうしてこんなに普通なんだ。

どうして、こんなに、頭の中がぐちゃぐちゃなんだ――

「――泣いてんの？」

ゆっくりと顔を上げると、歪《ゆが》んだ視界の中に、フィオ先輩がいた。

先輩は小さな身体《からだ》を少し屈《かが》めて、俺と目線を合わせて笑う。

「そんな顔初めて見た。いつもはもっと、何事にも興味がなさそうな顔してるのに」

「それは……」

俺が、何にもできない奴《やつ》だからだ。

すべてを諦めているから、格好つけて興味がないふりしかできないんだ。

「んにひひひ。おもしろ」

フィオ先輩はせせら笑うと、くるりと俺に背中を向けて、「よっと」と俺の膝の上に無理やりお尻を乗せてきた。

突然の行為に戸惑う。その間に先輩は俺の太ももにお尻をこすりつけるようにしながら、首をひねって俺の顔を見上げてきた。

「あったかいでしょ？　抱き締めてもいいよ？」

そう言って、どうせできはしまいとばかりにくすくす笑う。

……あんたたちは、どうして……。

俺は人肌の温《ぬく》もりに引きつけられるように、先輩の細すぎる腰をきゅうっと抱き締めた。

「おおっ？」

「……あんたたちは、どうして……そんなに平然としていられるんだ？」

驚く先輩に、何度目とも知れない問いを投げかける。

「救えなかった命に、罪悪感を抱かないのか？　他にありえた今日に、悔しさを覚えないのか？　誰かが死ぬかもしれない明日に……泣きたくなることはないのかよ？」

俺は怖い。俺は怖い。俺は怖い。

見立てとなる唱え歌は全部で4行。あと二人死ぬ。標的は探偵だと宣言されている。次は誰だ？　月読《つくよみ》か？　天野《あまの》先生か？　エヴラールか？　それとも……フィオ先輩か？

このまま何もしないでもいずれ来る未来だとはわかっている。それでも怖い。自分から一歩踏み出すのが。だって、この足はあまりにも重い。責任はなくても、原因は俺と血が繋《つな》がった人間で。これまでも、これからも、俺を恨む人間はたくさんいて。事実ががんじがらめになって、俺の足をこの場に留《とど》めようとする。

その上に、世界が滅ぶって？

馬鹿げてるよ。想像もつかねえよ。俺なんかに言うなよ。何もしないでいいのかもしれない。俺の出る幕なんかないのかもしれない。でも置いてくなよ。俺のいないところで話を進めるなよ。俺だってできるなら！　怖がらずに自分で足を踏み出したいんだよ!!

どうすればいい？

どうすれば俺は……ここから歩き出せるんだ？

「鈍感になってるだけだよ」

フィオ先輩は諦めたように言った。

「慣れたり、忘れたり、許された気になったり――炎上した有名人をネットで叩《たた》く時みたいにさ、自分がやってることの意味を忘れて、誰かの痛みを感じないようにしてるだけ。そうじゃないとやってけないいんだよ――探偵なんてさ」

「……それだけ、かよ……」

「それだけだよ。強さなんてどこにもない。壊れてる人間がいるだけ。王女ちゃんを見ればわかるでしょ？　探偵を遂行しようと思った途端、スイッチを切り替えるみたいに冷徹になる――ああやってうまい具合に壊れてる人間だけが、名探偵になれる。まともな心なんて、ご飯食べたりおしっこしたりする時だけでいい」

それが探偵、とフィオ先輩は言う。

ああ、そうだったな――俺はかつてそれに憧れた。俺は結局それになれなかった。だけど。

「探偵が……そんな、おかしな奴《やつ》ばっかりだったら……どうすんだよ」

先輩の腰を抱く腕に力を込め、俺は身体《からだ》の奥底から絞り出すように言う。

「昔の俺みたいな奴は……妹みたいな奴は……どうすんだよ……。今のロナは……！　きっと自分で信じてもいないめちゃくちゃな推理を撒《ま》き散《ち》らして閉じこもってるあいつみたいな奴は！　誰が救ってやれるって言うんだよ……っ!!」

行き場のない悲しみと怒りを下校中の俺にぶつけるしかなかったあの男子に。

誰が——手を差し伸べるんだよ。

「理屈に合わねえよ……。破綻してるよ！　先輩——あんたの言うことは間違ってるよ！」

「はい、論破」

聞き慣れた軽い声が聞こえて。

んにひひ、と嬉《うれ》しそうに笑う、フィオ先輩の顔が目に入ってきた。

「……されちゃった♥」

その笑みを見て、ようやく俺は気づく。

今の反論が、あまりにも自然に俺から出てきたことに。

思考さえもなく、自分の魂の奥から、自明の理として算出された答えだということに。

俺にとっての——俺だけの結論だということに。

俺の——


——真の正義だということに。


「……そうか……」

踏み出す理由は、最初から決まっていた。

この怒りは。悲しみは。悔しさは。

どんなに怖くて重くて潰れそうでも、決して色褪《いろあ》せることはなかった。

「助手クン。壊れちゃった？」

「……いえ」

先輩の質問に、俺は首を振る。

「まだ壊れてないからこそ、俺は――」

その時、図書室の外から大きな怒鳴り声が聞こえた。

5　探偵役の資格

「――ですから！　あなたが不用意にロナさんを追い詰めたりしなければ、こんなことにはならなかったと言っているんですよ!!」

ゲストハウスのリビングには、詩亜《しあ》の怒声が響き渡っていた。

彼女の正面には一人の探偵。天野守建《あまのもりたて》や円秋亭黄菊《えんしゆうていおうぎく》、本宮篠彦《もとみやしのひこ》、宇志内蜂花《うしないほうか》などは、二人の様子を不安そうに見守っている。

怒声を浴びせられている探偵――月読明来《つくよみあきら》は、不快そうに顔を顰《しか》めつつ怒鳴り返す。

「貴様があの女を逃したりしなければ何の問題もなかった……！　事件はあの時解決するはずだった！」

「あんな無様な推理をしておいてよくも言えたものです――何を焦っているんですか？　まさかソポクレスの言う通り、『明智小五郎《あけちこごろう》』であり続けるためだとでも？　そんなくだらないプライドのためにあなたは軽率に――！」

「貴様に人のことが言えるのか？」

月読が酷薄な笑みを浮かべた。

「生き方を縛られているのはお互い様だろう。探偵王という偶像を維持するためだけに育てられた人形が――！」

「ん、なっ……！」

詩亜の顔が怒りで赤く染まる。それは彼女の人間性を否定する、最大限の侮辱だった。

詩亜が一歩踏み出す。スカートの裏のステッキに手が伸びる。

だがその寸前、声があった。

「――そこまでにしろ」

決然とした声だった。

静かなのに、感情をぶつけ合う探偵たちの口を閉ざしてしまうほどの、力強い声だった。

図書室に繋《つな》がる廊下の奥から、一人の少年が少女を伴って、リビングに歩み出てくる。

その少年――不実崎未咲《ふみさきみさき》の表情を見て、詩亜は目を見張った。

ほんの1時間前とはまるで別人。見境なく突撃してソポクレスに軽くあしらわれていた少年の面影はほとんどない。そこにいるのは、一人の探偵……？　いいや、それとも違う。

そんな肩書きでは言い表せない、決意を固めた人間の姿があった。

「……不貞寝《ふてね》するのはやめたのか？」

月読《つくよみ》だけが、揶揄《やゆ》するように言う。

「今更罪の重さに耐えきれなくなった、犯罪王の後胤《こういん》が——今度は開き直って探偵気取りか？　驕《おご》るなよ。貴様のような無能が出しゃばる資格はない！」

「資格は、ないかもしれない」

静かに。

あくまで静かに、不実崎《ふみさき》は言う。

それだけで、どんな怒鳴り声よりも大きく、聞く者の耳に響いた。

「力も、ないかもしれない。責任は？　使命は？　……ないかもしれない。俺にあるのは、欲望だけだ。願望だけだ、渇望だけだ。・・・・・・・・・このままではいたくない——ただそれだけの、子供みたいな我《わ》が儘《まま》だよ」

だけど、と不実崎は自分の胸を掴《つか》んだ。

「それが俺にとっての『理由』だ……！　俺には今この場で、誰よりもこの事件を解決したい理由があるッ!!　『無関係』に逃げるのはもうやめだ。俺の名は不実崎未咲《みさき》!!　それでも、目の前で泣いている人間に手を差し伸べられる探偵になりたいッ!!」

決意の瞳が。

絶対に戦い抜くと決めた少年の瞳が、探偵たちを射貫《いぬ》く。

「あんたたちはどうなんだよ、探偵ども――ここでしょうもねえ言い争いをしてるだけで、本当に満足か？」

詩亜《しあ》がうつむき、自分のスカートの裾をぎゅうっとつかんだ。

天野《あまの》が唇を引き結び、天井を仰いだ。

そして月読が忌々《いまいま》しげに顔を歪《ゆが》め、舌打ちをする。

「そんな青臭い決意表明で、事件が解決するならとうにやっている……！〈マクベス〉はすでに解き放たれた！　今頃世界中でこの島の事件が解析されているだろう。そして早晩、オリジナルの原稿なくして〈マクベス〉の内容が公然のものとなり、無数の改変・改良を加えながら拡散していく……！　パンデミックだ！　それを今から止める手立てなど、この世のどこにあるという!?」

「殺すんだよ、今ここで」

少年のシンプルな答えに、月読は口を開けたまま二の句を失った。

「〈マクベス〉を、殺す。そのルールを、方針を、思想を完全に完璧に攻略し、役立たずの紙切れにする。そうして、現在過去未来、すべての〈マクベス〉を同時に殺す。それができるのはオリジナルの〈マクベス〉が進行している今この瞬間、この島だけだ……！」

完全攻略法の確立。

拡散には拡散。〈マクベス〉が初心者用の連続殺人入門書だというのならば、それを確実に解決できる方法を作ってしまえばいい。人にはウイルスと違って思考がある。ワクチンに殺されるとわかっているのならば、たとえ簡単でも軽々には手を出せなくなる……！

「そ、……そんな、ことが……！」

月読《つくよみ》が愕然《がくぜん》と声を震わせたその時、新たな声がゲストハウスに響いた。

『――その通りだ、不実崎《ふみさき》くん。その島には希望がある』

吹尾奈《ふいおな》が自分の生徒端末を軽く振ってみせていた。

画面に表示されている名前は、恋道瑠璃華《れんどうるりか》。

誰にも知られないように、宇志内蜂花《うしないほうか》がひっそりと不実崎にウインクを送った。

『今、その島にいる君たちだけが頼りだ。残り二つの事件、起こる前に解決しろ。乗っ取られた〈マクベス〉を乗っ取り返し、悲劇を喜劇で終わらせろ。死人が出ている以上、ハッピーエンドとは行かないがね』

「――どうやって」

捨て鉢な調子で言ったのは、月読だった。

「言葉にするのは簡単だ。だが現実問題、胡乱《うろん》な過去の記録以外には、俺たちに与えられた情報はたった二つの殺人とこのわけのわからない島だけ。たったこれだけの情報で、どうやって残りの事件を予測し、〈マクベス〉の攻略法を作れと言う？」

『情報源についてだが――実はとある人物が、我々に連絡してきてくれた。紹介しよう』

その瞬間、吹尾奈の手に握られている端末の画面に、新たな名前が増えた。

表記はシンプル。

〈００１３《ダブルオーサーティーン》〉。

『――お初にお目にかかる』

長い経験を感じさせる低い女性の声が、端末から流れ出す。

『私はイギリス秘密情報部――通称〈ＭＩ６〉所属、コードネーム〈００１３〉。名を明かせない非礼を詫《わ》びよう、日本の探偵諸君』

6　〈マクベス〉のルール

『かねてより我々ＭＩ６は、〈マクベス〉について調査を進めていた。理由を語る必要はないだろう。我々の任務は祖国の民を守ることであり、犯罪王の計画書はその存在だけで国の秩序と民の生命にとって脅威だ。我々はただ偶然によって、他の警察機関や情報機関よりも〈マクベス〉に近しい立場に置かれたに過ぎない』

リビングのテーブル上に置かれた端末越しに、ＭＩ６のエージェントにしてロナのマスターでもあるという、００１３の説明が流れていく。

『きっかけは我々が推定〈マクベス〉第３号と呼んでいる事件――カナダの大陸横断鉄道で起こった事件だ。事件の舞台となった寝台列車に、当時、別の任務についていたＭＩ６のエージェント一人が乗り合わせていた。彼は事件が起こるとその犯人を特定し、背後関係を吐かせることに成功した。

曰《いわ》く、その犯人は金で雇われただけであり、ただ〈マクベス〉を実行すること、それだけを命じられたのだという。後にわかるが、この事件は真犯人が〈マクベス〉を価値のわかる組織に売るためのデモンストレーションだった。当時はすでに〈マクベス〉の存在が世間に知られ、贋作《がんさく》が掃いて捨てるほど出回っていた時代だ。本物を持っていることを示すために、実際に計画書を使ってみせる必要があったわけだ。

この偶然によって、我々は本物の〈マクベス〉に接近する機会を得られ、マフィアや〈劇団〉の残党との〈マクベス〉争奪戦に参加する資格を得た。この経験で〈マクベス〉に関して多くの情報を得ることとなり、より正確な〈マクベス〉の追跡が可能となったのだ』

そこまでを聞き終えて、エヴラールが真剣な顔で0013《ダブルオーサーティーン》に質問する。

「推定〈マクベス〉第3号――そう仰《おっしゃ》いましたよね。鉄道で起こった事件は、〈マクベス〉によるものとされている事件の中では、時系列順で二つ目だったと記憶していますが」

『それは世間一般的な話だ。アメリカの雪山の事件とその寝台列車の事件、一般にはその二つが〈マクベス〉による事件だとされているが、我々は〈マクベス〉が使用されたと思われる事件を四つ突き止めている』

四つ……！

すでに〈マクベス〉は、四回も使用されていたのか！

『もちろん、我々がまだ知らない〈マクベス〉がある可能性は否定しない。それでも、諸君が知る記録より多くの情報を提供することができるだろう――順を追っていくぞ？

確認されている限りで最初の〈マクベス〉は、ここ、日本で巻き起こった。過疎地の離島での出来事だ。密室で続けざまに3人が殺されたが、島自体が極めて閉鎖的な文化を持ったこと、実質的に警察機能が存在しない土地であったことなどから公的には記録されていない。**ご存知《ぞんじ》の通りすべての殺人で異なるトリックが用いられている。**

第二の〈マクベス〉は公に知られている通りの吹雪《ふぶき》の山荘。**被害者は6人で、特筆すべき点は死体が置かれていた部屋と被害者が宿泊していたはずの部屋が食い違っていることだ。**計画書はおそらく、第一の〈マクベス〉が起こった島からボトルに入れて太平洋に流され、潮流に乗ってアメリカ西海岸に辿《たど》り着《つ》いたのだろう。

第三の〈マクベス〉はさっき語った通り。**被害者は12人で、犯人や黒幕を含めると15人死んだ。人数もそうだが、殺人の間隔が異様にハイペースな事件で、すべての殺人が1日もかけずに完遂《かんすい》されている。他に特筆すべき点としては、確認されたすべての〈マクベス〉の中で唯一、この〈マクベス〉ではトリックの被《かぶ》りが存在する。**』

次々と淡々と並べられていく殺人の数に、目眩《めまい》がしそうだった。人の命は軽い――あまりにも。殺人事件というより、地震や台風みたいな災害の話を聞いているようだった……。

「計画書はなぜアメリカの雪山からカナダの鉄道に移動したのですか？」

天野《あまの》先生の落ち着いた質問に、0013は答える。

『第二の〈マクベス〉において、犯人はおそらく〈劇団〉の残党に拉致された。しかし計画書の現物を回収することはできなかったようだ。

というのも、犯人が殺人を実行する前にその旨《むね》を教会の司祭に懺悔《ざんげ》し、計画書を預けていたからだ。日本人には馴染《なじ》みが薄かろうが、司祭には懺悔で見聞きした事柄に関して守秘義務が存在し、それが犯罪行為であっても警察に通報することはない。

計画書は長い間その司祭が保管していたが、それを同じ教会に勤めていた助祭の男が見つけてしまった。男は欲に駆られ、〈マクベス〉を金に換えようと考えて、広告となる事件を作るためにプロを雇ったのだ。結果として、男も雇われた者も〈マクベス〉を狙った地元のマフィアに殺されてしまった。それ以後、長い間、〈マクベス〉は行方《ゆくえ》知れずだったのだが……』

本宮《もとみや》から聞いた公に発見されている〈マクベス〉はこの鉄道の事件まで。その足取りが途絶えているからこそ、〈マクベス〉は伝説だったのだ。だが、MI6が存在を確認している〈マクベス〉は四つ——まだあと一つ、残されている。

『今からおよそ6年前——〈マクベス〉はどのような数奇な運命を辿《たど》ってか、カナダの人里離れた場所に存在した、とあるアーミッシュ・コミュニティの元に流れ着いていた』

「アーミッシュ・コミュニティ……？」

聞き慣れない単語に俺が首を傾《かし》げると、フィオ先輩がいつも通り解説し始める。

「アーミッシュはアメリカやカナダに住んでるドイツ系移民の宗教集団で、現代文明から距離を取って暮らしている人たちのことだよぉ？　電気を使わずに蝋燭《ろうそく》を使ったり、自動車を使わずに馬車を使ったりさ。映画やドキュメンタリーになったりもしてて、結構有名だと思うんだけどなぁ？」

「はいはい。そんなことも知らずにすんませんでした」

不特定多数を敵に回さんと気が済まんのか、この人は。ドローンを停止させることができない以上、今の状況もばっちりネット配信されてるんだぞ？

「それで、そのアーミッシュのコミュニティで事件が起こったのですか？」

エヴラールが話を元に戻すと、００１３《ダブルオーサーティーン》は厳然とした調子で告げた。

『全滅した』

短い言葉に、しんと沈黙が下りた。

『我々は事件がすべて終わった後にようやく異変を察知し、現場に急行したため、具体的にそこで何が起こったのかはわからない。事実として存在するのは、記録上、85人が暮らしていたはずのコミュニティから、84人分の死亡届が提出されたということだけだ』

「……はちじゅう……よん……!?」

さっきの12人でさえ、想像が及ばないような人数だった。

それが今度は、84人……!?　それが連続殺人の被害者の数だって？　馬鹿げてる。切り裂きジャックだってそんなに殺してない！

「……85人が暮らしていて、84人が殺された。そう言いましたよね」

エヴラールがどこが確信的な声音で、端末の向こうにいるスパイに言った。

「それは、たった一人だけ、生存者がいたということですよね？　もしかして、それはーー」

『さすが察しがいいな、探偵王女。ご想像の通りーーその生存者がロナだ』

「……っ……!?」

身体《からだ》が強く硬直するのを感じた。犯罪王の計画書によって滅んだコミュニティの唯一の生存者ーーああそうか、と記憶が俺を納得させる。ロナが俺を見る時に宿した瞳の光は、それが理由だったんだ。彼女こそ、俺のじいさんが作ったものの、最大と言っていいほどの被害者だった……。

「アーミッシュと聞いて、もしかして、と思いました……」

震えを抑えるように自分の二の腕を掴《つか》み、エヴラールが言った。

「ロナさんは、この2日間で一度として、自分のドローンで配信を行っていませんでした。それに、部屋の電気がついているところも、携帯端末の類《たぐい》を使っているところも見たことがありません……。あれはやはり、アーミッシュの掟《おきて》のためだったんですね」

言われて初めて俺も思い出す。ロナのドローンはいつも配信ランプがついていなかった。

『ロナには事件以前の記憶がない』００１３《ダブルオーサーティーン》が低い声で言う。『にもかかわらず、まるで本能に染み付いているかのように、アーミッシュの掟を守り続けている……。あの子が使う文明の利器は、任務のために必要な最低限のもののみ。それも機関から与えられた備品だけで、決して自分では所有しない。それがあの子のルールなのだ』

現代文明のアイテムをできるだけ使用せず、所有することもない、ルールーー

「……話を元に戻せ」

　ずっと黙っていた月読《つくよみ》が、どこか苛立《いらだ》たしそうに言った。

「お前たちは〈マクベス〉に関して、それだけの情報を保有していたんだ。もちろん分析はしたのだろうな？」

『仮説で良ければ無限にある。あくまで事実として話せることは、大きく二つ。一つ目、どの事件も何らかの見立てを取り入れている。聖書だったり、マイナーな民謡だったり、出典は様々だが、先ほどのソポクレスの発言を考慮に入れれば理由は明白だ』

「簡単に事件に一貫性を持たせることができる……」

　天野《あまの》先生が眼鏡《めがね》の位置を直しながら呟《つぶや》いた。

「通常、見立て殺人は何らかの不利な事実を誤魔化《ごまか》すために行われたり、宗教的な思想によって行われたりするものです。ですが、〈マクベス〉の見立てには実際的な理由がない――事件を連続殺人にするためだけに使われているのですね？」

『そういうことだろう』

　事件を連続殺人に――確かに、素人《しろうと》が黙って連続殺人を犯しても、捜査する側は複数の単独殺人である可能性を考慮してしまう。その可能性を簡単に排除できるのが見立て、ということか……。

『二つ目は、トリックに関するおぼろげなルールだ。〈マクベス〉では同じトリックが連続して使われることはない。被害者84人の第四の〈マクベス〉でさえそうだった。サンプ

ルが少ないが、何らかのルールがあると我々は見ている』」

「『同じトリック』って言うけどさぁ、どのくらいまでが『同じ』なわけ？」

フィオ先輩が首を傾《かし》げながら言う。

「例えば、糸とかを使ってドアの外から鍵をかけるトリックと、同じく糸を使って密室の外からトラップを作動させて殺すトリックは、やってることは似てるけど起こってることは違うくない？」

『その例の場合は違うトリックと判定している。殺人方法と密室ができるメカニズムが異なるからだ。密室分類は組織によって異なるため、正確な共有は難しいが……』

各事件の細かいデータをその端末に送ろう、と0013《ダブルオーサーティーン》が言った。

フィオ先輩が端末をドローンと接続し、データをHALOシステムに共有して、事件資料をホログラムで表示した。板状のウィンドウを全員で覗《のぞ》き込《こ》む。

場所も犯人もトリックも被害者の数もバラバラな、四つの事件——これらがたった一つの『スターターキット』で生み出されているのが本当ならば、何らかのルールがあるはずだ。共通点、方針、何らかの……。

「強いて言うなら、被害者の数が3の倍数で統一されていますね」

「でもさあ王女ちゃん、今回の予定は4人でしょ？　見立ての唱え歌は4行なんだから」

「やっぱりトリックじゃないか？　〈マクベス〉が連続殺人の教科書なら、トリックの考え方だって書いてあってしかるべき——」

「――僕から一つ、方針を提案しましょう」

乱脈に意見を出す俺たちに、天野《あまの》先生が小さく手を上げて言った。

「僕ら水分家《みくまり》が研究している〈犯罪経済学〉では、『犯人はできるだけ楽をしようとするはず』と考えます。犯罪を犯し、それを隠蔽《いんぺい》するというのは結構な大仕事で、ましてや連続殺人ともなるとその忙しさは筆舌に尽くしがたい。より簡潔に、より効率的に事件を遂行しようとするはずです」

「わかりますが……それが何か？」

「〈マクベス〉のルールは三つ程度だと思います」

エヴラールの疑問に、天野先生は簡潔に答えた。

「連続殺人はただ実行するだけでもひどく忙しい。それを初心者にやらせようと言うのですから、複雑なルールは失敗のリスクを大きく高めます。かと言って単純なルールだけでは探偵に見抜かれてしまう――複数のルールを掛け合わせて、分析を困難にしなければなりません。とすると、四つでは難しすぎ、二つでは簡単すぎる――なので三つではないかと考えました」

月読《つくよみ》が不快げに眉根を寄せた。

「ただの貴様の感覚ではないか」

「その通りです。ですが闇雲に考えても推理はまとまりません。ひとまず三つ程度を目安に考えてみても問題はないでしょう」

俺たちが考えやすいようにしてくれたのか。探偵学園には臨時講師として来ているだけらしいが、あの癖の強い教師たちの誰よりもこの人のほうが教師っぽい。

「三つ——と仮に考えると、一つ目は明らかですね」

エヴラールの言葉に、俺は頷《うなず》いた。

「見立てだな」

「はい。事件の一貫性をインスタントに確保するための見立て——だとすると、二つ目もなんとなく想像がつきます」

「トリックを生み出すルールだよねぇ。素人《しろうと》が84個もいきなり考えられると思えないし」

フィオ先輩の意見に、誰もが首を縦に振る。第四の〈マクベス〉の84回に及ぶ密室殺人には、トリックの被《かぶ》りが一個もない。ジャンルで言えば同じ括《くく》りのトリックはあるようだが、それにしても〈マクベス〉の助けがなかったとは思えない。

「整理できてきました……。ですがやはり問題は、トリックを生み出すルールの特定ですね。それがこれから先の事件を阻止する手掛かりにもなります」

「それができたら苦労せえへんっちゅうねん！」

黄菊《おうぎく》がガシガシと頭をかく。まったくその通りだが、それができなければ終わりなのだ。

探偵たちが資料とにらめっこしながら盛んに意見を交わし始める。俺はその輪から少しだけ離れると、フィオ先輩の端末で通話状態のままになっている００１３《ダブルオーサーティーン》に話しかけた。

「なあ。……ロナのこと、もっと教えてくれないか」

　0013は俺を値踏みするような間を少し空けると、

『君が責任を感じる理由は、何もないぞ？』

「知ってる。俺はじいさんじゃない。……でも、じいさんが傷つけたものを見て見ぬ振りできるほど、薄情じゃない。そうでありたいと思ったんだ」

　人は誰しも、無から生まれてくることはできない。絡まり合った因縁の果てに自分が存在し、それから完全に解放されることはできないのだ。

　それを宿命という者もいるだろう。だとしたら俺は、自分の中の真なる正義のために、それと向き合わなければならない。

「ロナが生まれたアーミッシュ・コミュニティってやつは、どういう場所だったんだ？そこに……ロナの家族もいたんだよな？」

『……通常、アーミッシュは非アーミッシュと共存して暮らす。彼らの主な移動手段は馬車だが、その隣を自動車が走っていても彼らが排斥することはない。しかし、ロナが暮らしていた集落は違った――信仰こそアーミッシュのそれに近かったが、より正確には、さらに分派した名前のない宗教組織だったのだろう。山奥に暮らし、外部との接触を可能な限り断ち、家の屋根を葉っぱで擬態して衛星の目すら逃れていた』

　そんな場所が現代に――嵐や吹雪《ふぶき》がなくとも天然で、クローズドサークルの要件を満たしていたってわけか。

「そんな限界集落じゃあ、若い奴《やつ》は息苦しいだろうな」

『どうだろうな。「ラムスプリンガ」というアーミッシュの慣習について知っているか？』

「ん？　いや……」

『ラムスプリンガとは、一定の年齢に達したアーミッシュがその掟《おきて》から解放される期間のことだ。その期間に自動車やインターネットはもちろん、酒やタバコなど現代文明の快楽を一通り味わい尽くし、その上でアーミッシュとして生きるかどうかを選択するのだ』

「そんなもん、元には戻れなくなっちまうんじゃねえの？」

『ところが、アーミッシュをやめる選択をする若者はあまり多くない。現代文明の快楽を知ればこそその危険性に気づくのかもしれないし、単に故郷を離れる選択ができないのかもしれない。いずれにせよ、彼らには君たちとはまったく違う価値観が根付いているのだ』

「ロナのコミュニティにもあったのか？　そのラムスプリンガってやつが」

『集落に残されていた記録によれば、16歳から20歳までの間がラムスプリンガだったという——ロナのラムスプリンガは、ちょうど今夜、日付が変わった瞬間からだ』

「今夜？」

そういえば昨日言っていた。明後日が誕生日だと——今日から見れば、それは明日。

『嘘《うそ》だと思っていたかね？　集落の記録には全住民の生年月日も記載されていた。彼女自身は覚えていなかったが、間違いのない事実だ』

「集落の記録か——それには他に何も書かれてなかったのか？　例えば、ロナの家族とか」

『両親の他に、双子の兄がいたようだ。双子と言っても二卵性で、あまり似てはいなかっ

たようだがね』

「なんで伝聞調なんだ？　その兄ちゃんの死体は見てないのかよ？」

『**第四の〈マクベス〉ではいくつかの死体が見つからなかった。ロナの兄もその一人だ**』

死体が消えた……。どうしてだ……？　弔うために埋めたのだろうか……。

「……００１３《ダブルオーサーティイーン》。最後に一つ訊《き》かせてくれ。事件を最初に発見したのはあんたなのか？」

『そのうちの一人、と言っておこう。我々はチームで動いていた』

「集落が全滅した事件で、ロナだけが生き残っていた――この状況で、どうしてロナが犯人だと思わなかった？」

『もし仮にそうだったとしても』

一切の迷いなく、００１３は言った。

『**手を血まみれにして**泣いている少女を、見捨てることなどできなかった』

――ああ、格が違う。

己の正義を確信している歴戦のスパイの声音に、俺は心から感嘆したのだった。

俺は００１３との会話を終えると、壁際に座り込んで自分の記憶を掘り返す。

俺は今まで、ソポクレスに吹き込まれた知識を使って推理をしていた。さっきまではそれが手のひらで踊る人形のように思えていたが、今は違う。使えるものは何でも使うべきだと、覚悟が決まった今はそう思っている。

ソポクレスから俺に与えられた大きな言葉は二つ。

事件を形作るのは、心。

そしてさっき聞いた、アートとは言葉である――

自分の心を、何らかの形で伝える――その手段が事件なのだとしたら。

メッセージ。

テーマ。

「…………ヒント…………」

――図書室で探してみたら？

もしかして……この事件は、解けるようにできている……？

「――月読《つくよみ》っ!!」

とっかかりを掴《つか》んだ瞬間、俺は立ち上がりながら叫んでいた。

ホログラムの周りで議論をしていた探偵たちが、戸惑った様子で一斉に振り返る。

俺はそれを気にする余裕もなく、足早に月読明来《あきら》に詰め寄った。

「月読家は、明智小五郎《あけちこごろう》を再現しようとする一族――そうだな？」

「……それがどうした？」

「だったら、当然詳しいんだよな？　――江戸川乱歩にも」

月読は依然として、怪訝《けげん》そうに顔を顰《しか》めるだけだった。他の面子《メンツ》も似たようなものだ。

俺はその中をかき分けて、空中に表示されたホログラムの一つ――第四の〈マクベス〉に関する捜査資料に身を乗り出した。

「第四の〈マクベス〉の被害者数は84人──だが、それは犯人が唯一の生存者であるロナや、外部犯だった場合の話だ。もしそのどちらでもなかった場合、84人の被害者の中に犯人が紛れていることになる」

「バールストン・ギャンビットですね？」エヴラールが言う。「実際、何体か死体が発見されていないようですし、当然考えられる可能性だと思います。それが？」

「誰が犯人なのかは今は関係ない。重要なのは人数だ」

84人の被害者リストをずらっと表示し、俺は適当な一人を選んで指で横になぞる。

「84人の中の誰か一人が、〈マクベス〉を使った犯人なのだとする。すると、〈マクベス〉の犠牲になった本当の被害者の数は83人だってことになる」

一人に打ち消し線が引かれて、83人分になった被害者リストを見つめて、俺は呟《つぶや》く。

「被害者の数が83人──つまり、密室トリックの数も83個」

「83個の密室トリック……だと……？」

俺が振り返ると、月読の表情が愕然《がくぜん》としたそれに染まっていくところだった。

「貴様……ふざけるなよ……。貴様はまさか、あの話をしているのか……。『類別トリック集成』の話をしているのか!!」

「──あっ」

本宮《もとみや》だけが驚愕《きょうがく》に目を見開いて、他はピンと来ていない顔をしていた。そりゃそうだろうな。俺も昨日、本宮に見せられるまで、そんなもののことはさっぱり知らなかった。

エヴラールが自分のこめかみをグリグリとやりながら、

「類別トリック集成……確か……」

「明智小五郎《あけちこごろう》の伝記作家である江戸川乱歩《えどがわらんぽ》が、いろんな本から集めてメモしたトリックを、分類してまとめた評論だ」

震える手で眼鏡《めがね》を押し上げながら、本宮《もとみや》が言う。

「その中で、乱歩は83個の密室トリックを、四つの大項目に分類している……」

驚愕《きょうがく》の波が広がった。本宮の説明によって、誰もが俺の意図を理解したのだ。

それを代表するように、月読《つくよみ》が俺に詰め寄ってくる。

「冗談じゃない。あんなメモ書きを真に受けた馬鹿がいたというのか？　遠いカナダの地で、乱歩がまとめた密室トリックをすべて！　現実に実行した人間がいたというのか!!」

「〈マクベス〉を作ったじいさんは日本人だ。同じ日本人の作家である江戸川乱歩の評論を参考書にした可能性は充分あるだろ」

月読は歯噛《はが》みしながらもそれ以上の反論はしなかった。

俺だってにわかには信じがたい。長らく謎とされてきた〈マクベス〉のトリックの源泉が、たった一人の作家の評論だなんて。

「人数以外にもいろいろと噛み合いすぎてる。なんでこのゲストハウスの図書室に、あんなレアものの古本がわざわざ用意されていたのか。俺たちに対するヒントだったんだ。大《お》江団三郎《えだんざぶろう》は元から、〈マクベス〉の謎を探偵に解かせるつもりだった——だとすれば、それを解くための鍵をフェアに用意しておく必要がある。

それに、四つの項目に分けてトリックがまとめてあるっていうのも完璧だ。4項目って言うけど、実際には四つ目の項目は密室トリックっていうよりも脱獄トリックで、密室殺人にはあんまり応用が利かない。とすると実質使えるのは3項目——

さっき言ってたよな？　〈マクベス〉の殺人の数は全部3の倍数だって」

第一が3人。第二が6人。第三が12人。

「3項目の分類から、一つずつ順番にトリックを使う——それで同じトリックが連続しない理由や、殺人の数が3の倍数になっている理由も説明がつく。今回だけ4人になりそうなのは、普段使わない四つ目の項目——『密室脱出トリック』を使うからと考えればいい。天野《あまの》先生の話じゃ、**何かしらこの島から脱出する手段がある**ってことだったよな？」

確かな証拠は何もない。だが符合するのだ。

〈マクベス〉のトリックは、江戸川乱歩の類別トリック集成を使って作られている。

初心者が使うんだ。斬新なトリックなんて必要ない。最初はお手本を真似《まね》するだけでいい。そうしてオリジナリティを育てていく……。

『……まさか極東の古びた書物に、そんな簡単な答えが載っていたとはな』

苦渋と呆《あき》れ混じりの０１３《ダブルオーサーティイーン》の声に、俺は苦笑を浮かべた。

「俺が伝え聞いてるじいさんのキャラクターそのものだよ。世界は思ってるより簡単だぞ——そう言ってにやにや笑ってる顔が目に浮かぶみたいだ」

『腹立たしい限りだ』

あるいはじいさんは、それを狙って〈マクベス〉を伝説化したのかもしれない。巨大な存在になればなるほど、その構造も複雑なのだと思い込んでしまうから……。

「そうするとさぁ」

フィオ先輩が端末を操作して、ネットで検索したらしい類別トリック集成の密室トリックの章をホログラムウィンドウで表示した。

「今回の二つの事件は、どの項目に属する感じ？　一つ目はボウガンを使ったトラップ殺人だからぁ――」

「第一項目――『犯行時犯人が室内にいなかったもの』ですね」

エヴラールが言うと、天野《あまの》先生が頷《うなず》きながら、

「とすると、第二の事件は犯人が誰であれ内出血密室であることは間違いないから――第三項目『犯行時被害者が室内にいなかったもの』になるね」

残りは二つ――そのうち一つは第四項目『密室脱出トリック』で、島を脱出する手段のことを言っているんだろう。これは最後に使われると考えていい。

次なる第三の事件の内容が、かなり絞れてくる。

「ですが不実崎《ふみさき》さん、これでトリックは説明できるかもしれませんが、それだけでは事件のすべてを構成できるとは思えません。少なくともあと一つ、〈マクベス〉には何かしらルールがあります。アイデアはあるんですか？」

「いやらしいなエヴラール。お前ももう思いついてるんだろ？　顔に書いてあるぜ」

エヴラールは不敵に笑いながら、俺に発言権を譲った。

「言ってたよな。〈後継者〉殺人には動機の代わりにテーマ性があるって。それが第三のルールだとしたらどうだ？　トリックが借り物でも、事件にそいつ独自のテーマ性を盛り込めば、それはコピーではなくオリジナルになる——」

「だとしたら」

エヴラールは胸の前で軽く手を合わせ、妖精のように微笑《ほほえ》んだ。

「これは簡単なクイズですよ」

それからエヴラールは、〈マクベス〉の捜査資料のあるポイント——**特に被害者の名前のところ**を、次々と指差していった。説明はほとんどない。配信越しに犯人に聞かれている可能性を考えてだろう。が、それだけでも、俺や探偵たちが理解するには充分だった。

「うわー、なるほどぉ……」

「確かに符合しますね……」

「チッ……」

しかしまだ説明できない部分もある。

フィオ先輩が首を傾《かし》げながら言う。

「でもさあ、これだと今回の事件はどうなんの？」

「すべてのターゲットがわからない限りは何とも言えませんが、考えうる可能性はそういくつもありません。一つ一つ検証していけば、いずれ答えに辿《たど》り着《つ》くはずです」

これが第三のルール。

これが――〈マクベス〉の全貌か。

「どんな見事なイリュージョンも、タネが明かされてみれば拍子抜けするものです」

「ああ」

エヴラールの言葉に頷《うなず》いて、俺は手を強く握り締めた。

「〈マクベス〉なんてしょうもないハッタリでしかないってことを、ロナに教えてやろう」

7 すべての被害者を示すもの

〈マクベス〉を殺す準備はほとんど整った。

現在、学園がホログラムの挙動を分析し、天照館《てんしょうかん》を覆うホログラムがどこの操作端末で管理されているのか、特定してくれている。それが終われば、俺たちは準備した推理を携えて、いよいよ打って出ることになる。

この事件の真犯人――〈キング・マクベス〉の元へ。

そして暴走した推理を吐き出し続けている、ロナの元へ。

それを待っている間、俺の生徒端末に着信があった。

画面を見てみれば、そこにあったのはもはや懐かしく思える、日常的な名前。

祭舘《まつりだて》こよみだった。

「……はい、もしもし」

『もしもーし』

聞き慣れたのんきな声に、俺は毒気を抜かれる。

俺は端末を耳に当てたまま、探偵たちが集うリビングから離れ、奥の廊下の壁に背中をもたれさせた。

「どうした？　珍しいな。お前から連絡してくるなんて」

『なんか大変そうだからさ。大丈夫かなーって。ふああ～』

「……お前、もしかして寝起きか？」

『やだなあ。寝起きじゃなくて昼寝起きだよー』

こいつの中では違うらしい。そもそも昼って時間ですらねえんだが。

「それで今の今まで心配のメッセージ一つ寄越《よこ》してこなかったわけか。薄情な奴《やつ》だぜ」

『ごめんってぇ。……それで、大丈夫そう？』

何事も面倒臭がるこいつには珍しく、その声にはちゃんと、心配の響きが滲《にじ》んでいた。

「……ああ、大丈夫だよ。もうすぐ片が付く。まだちょっと問題は残ってるけどな――」

『ふうん。そっか。ならまあ、別にいっか』

うん？

俺はその言葉に、もはや慣れ親しんだと言える引っかかりを覚えた。

「ちょっと待て。祭舘《まつりだて》、お前――何か思いついたのか？」

『いやいや。別に何でもないってー』

「お前の何でもないは何でもあるんだよ！」

どこまでも平和的で普通の思考を持っている祭舘こよみは、殺伐な発想に脳が染まったエヴラールたちとは別の角度の推理をする。それが殺人事件の突破口になることもあると、俺は知っていた。

「頼む。教えてくれ――何に気がついた？」

『……なんかちょっと変わったねえ。不実崎《ふみさき》くんってそんなキャラだっけ？』

「〈開化〉でカレー一回奢《おご》ってやるから！」

『けちんぼだなあ。……じゃあまあ、言うだけ言ってみるね』

そして祭舘は、探偵らしくなく、単刀直入に言った。

『あの唱え歌なんだけどさあ、あの通りにしたらその島から出られるんじゃない？』

「……は？」

あの通りにしたら？

「ちょ、ちょっと待て祭舘。説明が全然足らん」

『えー？　めんどくさいなあ。だからさ、島に上陸したところにあった石碑に、４行の唱え歌が書いてあったんでしょ？　まとめサイトで見たけど』

仮にも探偵志望とは思えない情報ソースだが、それは置いておこう。

『今のところみんな見立て殺人のためにあるとしか思ってないみたいだけど、普通にひとつながりの文章として読んでみたらさあ、ちょっと変な気がして』

「ちょっと変？」

俺は通話をスピーカーにすると、メモしておいた唱え歌を端末の画面に表示させた。

天照《あまてらす》　従僕どもは　通り去り
海で皆　泡雫《あぶくしずく》と　溺れ死に
屍《しかばね》が　月に自ら　道かけて
金の山　朱のたもとに　触れる由《よし》

「この文章のどこが変だって？」

『時間だよ、時間』

「時間？」

『「天照」っていうのはおひさまのことでしょー？　それが通り去ったから3行目で「月」が出てる——夜になってる。そこまではわかるよ？　でも4行目のさ、「朱」っていうのは、たぶん朝日のことだよね？　天照帰ってきちゃってんじゃん』

「ん……？　いや確かに変っちゃ変だが……3行目と4行目の間に時間経過があったと考えれば不自然はないんじゃないか？」

『その場合はさあ、「道かけて」じゃなくて、「道かけた」とか「道かける」とか、とにかく一回文章を切るんじゃないかって思ったんだよね――今の文章だと、死んじゃった人たちが月が映る海にどんどん積み重なって道を作って、その道の先にある金の山が、朝日の下に触れてますよー、っていうストーリーにしか見えなくない？　月なのか朝日なのかどっちなのって感じ』

……確かに、３行目と４行目は直接的に繋《つな》がっているように見える……。

「それで、なんでお前はこの文章が脱出方法になってると思ったんだ？」

『だから、４行目だよ。４行目で無理やりにでも朝にしないといけなかったんだろうなって。「道」自体は３行目でもうできてるのにさ――つまりこの「道」っていうのはさ、夜・の・間・に・で・き・て・、・朝・に・初・め・て・渡・れ・る・よ・う・に・な・る・も・の・なんだよ。それをこの島の周辺環境に当てはめたら、一個しかなさそうかなーって』

夜の間にできて、朝に初めて渡れるようになるもの……。夜と朝の違いは何だ？　視認性くらいしか……。でも道があるって言うんなら、見えなくたって渡ろうと思えば――

『見えることで、初めて現れる道なんだよ』

祭舘《まつりだて》は言う。

『その島がなんで外から近づけないのか、ちゃんと覚えてる？』

ホログラム――それと。

「――ああ、そうか……」

『そうなんだよ』

「もしかして、今夜か？」

『調べてみたけど、バッチシだね』

そういうことか……。これが唱え歌の本当の意味……。

『あーそれともう一個、この唱え歌にはさらに意味があると思う』

「は？　おいおい名探偵かよ。まだ意味があるって？」

『いやいや。違和感があるって思うだけで、そっちは詳しいことはわかんないよー？』

「違和感って？」

『漢字の使い方だよ。2行目は「あぶくしずく」を「泡雫」って読みにくい書き方にしてるのにさー、4行目は「たもと」を漢字にしてないんだよねー』

「言われてみりゃそうだな。漢字にしててもおかしくないのに――」

この唱え歌は、十中八九、この事件のために大江《おおえ》が――あるいは真犯人が用意したものだ。細かい書き方にも犯人の意思が通ってることになる。

漢字の使い方で変わることがあるとしたら、なんだ？　強いて言うなら文字数――

「――いや、ちょっと待て……」

俺は唱え歌の文面を食い入るように見る。

ある……ある……ある……ある。

「そういうことか!!」

『うわっ！』

俺の大声に驚いて、端末の向こうの祭館《まつりだて》が悲鳴を上げる。

「これで最後の問題が片付く……！　ありがとう祭館！　やっぱりお前が一番天才だ！」

『大袈裟《おおげさ》だなあ相変わらず』

じゃあな、と言って通話を切ると、俺はリビングに駆け戻り、フィオ先輩の腕を引いた。

「うえっ？　なになに？」

有無を言わせず廊下に連れ出すと、俺は抑えた声で先輩に言った。

「残り二人のターゲットがわかりました」

「……ほんと？」

俺はHALOシステムに推理を反映させる権利を持ってない。だからここから先は先輩に頼る必要がある。しかしそれを神視点ドローンの前で話すわけにはいかなかった。

俺は身を屈《かが》めてフィオ先輩に耳打ちする。

先輩はそれを聞き終えると、にやりと意地悪く唇を歪《ゆが》めた。

「いいね、助手クン——やっと仕事してくれたじゃん」

「後はこれをエヴラールたちに——」

「何言ってんの？」

フィオ先輩は細い指を伸ばし、つんっと俺の鼻の頭をつついた。

「この事件はフィオたちが解決するよ。王女ちゃんたちには渡さない」

「は、はあ？　今更何言って……！」

「あれ？　助手クンはなりたくないの？　この事件の——探偵役にさ」

——探偵学園の生徒にとって、探偵役は戦って勝ち取るもの。

俺は、この事件が解決するなら何でもいいのか？

それとも——

「答えるまでもないみたいだね」

フィオ先輩は俺の顔を見上げて、「んにひ」と笑った。

「立派な探偵の顔してるよ？　ワトソン君♪」

8　探偵決定

『これより天照館《てんしようかん》攻略の手順を説明する』

恋道瑠璃華《れんどうるりか》は先輩に端末を操作させ、天照館周辺の航空写真をホログラムで表示させた。

『天照館内部に突入するためには、手前にある渓流と、玄関のレリーフに仕込まれた特殊な生体認証をクリアしなければならない。それにはまず、天照館を覆うホログラムを解除し、天照館本来の外観を視認できるようにする必要がある』

一歩一歩慎重に確認していけば、渓流を越えることはできるかもしれない。だが、玄関扉のレリーフの仕掛けは無理だ。複雑に彫られた模様を特定の順番でなぞっていく作業は、本来の玄関扉が見えていなければ不可能である。

『この島には無数のＨＡＬＯシステムの投影機が仕込まれているが、それらを管理している操作端末《コントローラー》の数は限られている。その端末に刻み込まれている推理を否定する反論をぶつければ、その端末が管理しているホログラムは消滅するはずだ。

解析の結果、天照館《てんしょうかん》外観を覆っているホログラムの操作端末は三つ。天照館の三方を囲うように屹立《きつりつ》している、三つの塔に一つずつ。それぞれが嵐、吹雪《ふぶき》、列車を主に投影し続けている。この内容からしておそらくは——第一から第三、過去の〈マクベス〉が、端末に刻み込まれていると思われる』

過去の〈マクベス〉——

それらの謎をすべて解かなければ、大照館には辿《たど》り着《つ》けない。

「過去の〈マクベス〉が……？　暴走推理の主体はロナさんですよね？　今回の事件ならわかりますが、なぜロナさんが過去の〈マクベス〉の推理を？」

『〈マクベス〉を読まされたのかもしれん』

エヴラールの疑問に、００１３《ダブルオーサーティーン》が答えた。

『**〈マクベス〉には、過去の〈マクベス〉の事件計画が追記されている可能性が高い。**それを読まされ、過去の犯人たちと自分の区別がつかなくなったのかもしれん——ただでさえ、よくあることだ。長く追いかけている事件と自分自身が不可分になっていくような感覚に支配されるのは』

「もし真犯人に〈リーガル・トラップ〉を受けていたら尚更《なおさら》だろうね」フィオ先輩が言って、月読《つくよみ》のほうをチラ見する。「大半はどっかの中二病がやったようなもんだけど」

月読は無言を貫いた。

恋道瑠璃華《れんどうるりか》の声が話題の軌道を修正する。

『三つの塔に乗り込み、端末に反論を認識させれば天照館を守るホログラムは消滅するが、その後、新たな推理が補充されないとは限らない。その際、我々の知らない未知の〈マクベス〉が使われてしまえば苦戦は必至。故に、三つの塔をほぼ同時に攻略し、間髪《かんはつ》入れずに天照館に突入する必要がある』

「手分けする必要がある……ということですね」

エヴラールが言う。門刈《かどかり》が欠け、ロナが欠け、それでもまだこの場には4人もの探偵がいる。三つの塔に天照館――あつらえたように、人手は足りていた。

『三つの塔に探偵が一人ずつ。それぞれにサポート役が一人ずつ。天照館には突入役が二人。外でサポートする役が一人。これがベストの布陣であるとわたしは判断する。配置はそちらで決めてくれたまえ』

「第一の〈マクベス〉は俺がやる」

即座に名乗りを上げたのは、今まで議論にも積極的に参加していなかった月読だった。

案の定、フィオ先輩がからかいの笑みを浮かべる。

「どうしたのぉ？　さっきまでふてくされてたのにさ」

「別に……俺も、このままではいたくないだけだ」

言葉少なに答えると、月読《つくよみ》は腕を組んでむっつりと黙り込んだ。

このままではいたくない——俺が感情のままに口にした言葉。彼にも何かしら、思うところがあるのかもしれない。

「それじゃあそのサポートはわたしがやるよ」

宇志内《うしない》が手を挙げて言った。

「月読さんの側《そば》にいるのが一番安全そうだしさ。ほら、わたしってか弱い女の子だし？」

白々しい。本当は月読が暴走しないか監視するつもりなんだろ。

「だったら、第二の〈マクベス〉は僕が」

続いて、天野《あまの》先生が挙手をする。

「飛んだり跳ねたりは苦手ですし、本丸への突入はお若い方に任せたほうが無難でしょう」

「それなら、そのサポートは金柑頭《きんか》君——黄菊《おうぎく》君がいいだろうね」

そう言い出したのは本宮《もとみや》だった。

突然名前を出された黄菊はビクッと驚いて、

「お、オレぇ？」

「不躾《ぶしつけ》ながら、天野先生は門刈《かどかり》さんのことがあって以降、その責任を感じて精神状態が悪化しているように見える。こんな時こそ、君の無神経な明るさが必要なのだよ、金柑頭君」

「何や褒められてる気ぃせんなあ。まあええわ。どうせ推理では役に立たんのやし、ムードメーカーぐらいやったるわ！」

「よろしくお願いするよ」

天野先生が微笑《ほほえ》みながらそう言って、エヴラールがこくりと頷《うなず》いた。

「それならば、天照館《てんしょうかん》へは私とカイラが――」

「ちょぉーっと待った！」

スムーズに進んでいた話し合いに、突如として割り込んだ甲高い声に、一座の視線が一斉に集中した。

フィオ先輩は不敵な笑みでそれらを受け止めながら、全員に宣言する。

「天照館へはフィオと助手クンが行くよ。確かに王女ちゃん、B階梯《ティアー》探偵のキミが本丸に行くのが自然なんだろうけど、今回ばかりはおいしいところは渡せないね」

エヴラールは困惑げに形のいい眉をひそめる。

「先輩……今はそんな縄張り争いをしている場合では――」

「だったら王女ちゃん、次に誰が狙われるか知ってる？」

その瞬間、探偵たちの間に、驚愕《きょうがく》と緊張が漲《みなぎ》った。

フィオ先輩はにやにやと笑いながら、見せつけるように言葉を続ける。

「次に使われるトリックはなんとなくわかっても、次に誰が狙われるかまではわかってない。そうだよねぇ？　――でも、フィオは知ってるよ。両方ともね。だから天照館に行く権利はフィオにある。違うかなぁ？」

それは紛《まぎ》れもない、真実を知る探偵のプレッシャー。

俺が祭館《まつりだて》の言葉をヒントに紡ぎ出した推理で、先輩は探偵役を奪い取る。

「王女ちゃんはメイドちゃんと一緒に第三の〈マクベス〉に行ってよ。ってことで天照館《てんしょうかん》の外に待機してもらうのは残りの――眼鏡《めがね》クン。キミね？」

一方的に本宮《もとみや》を指名して、フィオ先輩は探偵役という名の玉座に居座った。

これでいい。

この事件を誰よりも解決したいのは俺だ。だから俺が――俺たちが、探偵をやる。

探偵たちに背中を向けながら、フィオ先輩はビシッと軽く、肘で俺の腰をつついてくる。

「さあ、これで後戻りはできないよ――フィオを名探偵にする自信はある？」

俺は迷いなく宣言した。

「ああ――魂を懸けてもいい」

第五章　星空が輝く頃に真実を

1　論破のその先に

『ええ？　でもそれってただの感想だよねぇ？』

中学の頃、万条吹尾奈《ばんじょうふいおな》は教室の王様だった。

彼女がにやつきながら口を開けば、どんな相手でも二の句を失い膝を屈する。小さな身体《からだ》で玉座に座る、負けなし無双《むそう》の論破王。

彼女はそれを、小学生の頃から、正しいことだと思って繰り返してきた。

だって、反論できないほうが悪いんじゃん？

相手が正しいんだったら、何かしら反論を返してくるはず。それをせずに唇を噛《か》んだり、泣き始めたり、黙って逃げたりするんだから、それは自分のほうが正しいということだ。

『でも吹尾奈ちゃん……誰もがあなたみたいに、思ったことを口にできるわけじゃないよ』

小学校の頃から友達だったその子は、折に触れて何度も、吹尾奈にそう言った。

『言いたいことがあるけど、それが言葉にならないのかもしれない……。パッと頭に出てこなかっただけかもしれない……。本当は相手が正しかったのかもしれないよ……？』

『それこそあんたの感想じゃん？　フィオはそんな風になったことないからわかんな～い』

『そんなことばっかりしてたら……友達、いなくなっちゃうんじゃないかな……？』

『馬鹿の友達なんていらないもん！　あんたは馬鹿じゃないから好き～♥』

『……ありがと』

本当なら、中学生の黒歴史で済んだ。

あの頃は若かったなあ、あの頃はとんがってたなあ、いつかそんな風に思い返すだけで済んだはずのことだった。

たぶん、すべては噛《か》み合《あ》いでしかなかったのだろう。

それでも、吹尾奈《ふいおな》がこんなにも馬鹿でなければ、もっと違う今があったはずだった。

そんなことに、あの日学校の屋上に呼び出されるまで、気づきもしなかったのだ。

『……何、やってんの……？』

その子は寂しそうに笑っていた。

屋上のフェンスの向こう側で、寂しそうに笑っていた。

『そんなところ、危ないよ……？』

『そうだね』

『フェンスって越えちゃいけないんだよ……？　そんなことも知らないの？』

『そうだね』

『落ちたら死んじゃうんだよッ!?』

『そうだね――』

彼女は変わらなかった。

ただ微笑《ほほえ》みながら淡々と、いつものように吹尾奈の言葉を肯定した。

『吹尾奈ちゃんはもしかしたら、他の誰よりも正しいのかもね』

吹尾奈にはわからなかった。

今まで彼女が論破してきた相手のように、何を言えばいいかわからなかった。

『でも、私が家でパパに殴られているのには気づいてくれなかった。吹尾奈ちゃんのことが嫌いな人たちが口裏を合わせて、こっそり私をいじめているのにも気づいてくれなかった。正しいはずなのにね――賢いはずなのにね？』

『そ……そんなの……気付けるはずないじゃん……』

ようやく出てきたのは、相手が見せた論理の矛盾。

『エスパーじゃないんだからさ……言ってくれないと……相談してくれないと……！　わかるわけないじゃんッ！　さっさと教えてくれたら――』

『そうだね。吹尾奈ちゃんは間違ってないね』

どこまでも、寂しそうに笑ったまま。

彼女は、負けを認めた。

『間違ってたのは――私だね』

そして、音もなく、声もなく、彼女はフェンスの向こう側から姿を消した。

吹尾奈《ふいおな》の隣からも、姿を消した。

その後のことを、吹尾奈は詳しく覚えていない。ただ、取《と》り憑《つ》かれたように、彼女の父親や彼女をいじめていた生徒たちのことを調べ上げていた。そして気づいた時には、電話で、手紙で、SNSで、時には対面で、彼ら彼女らの弱みを突きつけ、人格を否定し、自分の部屋から一歩も外に出られない身体《からだ》にしていた。

それでも、あの子が病院のベッドで目を覚ますことはない。

もうわかっていた。

あの子に必要だったのは、相手を言い負かすセリフなんかじゃない。

あの子に必要だったのは、鋭く矛盾を突く指摘なんかじゃない。

どうして気づかなかったんだろう。

どうしてわからなかったんだろう。

どうして――誰もアタシを、論破してくれなかったんだろう。

こんなに、間違っていたのに。

こんなに、馬鹿だったのに。

誰か――アタシなんかより、もっともっと賢い誰か。

どうかアタシを、論破してください。

頭の上から足の爪先まで、思想も性格も何もかも、全部全部徹底的に否定してください。

お願いだから。

万条《ばんじょう》吹尾奈がどうしようもない馬鹿だって、わからせてください。

2　突入

(――そんなの甘えだってわかってる)

嵐が吹き、吹雪《ふぶき》が荒《すさ》び、列車がその中を暴れ狂う。

目の前にそびえるのは極彩色《ごくさいしき》の闇の塊。混沌《こんとん》に包まれた揺り籠のような繭《まゆ》。

(間違ってるって言ってほしいなんて、はた迷惑な甘えた願望だっていうのはわかってる)

吹尾奈はその闇を見据え、中で膝を抱えているだろういけすかない少女に向けて、心の中で言葉を送った。

(でも、女の子だもん。期待しちゃうよね？　どうせ殺されるなら、かっこいい白馬の王子様がいいってさ)

吹尾奈の隣には、助手である不実崎未咲《ふみさき》が立っている。

獣めいた瞳で闇を睨《にら》み、ただ求める自分に手を伸ばすために、一人の少女を助けようとしている少年がいる。

彼なら気づいたかもしれない。

中学の時、彼がすぐ側《そば》にいたら、あんなことにはならずに済んだのかもしれない。

無駄なたられば。後の祭り。意味なんて一個もない妄想。

でもそれでも、あんな結末は間違ってるって思い知らせてくれるなら――

(ねえ、クソビッチ。あんたの夢、叶《かな》えてあげるよ)

全部自分のせいだと思ってるんでしょ?

世界中に糾弾《きゅうだん》されたいと思ってるんでしょ?

そうすることでしか、自分が生きている意味を感じられないんでしょ?

それなら――

「行くよ、助手クン」


この瞬間、三つの塔の正面に立った探偵たちが、自身のドローンに同じ指令を送った。

「あのクソビッチの的外れでみっともな～い推理を、全部丸ごと論破してやろう」

「ああ……!」

嵐と雪が吹《ふ》き荒《すさ》ぶ混沌《こんとん》の空から、一枚の白手袋が、天使の羽のように舞い落ちてくる。

それは覚悟を問うもの。

それは決意を示すもの。

真実という名の聖域に、それでも踏み込む意志はあるかと、世界が探偵を試すもの。

すべての塔で。

天照館《てんしょうかん》の前で。

4人の探偵が、まったく同時に、舞い落ちる手袋を掴《つか》み取る。


「「「「――手掛《シ》か《ョ》り《ウ》は《ダ》示《ウ》さ《ン》れた!!」」」」


手袋が砕け散り、吹雪《ふぶき》の中に紛《まぎ》れて溶けた。

混沌のホログラムが荒れ狂う。

唸《うな》りを上げる嵐の中に、甲高い少女の声が、号砲のように響き渡った。

「事件に一貫性を持たせるための見立て！　江戸川乱歩《えどがわらんぽ》の『類別トリック集成』を教科書としたトリック！　そして犯人自身が加えたテーマ性！　これがマクベスをたぶらかす3人の魔女の正体――すべての〈マクベス〉は、この三つの要素で説明できる!!」

放たれた推理が世界を揺らした。

まるで一匹の巨大な怪物のように、空が、闇が、叫び声を上げて震え出した。

探偵か、〈マクベス〉か。

元の星空が輝く頃には、どちらかしか残らない。

3　第一の〈マクベス〉——自由への跳躍

月読明来《つくよみあきら》がたった一歩、塔の中に足を踏み入れると、そこはすでに異世界だった。

真っ黒な曇天《どんてん》が頭上を覆い、激しく波が砕ける音が遥《はる》か足元から響いてくる。硬い岩の地面が延びた先には断崖が、そのさらに先には荒れた海があるばかりだった。

断崖の先端に、少年のような人影が立っている。

それは一瞬ごとに形を変えていた。身長も、性別も——少年のような、と形容したのは、はじめに目に入ったその一瞬が、少年の形をとっていたタイミングだったに過ぎない。

探偵にとっての犯人とは、元来このように見えるものだ。

あらゆる犯人像がないまぜになり、推理を繰り返してようやく一つの形に定まっていく。

故に、月読にとって、その異形《いぎょう》の人影は恐れるべきものではなかった。

「殺したのは——お前だな？」

人影は振り返らなかった。

代わりに、雷のような声が曇天から降り注いだ。

『——死体は三つ。密室は三つ。犯人を示す証拠はなく。故にマクベスは王冠を戴《いただ》く——』

このままではいたくない。

オレだってそうだ。コケにされたままで終わってたまるか。無様を晒《さら》しただけで終わってたまるか。明智小五郎《あけちこごろう》など関係ない。月読家などどうでもいい。妄執《もうしゅう》に取《と》り憑《つ》かれた老人どもが何を押し付けてこようと、オレはオレのためにしか生きたくないだから。

「――犯人は明らかだ。死体は三つ。密室は三つ。しかし『類別トリック集成』が語る密室トリックは4項目！　四つ目を実行した奴《やつ》がいる。MI6の連中が事件と判定しなかった出来事の中に！」

オレは先に進む。

事件という名の檻《おり》を破り、探偵という名の道の先に！

そのためには貴様は邪魔だ――道を空けてもらおう、計画書〈マクベス〉!!

『――根拠薄弱。魔女の予言は崩れない』

声は語る。

阻むように、守るように。

『四つ目のトリックとは何か。答えがなくば、王に拝謁《はいえつ》する資格なし――！』

「お前が事件に込めたメッセージが証拠だ」

月読が指を弾《はじ》くと、その周りに次々と3体の死体が現れた。

殺し方？　密室？　そんなことはどうでもいい。

重要なのは、彼らの名前。

「**被害者3人の名前は、林純《はやしじゅん》、黒澤勇太《くろさわゆうた》、上田牡丹《うえだぼたん》**――彼らが殺された理由は、その名前のみにある。簡単な子供騙《こどもだま》しの暗号だ。苗字と名前から頭文字を抜き出すだけでいい！」

林《はやし》──『は』。純《じゅん》──『じ』。

黒澤《くろさわ》──『く』。勇太《ゆうた》──『ゆ』。

上田《うえだ》──『う』。牡丹《ぼたん》──『ぼ』。

「あとはこれを並べ替えるだけだ。たった6文字のアナグラム──お前はこのためだけに3人もの人間を殺した！」

──『ぼくはじゆう』。

「この三つの殺人は、犯人による独立宣言だったんだよ！　だがどうだ。この閉鎖的な島から、事件の後、『自由』になった人間はいるか？　たった一人だけいる──まさにこの崖から！　海へと身を投げたお前がな!!」

人影が、揺らぐ。

不定形であることをやめ、真実の姿へと収斂《しゅうれん》していく。

命を使うことでしか、世界に対して叫ぶこともできなかった──一人の少年の姿へと。

「自由を宣言し、人生から飛び立つことで檻《おり》のような故郷から脱出する……！　それがお前が仕掛けた、一生で一度きりの『密室脱出トリック』!!　……オレは優等生じゃないんでな。他人の人生さえも食らって自由になろうとした、お前の勇気に敬意を表する」

かくして、王の冠は下ろされる。

魔女の予言は、今ここに崩れ去った。

一筋の推理が、閉じられた世界を打ち砕く。

4　第二の〈マクベス〉――部屋替え荘の殺人

純白の世界に、足跡がある。

ほどなくそれも消え去るのだろう。吹き荒れる吹雪《ふぶき》が、この山で起こった一夜の悲劇ごと漂白する。

天野《あまの》守建《もりたて》は、足跡の先に人影を見ていた。

身長も性別も明白だった。悲劇の後に残ったのはたった一人。疑う余地もありはしない。

ただ一つ、死体の寝床を除いては。

『――死体は六つ。密室は六つ』

「ええ、そうです。『密室脱出トリック』を除く3項目を、二度繰り返して使った……」

『であれば、死体移動トリックも二度しか使えない。記録とちぐはぐの客室に安置された死体は、そのうち四つが殺人とは無関係に移動されたことになろう。謎を解く証拠はなく。故にマクベスは王冠を戴《いただ》く――』

六つの死体。六つの密室。しかしいずれも、あるべき場所にはあらず。

これは殺人トリックのために生じた状況ではない。

それがわかった時点で、もはや謎はないも同然なのだ。

残されたルールは、一つきりなのだから。

「――あなたは、先人を真似《まね》たのです」

目の前で見逃した命。救えたかもしれない命。それを悔いるのはもうやめだ。

「思いつかなかったのか、語り継ぎたいと思ったのか、それは僕にはわかりません。ですがあなたは、計画書に追記された一つ前の〈マクベス〉を真似た。それだけが事実として存在する――そう、被害者の名前にメッセージを込めるというやり方を！」

探偵とは謎に真実を与えるもの。渦巻く闇のような現実に納得という光を与え、見舞われた運命に決着をつけるもの。

だから、終わらせなくては。

どんなに悔しくても、どんなに情けなくても、終わらせなければ始まらない。

でなければ、死んだ門刈《かどかり》さんを弔うことすらできはしない――！

「死体が安置された客室の部屋番号――それが暗号を示す鍵！　被害者の名前から部屋番号の位置の文字を抜き出し、並べ替える！　たったそれだけの簡単なメッセージです！」

エイドリアン・ジョーンズ（Adr i an Johns）――発見場所：4号室
デーモン・エマーソン（Da m on Emerson）――発見場所：3号室

ヨゼフィーネ・ハドック（Josefine Haddock）――発見場所：5号室
ローザ・スレシンジャー（Rosa Schlesinger）――発見場所：1号室
セシル・カーティス（Cecil Curtis）――発見場所：2号室
ユージン・ロビンズ（Eugene Robins）――発見場所：6号室

「答えは『I'm free』――『僕は自由』！　あなたは自分以外の全員を殺すことで、人間関係という檻《おり》から自由になった……。どういう形であれ、未来に進むために！　だから僕も終わらせます。それが無能な探偵の、せめてもの責務です……!!」

かくして、王の冠は下ろされる。

魔女の予言は、今ここに崩れ去った。

一筋の推理が、閉じられた世界を打ち砕く。

5　第三の〈マクベス〉――欲望発地獄行

車輪が線路を踏むたびに、ガタンゴトンと世界が揺れる。

暖色を基調とした食堂車。規則正しく並んだテーブルには、しかし生者の席はない。

十二の席に、十二の死者。

最後の晩餐《ばんさん》と呼ぶにも遅い。眠るように突っ伏した屍《しかばね》たちの中心で、その人影は詩亜《しあ》・

E・ヘーゼルダインを待っていた。

『**――死体は十二。密室は十二**』

犯人は死んでいる。黒幕は死んでいる。しかして謎は、尽きることなし。

『**トリックに連続使用あり。諸君の推理と符合せず。乱脈な手法に規則はなく。故にマクベスは王冠を戴《いただ》く――**』

「犯人が複数いたと考えれば何の問題もありません」

決めつけられる恐怖を知った。推理という武器の切れ味を知った。

けれど同時に、探偵に救われる気持ちも知った。

だから探偵王女はもう恐れない。それが人形ではない、人間の証明。

「**被害者の12人は全員、何者かから金を受け取っていました。**それが犯人側からの依頼報酬だったとしたら？　――その全員が、〈マクベス〉を貸与された殺し屋だったとしたら？　13人の殺し屋が〈マクベス〉を使って互いに殺し合い、最後の一人だけが生き残った――であれば、トリックの順番から一見規則性が失われ、〈マクベス〉のルールを隠すことができる……！　〈マクベス〉を売りさばこうとしていた黒幕にとって、その内容を誤魔化《ごまか》す仕掛けは必須だったのです！」

詩亜《しあ》から放たれた推理が、漆黒の人影を内から砕く。

砕かれた影は食堂車の天井に散らばり、さらに形を変えて13人の人間となった。彼らが詩亜を睥睨《へいげい》しながら、声を重奏曲のように連ならせる。

『『『〈マクベス〉たる理由を隠し、〈マクベス〉の所有を宣言する——いかにも矛盾だ、筋は通らず。乱脈な死体は広告塔となりえない』』』

「わかっている人間だけに送られたメッセージがあったんですよ」

探偵王女はどこまでも優雅に、微笑《ほほえ》みながら闇を裂く。

「日本では日本語。アメリカでは英語。ではこの列車はどこでしょう？　そう——カナダの公用語の一つはフランス語！　一応私の母語でしてね、頭文字に注目すればいいとわかった途端、すぐに目に浮かんできましたよ！」

アンドレア・ロッシ（Andrea Rossi）——死体の右肩が不自然に下げられている
マイケル・ブラウン（Michael Brown）
オリビア・クラーク（Olivia Clark）
イアン・マクドナルド（Ian MacDonald）
リアム・テイラー（Liam Taylor）
アリアナ・ウォーカー（Ariana Walker）
リサ・ジョンソン（Lisa Johnson）
イングリッド・ヨハンソン（Ingrid Johansson）
ブライアン・コナー（Brian Connor）
エマ・スミス（Emma Smith）

リュウ・サイトウ（Ryuu Saitou）――降車後、駅を出たところで殺害
トーマス・ミュラー（Thomas Müller）
エレノア・キング（Eleanor King）――死体の左肩が不自然に下げられている

「『À moi la liberté』――日本語に訳すと、『自由は我にあり』！　死体の肩に施されていた不自然な細工は、フランス語のアクセント記号を表現していたわけです！」

推理の光に当てられて、分裂した人影が霧散していく。

「もし今までの〈マクベス〉で犯人が仕掛けたメッセージに気づいている人間が見れば、『自由』が〈マクベス〉を示す暗号であるとすぐに気づく……！　本当の〈マクベス〉を知っている人間だけに届く、秘密の広告になっていたんですよ！」

かくして、王の冠は下ろされる。

魔女の予言は、今ここに崩れ去った。

一筋の推理が、閉じられた世界を打ち砕く。

6　開門

幻想が消える。

世界が復帰する。

三方の塔から流れ出すホログラムが途切れ、天照館《てんしょうかん》を覆う極彩色《ごくさいしき》の闇が晴れていく。元のシルエットを取り戻した天照館で、しかし一点だけ、最後までわだかまって俺たちの行く手を阻む闇があった。

玄関扉を塞ぐように切り立つ闇の壁に、フィオ先輩がトドメとばかりに力強く指をさす。

「第四の〈マクベス〉！　この事件にだけは、今までみたいなメッセージが含まれていな・い！　このことからしてバレバレだよ？　この84の——いや、83の密室殺人は、ただの練・習だったんだって！」

闇の壁の中心を、先輩の推理が貫く。

「オリジナルのトリックを考えるにあたって、とりあえず教科書のお手本を一通り真似《まね》てみただけ！　あんたの本当の狙いは、もっと大きな舞台で、もっと注目される舞台で、自分で考えた殺人を披露すること！　つまり今日のためだった!!」

闇の壁に光のヒビが入り、音もなく砕け散る。

そしてついに、複雑なレリーフが彫り込まれた玄関扉が、姿を現した。

俺と先輩は渓流を越える橋を一息に渡り、前庭を駆け抜けて玄関扉に飛びつく。

俺が覚えた通りにレリーフの模様をなぞると、ガチャリ、と重々しく扉が開錠を告げた。

俺はフィオ先輩と顔を見合わせると、一つ、深く頷《うなず》く。

「本宮《もとみや》……！　行ってくる！」

「ああ……！　健闘を祈る！」

サポート役の本宮《もとみや》を外に残し、俺は腕に満身の力を込めて、重厚な扉を引き開いた。

7　第一場——大江団三郎《おおえだんざぶろう》殺し

玄関扉を一歩越えたそこは、しかし洋館のエントランスではない。

靴が踏むのは乾いた地面。辺りに建ち並ぶのは石造りの質素な家々。彼方《かなた》に視線を送れば青々とした稜線《りようせん》がぐるりと世界を取り囲んでいる。

家の屋根に枝や葉っぱが被《かぶ》せられているのを見て、俺はすぐにピンと来た。

第四の〈マクベス〉の舞台——ロナの故郷。

背後の扉が閉じれば、もはやここが屋敷の中であることさえも認識できない。当然、どっちに廊下があり、どっちに2階があるのかといったことも。

ここはこの集落のメインストリートなのか。馬車らしき轍《わだち》が幾重《いくえ》にも刻まれた地面の先に、一人の揺らめいた人影が立っている。

一目でわかった。それは子供の頃のロナだと。

顔もないのに、少女の人影がこちらを見た気がした。直後、声が雷のように鳴り響く。

『——犯人は私。私が殺した。大江を殺せるのは私しかいない』

……ああ、確かに、まるで求めているかのようだ。

そうであってほしいと、願っているかのようだ。

でも違う。そうじゃないんだよ、ロナ。

そんな穴だらけの自白で納得する探偵は、この世のどこにもいやしない。

「――果たしてそうかな？　逆にアンタだけはありえないかもしれないよ？」

俺の胸の前に腕をかざしながら、フィオ先輩が言った。

その小さな背中が言っている気がした――お前のホームズに任せろ、と。

「**アンタはアーミッシュでしょ？**　つまり現代文明――特にＨＡＬＯシステムなんて最新技術は使おうとしない！　その証拠に、**アンタはこの島に来てから、一度も自分のドローンで配信をしていない！**」

人影がぶれる。だがただ揺らめいただけだ。そよ風でも通り去ったかのように。

『だったら他の誰にできるの？』

闇が深まる。影が広がる。

小さな少女のシルエットが、世界そのものを飲み込もうとするかのように、牧歌的な集落の風景を飲み込んでいく……！

『アーミッシュの掟《おきて》は絶対じゃない。忘れたのかもしれない。破ったのかもしれない。ＨＡＬＯシステムで食堂の隠し部屋を隠したのが私である以上、私が犯人である事実は揺るがない……‼』

闇が世界を塗りつぶしながら迫っても、フィオ先輩はむしろ笑みを浮かべていた。

計算ずくなんだ。その闇、その反論――ＨＡＬＯシステムを使った犯行が可能だったのはロナしかいない。その事実の中にこそ、真実が眠っているのだから……！

「――この事件のトリックに、ＨＡＬＯシステムなんて使われていない!!」

闇の中に、光点が灯《とも》る。

「そこから術中だったってワケ。ＨＡＬＯシステムなんて大袈裟《おおげさ》な『特殊設定』が出てきたら、誰だってそれがトリックに使われてるって考える！　実際大江《おおえ》が用意したシナリオはそうだったんだろうね！　でも、犯人はそれを目眩《めくら》ましにした！　ＨＡＬＯシステムっていう派手な道具を見せることによって、本来の地味ぃ～で普通のトリックをその陰に隠した！　大江殺しだけじゃないよ？　門刈《かどかり》殺しにも、その先の事件にも、犯人自身は一切、ＨＡＬＯシステムを利用していないッ!!　大江が勝手に島を閉ざすのに使っただけ!!」

まばゆいまでの光が、巨大化した人影を今度は逆に押し込んでいく。

この推理の重要性をＨＡＬＯシステムも理解している。俺たちは今まで、誰かがシステムを利用して隠し部屋を隠したり、アリバイ工作をしたりしたという前提で考えていた。故に犯人は、システムに声を登録した人間の中にいると自然に限定していた。

その前提が、その限定が、崩壊する。

この島にいる人間、そのすべてが、容疑者になりうることになる……!!

闇を押し込めた光は、そのまま川のような筋となり、集落の地面を蛇のように這《は》った。それは道――おそらく行き先は、この天照館《てんしょうかん》の食堂。現場に移動する必要ありと、システムが俺たちに啓示している！

『そんなのありえないッ!!』

俺たちがその光を辿《たど》ろうとした瞬間、人影が立ち塞がって、駄々《だだ》をこねるように叫んだ。

『大江は隠し部屋のボウガンのような仕掛けで殺された！　それはＨＡＬＯシステムのホログラムで隠されていた！』

「違うね。大江は犯人が、自分の手で短剣を刺して殺したんだよ」

『そんなの不可能だ！　大江が殺された瞬間、この島の全員にアリバイがあった！　探偵たちは現場に居合わせた！　それ以外の全員はゲストハウス！　名無しのスタッフは常に居所がわかっている！　大江に近づけた人間はいない!!』

「大違いだね！　大江が殺された瞬間、探偵たちは食堂にいなかったんだから！」

『……ッ!?』

ロナの推理を代弁するイメージ——ただそれだけの存在のはずなのに、俺には人影がたじろいだように見えた。

フィオ先輩は小さな指を、銃のように人影に突きつける。

「フィオたちが見た、大江が背中から胸を突き刺されるシーンは元から予定されていた演出だった。犯人役の先生がそうだと思ったようにね？　つまり、あの時大江はまだ生きていて、その後死体として移動させられてから刺し殺された……！」

『……まだ、生きてた……？　全員が直《じか》に死体に触れて確認したのにどうやって!?』

「それを今から証明するんだよね」

先輩の指先に、光が灯《とも》る。

「道を空けてよ。その先に動かぬ証拠があるんだからさぁ！」

光点が弾《はじ》け、純白の条となって人影を貫く。

それがそのまま、集落の風景を映し出しているホログラムをも穿《うが》ち砕いた。空間に穴が開いたかのように、見覚えのある廊下が顔を覗《のぞ》かせる。

俺と先輩はホログラムの破片の中を突っ切って、乾いた地面から毛の長い絨毯《じゅうたん》の上へと飛び出した。

燭台《しょくだい》を模した電灯がぼんやりと照らす夜の廊下を全力で駆け抜ける。一部とはいえついに元の姿を取り戻した天照館《てんしょうかん》で目指すのは、天井がガラス張りになった食堂——ではない。

その隣にあるキッチンだ。

そうだ——そこには、門刈《かどかり》の指示で移動させられた、大江《おおえ》の死体がある！

キッチンに飛び込むと、すぐに目に入った。様々な食材の代わりに、銀色のテーブルに寝かせられた恰幅《かっぷく》のいい男性の姿が。

「人が死んでるかどうか、簡単に確かめる方法は二つある」

フィオ先輩はゆっくりと、ぶんぶんと蝿《はえ》がたかっている大江の死体に近づいていく。

「一つ目は瞳孔。二つ目は脈。……でもさあ、これってどっちも絶対じゃないんだよね。瞳孔は光を当てて大きくなるかどうか確認するだけだし、それ用の義眼なり、あるいはカラコンとかでも誤魔化《ごまか》せるかもしんない。そんで脈のほうはもっと簡単で——地肌に触れないと確認できない」

俺が手で蠅を払うと、フィオ先輩は大江の死体の首の辺りを観察して、手で探り始めた。

「**大江は6年くらい前からメディアに姿を見せてなかった。**6年だよ？　**これって第四の〈マクベス〉が起こってからの期間と一致する**よね――そのくらいの頃に〈マクベス〉を手に入れて、このイベントの構想を練ってたんだとしたら？　自分の姿を長い期間見せないことによって可能になるトリックを思いついたんだとしたら？　例えば――」

先輩は大江の首の脂肪の隙間に指を入れてにやりと笑うと、一気にその手を引いた。

「――本当は太ってないのに太ったように見せかける、とかさ！」

ズルンっ！　……と、大江の身体《からだ》が剥けた。

フィオ先輩が指を入れた首のところから胸の辺りにかけて、分厚い毛布を剥《は》がすように、そのでっぷりとした脂肪が丸ごと脱げた。

中から現れたのは、肋骨《ろっこつ》がうっすらと浮くほどの、骨張った細い身体――その上に丸々とした顔がくっついているのは、まるで組み合わせるパーツを間違えたロボットだった。

「元々、太ってる人は脈が取りにくいって言うしね」

ひっぺがした脂肪の塊を床に打ち捨てると、先輩は言う。

「肉襦袢《にくじゅばん》っていうのかな？　こんなの全身に着てたら生きてても脈なんてわかるわけない。それに瞳孔を誤魔化すための義眼を仕込むのも余裕だし、それに何より、分厚い肉襦袢の中に短剣の先端と柄を埋め込んでおけば、それを飛び出させるだけで簡単に刺されたふりができる。もちろん肉襦袢《にくじゅばん》に血を入れておけばいい感じに飛び散るしね」

宇志内《うしない》が自分の爆乳の秘密を教えてくれたのはこれのヒントだった。

同じ仕組みだったのだ。宇志内が胸のボリュームを誤魔化《ごまか》していたように、大江《おおえ》は全身のボリュームを誤魔化していた――

「誤算だったのは――あるいはヒントだったのかな？――書斎のオフィスチェアだよね。**あのオフィスチェア、中二病おじさんがすっぽり収まるサイズだった。**おかしいよね？大江みたいな太っちょが座る椅子なのにさ。どう考えたって横幅が狭すぎるよ――まああんなのすぐに気づくのは家具オタクのメイドちゃんくらいだけどね」

そう。エヴラールがいち早く気づいたのは、この真実だったのだ。大江が死んだふりをしていると知った彼女は、イベントがまだ続いていると勘違いして、推理の手を緩めてしまった――

「以上！　大江が殺されたのはフィオたちの前でじゃなく、その後、このキッチンに移動させられてから！　犯人は死体の移動に協力するふりをしてフィオたちの目を逃れ、まだ生きていた大江を改めて殺し直した！」

肉襦袢の中から出てきた細い身体《からだ》には、確かに短剣が突き刺さっている。

その先端を指先でツンと突っつきながら、フィオ先輩は言った。

「――はい、論破♪」

そしてその瞬間、空気が小さく鳴った気がした。

8　第三場——？・？・殺し

俺は知っていた。

このキッチンが、第一の事件が起こった食堂のすぐ隣にあるということを。

俺は知っていた。

キッチンと食堂を繋《つな》ぐ扉に、腕が通る大きさの覗《のぞ》き窓がついていることを。

俺は知っていた。

フィオ先輩と覗き窓を繋ぐ線の延長上に、隠し部屋があることを。

俺は知っていた。

その隠し部屋には、短剣を射出できるボウガンがあるということを——


空気が小さく鳴った気がした。


「先輩!!」

そう——俺は、俺たちは知っていた。

この瞬間が来るであろうことを承知していた。

不意を突いたつもりだろうが舐《な》めるんじゃねえよ。

気構えしていた分、ほんの一瞬だけ、間に合わなかったはずの瞬間に追いつける……！

俺は先輩の軽い身体《からだ》を突き飛ばしながら、こっそりと手に取っていた銀色のトレイを構える。まるで盾のように。

直後、扉の覗《のぞ》き窓からヒュンと侵入してきた一筋の閃光《せんこう》が、トレイに衝突して鈍い金属音を奏でた。

俺はトレイ越しに腕に響いた衝撃でたたらを踏みながら、飛来し、弾《はじ》かれ、空中をくるくると回って床に落下したそれを——短剣を見る。

「……案の定だ」

ビリビリと痺《しび》れる腕を振りながら、俺は笑う。

「大江《おおえ》さんが死んだふりをしたトリックが正しいとしたなら、第一の事件で使われたのは『犯行時犯人が室内にいたもの』のトリック——『犯行時犯人が室内にいなかったもの』のトリックであるトラップ殺人の枠が空く。第四の事件が『密室脱出トリック』だとしたら、それを使うタイミングは今——第三の事件しかありえない」

どこかで聞いているであろう真犯人に向けて、俺は自分の推理を突きつけた。

「バレてるんだよ！　お前の次のターゲットはエヴラールだったんだろ!?　だからあいつがここに来ないようにしたんだ!!」

もちろん、俺も先輩も、第三の事件がいつ実行されるのかはわかってなかった。隠し部屋のボウガンを利用するのかもしれないし、全然別のトリックが隠れているのかもしれない。だがそれでも、エヴラール本人をこの屋敷に入れるよりはずっと安全だと思ったんだ。何せ先輩は、小柄なエヴラールよりもさらに当たり判定が小さいからな！

「あいてて……」

うめき声に振り返ると、突き飛ばした先輩が起き上がるところだった。

「まったくもう。ちょっとは手加減してよね……。か弱い女の子なんだからさぁ……」

「すんません。立てるっすか？」

「たぶん大丈夫――」

その瞬間だった。

フィオ先輩の目が、俺の肩越しに何かを見た。

「助手クン！　2・・・発目！」

「え――？」

反射的に振り返りかけた俺を、先輩は有無を言わせず突き飛ばす。

直後――もう一本の短剣が、再び閃光となってドアの覗き窓を通り抜けてきた。

「まず――」

そこには。

先輩が。

「くっ……そぉああぁッ!!」

倒れゆく身体を猫のように強引にひねり、片足を振り回して先輩の足に引っ掛ける。

ほんのわずかだった。

それでも確かに、先輩の身体《からだ》を傾けることができた。

頬《ほお》をかすめるようにして、短剣が通り過ぎる。先輩の背後にあった食器棚のガラスを割り砕く。それからバランスを崩した先輩が、派手に床に倒れ込んだ。

「先輩っ!!」

俺は素早く先輩に駆け寄り、まずはその小さな身体を覗《のぞ》き窓の射線上から退避させた。

その時に、俺は気づく――先輩の太ももから足首にかけて、細かなガラスの破片がいくつも突き刺さっていることに。

短剣が割ったガラスが……！　ちくしょう、血もかなり出てる！

「先輩！　大丈夫っすか!?」

「……全然大丈夫じゃない……ガチ痛いぃ……」

俺の胸にしがみつきながら、フィオ先輩は率直に泣き言を言う。強がるところじゃねえのかよ、と俺はその『らしさ』に少し苦笑を漏らして、

「戻って手当をしないと――」

「そんな時間、ない」

意思を込めるように、先輩は俺の肩を強く掴《つか》んだ。

「もう一度天照館《てんしょうかん》に入れるとは限んない……。ここまで計画が狂ったら、犯人も逃げるかもしんない……。わかってる？　助手クン……。ボウガンの2発目は、再装填しないと撃

てない……。いるんだよ、この屋敷に……！」

「でも、この怪我《けが》じゃこれ以上は……！」

「キミがやるんだよ」

先輩の目が、俺を見た。

いつもは年下にしか見えない幼い瞳。それが今は、年齢相応の上級生のものに見えた。

「キミがやるの……。キミが捕まえる……助ける……！　この事件の犯人を……あのクソビッチを……！」

「な、何言ってんすか……。ＨＡＬＯシステムは俺の推理には反応しない！　だから先輩がいるんでしょ⁉」

「抜け道があるの」

その時——俺は幻を見たのかと思った。

キッチンの天井を擦《す》り抜《ぬ》けて、白い何かがひらひらと舞い降りてくる。

それは——手袋。

探偵を戦いの場へと誘《いざな》う、決闘の白手袋……。

「ＨＡＬＯシステムを使うには、事前に声を登録しないといけない……。でも、登録してない人間に選別《セレクト》裁判を挑んじゃいけないとは言われてない。……そんなことも知らなかったの？」

俺の手のひらの上でふわりと浮遊する白手袋を、呆然《ぼうぜん》と見つめる。

選別裁判《セレクト》に参加する……そうすれば、事前に登録してない人間でも……。

「ねえ、論破してやってよ……。アタシたちはどうしようもないクズで……誰に叱られたって満足できなくて……徹底的に徹底的に、自分を否定されないと気が済まないの……。もう疲れたよ……。アタシが悪いってわかってる……。罪悪感と自己嫌悪でずっと頭の中ぐるぐるしてさ……もういい加減、解放されたいんだよ……」

それとも。

と──フィオ先輩は、俺の耳元で笑いまじりに囁《ささや》いた。

「ザッコぉ～い助手クンじゃ、自信がないのかなぁ？」

……ほんと、不器用な人だよな。

こんなやり方でしか頼めない。こんなやり方でしか甘えられない。

きっと誰より、自分が嫌いだから──嫌われることしか、許せない。

だったら、俺は。

「……フィオ先輩。あんたは俺のホームズだ」

俺が道に迷った時、闇に飲まれた時、行く道を照らしてくれたのはあんただった。

そう。それはまさしく、探偵のように。

「あんたがどれだけ自分を嫌っても、俺の恩人であることは変わらない。……今更解放なんかできるかよ。足腰立たなくなるまで、俺に火をつけた責任を取らせてやる」

探偵に、なりたい。

誰も泣かせなくて済む探偵に。

色褪《いろあ》せていたその夢に、あんたが再び色をつけた。なのに勝手にいち抜けさせるか！

「代わってやるよ、ホームズ」

俺は、目の前の白手袋を掴《つか》み取る。

「そんで胸を張って言ってやる。あんたの助手になったのは間違ってなかったってな！」

砕け散った白手袋が、俺と先輩をきらびやかに照らした。

先輩は驚いた目でその輝きを見つめ、それからふにゃりと柔らかく笑う。

「……あは」

中学生のように、幼く。

「論破……されちゃった」

9　今ここではないどこかへ

元の姿を取り戻した天照館《てんしょうかん》の1階を回ると、閉じ込められていたスタッフたちを何人か発見することができた。彼らを無事に避難させられたのは喜ばしいことだが、肝心のロナが見つからない――そうなればもはや、俺が向かうべき場所は一つしかなかった。

フィオ先輩から引き継いだ視点ドローンを伴い、エントランスに戻ってきた俺は、玄関扉の正面にある大階段を見上げる。

昨日、初めてこの屋敷に入った時、大江《おおえ》が探偵たちを見下ろしていた階段の上は、今は渦巻く闇に覆われている。それはまさに、異界への入り口。〈マクベス〉という事件の最深奥《しんおう》に、俺は誘われている。

今更、恐れはない。

俺がケリをつける――厄介なじいさんが残した厄介な遺産を、子孫として処分してやる。

その固い決意を込めて、俺は大階段を一歩一歩上っていった。

一段、二段――何段目の頃からか、俺の足が踏んでいるのは階段ではなくなっていた。

真《ま》っ赤《か》な夕焼けに染められたなだらかな丘を、俺は登っていた。

丘のてっぺんには、影ではない、一人の少女がうずくまっている。

現在の、明日16歳になる一人の少女が、草の上に膝をついてうずくまっている……。

その側《そば》には、誰かが倒れ伏していた。

おそらくは、小学生くらいの、少年――俺は知っていた。彼女の双子の兄が死んだとされるのは、今から6年前――10歳の時のことだと。

「……私が……犯人なの」

胸からこぼれ落ちたような言葉に、俺は足を止めた。

「大江さんを殺した」

「違う」

「門刈《かどかり》さんを殺した」

「違う」

「みんなを——お兄ちゃんを殺した」

「違う」

ロナは、ゆっくりと顔を上げる。

泣きはらして赤くなった目には、今は悲しみではなく怒りが宿っている。燃えるような、煮えるようなそれを視線に乗せて俺に飛ばし、彼女は己の救いを口にした。

「そういうことにしてよ。そのほうが楽なの。私だけ生き残った——何にもできないのに、私だけが！　そんなの、私が犯人だって考えること以外に、どうやったら納得できるっていうの！」

「逃げるな」

ロナの怒りを正面から受け止めて、俺は短く告げた。

「自分がどれだけ罪深い存在か？　その答えは、真実に立ち向かった先にしかねえんだよ。真実から、逃げるな。お前は本当は何だった？　お前は本当は何になりたい？　全部見ないふりはできないんだ。自分という真実と、無関係でいることはできない」

考えることは、未来を見据えることだ。

真実から逃げ、考えることをやめた時、人間はその場に停滞する。安易な思考停止のぬるま湯に浸《つ》かった時、本当の自分は雪のように消えていく。

それは苦しいと、お前も知っているんだろう？

「……聞きたくない」

　ロナはゆるくかぶりを振った。

「聞きたくない。聞きたくない！　聞きたくない!!　そんな正論、私は全然求めてないッ!!」

「だったら否定しろよ、ロナ・ゴールディ――てめえの口で否定してみせろ！　この子供部屋みたいな世界に引きこもってたいって言うならちゃんと戦ってみせろッ!!　お前も一度は、探偵を名乗ったんだろうが!!」

　ロナの頭上から、一枚の白手袋が舞い落ちてくる。

　探偵とは、事件を終わらせるもの。

　探偵とは、人間を未来に送り出すもの。

　ここで止まるのがお前の未来だって言うなら、勝ち取ってみせろよ、お前の推理で。気に食わないモブどもを押しのけて、たった一人の探偵役に成り上がってみせろ！

「俺は腹を決めたぜ、ロナ」

　事件を終わらせ、未来に進むために、俺は告げる。

「俺は探偵になる。こんなクソったれな現在《いま》で満足しねえ!!」

　そのためには――考え続けるしかない。

　答えを出さない限り！　この現在《なぞ》に決着はつかねえんだ!!

「お前も腹を決めろよ！　ふてぶてしくても！　耳を塞いだ人間には、犯人になる資格もねえ!!」

ロナは唇を引き結んだ。

地面に着いた手が、草を握り締めた。

そして。

「……戦えば……いいんでしょう……？」

震える手が、怒りのままに白手袋を掴《つか》む。

ポリゴンが砕け散り、光の欠片《かけら》が女スパイに降り注いだ。

ふらふらと、それでも確かに、ロナ・ゴールディは立ち上がる。

「そこまで言うなら、戦ってあげる……。わかりきった答えを、わからず屋なあなたに思い知らせてあげる……。聞いて諦めなさい……！　この私の最後の自白《すいり》を！」

「いいぜ。だったら――」

赤い夕焼けが俺たちを照らす。

燃え盛るような丘で、探偵と探偵が対峙《たいじ》する。

無数にある真実の、それでもただ一つを掴むために。

「――てめえの推理に、魂を懸けろ」

10　第二場――門刈《かどかり》千草《ちぐさ》殺し

「ホログラムによる偽装工作！　宇志内《うしない》さんが目撃した門刈さんはホログラムによる偽物

だった！　実際に門刈《かどかり》さんが殺されたのは、門刈さん孤立後からその目撃証言があった時刻までの間……！　その間、ゲストハウスにアリバイのある者はいなかったけど、毒を仕込むタイミングは私にしかなかった!!」

夕焼けの光が赤々と燃える。それはロナの激情にふさわしく、いつしか本当の炎となって、波濤《はとう》のごとく俺に押し寄せた。

だが俺は動じない。炎の波を睨《にら》み上げ、己の推理を撃ち放つ！

「すでに言ったはずだぜ！　この事件にＨＡＬＯシステムは使われていない！　ロナ、お前はアーミッシュだ。ホログラムなんて最先端の科学を使うはずがない！」

「アーミッシュの掟《おきて》は絶対じゃない。私は通信機だって使っている！」

押し寄せる炎に対して、俺が放った推理の矢はあまりにも小さい。だが、それでいい。小さな小さな蟻《あり》の一穴《いっけつ》が、一見堅牢《けんろう》に見える推理を打ち砕くきっかけとなる！

「ホログラムだけじゃない。犯行時刻を俺たちに誤認させるための遅延配信も、お前にはとても不可能だ！」

「くどい！　アーミッシュの掟は――」

「――絶対ではない。それ・で・も・不・可・能だと言っている！」

推理の矢が穿《うが》った小さな穴に、猛烈な風が吹き抜ける。炎は吹き散らされ、拡大した穴の向こうに歯噛《はが》みするロナの顔が見えた。

「配信の物音の正体を、カイラが突き止めたよな？　**物音の主は、引き出しを開けたり戸**

棚を開けたりしている間、なぜか片手に置時計を抱えていた。カイラはこれを、行動の始点と終点をはっきりさせるためだと推理したが、意味はもう一つあった！」

「意味……!?」

「片手しか使えない人間を容疑者から排除するって意味だよ!!」

開かれた炎の穴に、青白く輝く推理の矢が閃《ひらめ》いた。

貫くのは、ロナの左手。

怪我《けが》をして包帯が巻かれている、左手だ……！

「今日、お前はこの天照館《てんしょうかん》から避難する時、森の中でこけて左手を怪我した！その手じゃあ置時計を抱えるにも収納を漁《あさ》るにも難儀するだろう。あの配信の物音が、他の誰によるものであったとしても！　ロナ、それは絶対にお前じゃないッ!!」

ロナの左手を貫いた光の矢が弾《はじ》け、猛然と風が吹いて炎の壁を吹き飛ばした。

ロナは自分の左手を庇《かば》うように右手で触れながら、顰《しか》めた顔で俺を睨む。

「だったら、誰が……？　門刈さん自身が自分の意思であんな行動をしたのだと!?」

「そうだよ」

「一体何のためにっ!?」

「今言っただろ!!　お前を容疑から外すためだッ!!」

「…………っ!?」

愕然《がくぜん》と目を見開くロナに、俺は言う。

「第一の事件で、死んだふりをした大江《おおえ》さんを移動させるように言ったのは門刈《かどかり》さんだ……。実際、移動作業も手伝っていた。犯人の本当の犯行の瞬間に立ち会っていた可能性が高い……。今となっては知るよしもないが、何かしらの取引があったのかもしれない。

だが——最期には探偵だった。

アレルギーに苦しみながら自分の部屋に入ったその時！　彼女は推理を働かせて、お前が犯人にされると即座に読んだ！　だからお前の容疑を晴らすための手掛かりを残したんだ……！　最後の患者であるお前を助けるために！　真犯人を捕まえるために……!!」

〈医療探偵〉門刈千草《ちぐさ》——あるいは清廉潔白ではなかったかもしれない彼女は、それでも最後の最後には、探偵であろうとすることを選んだのだ。

その遺志を、今ここで、俺が継いでいるのだ！

「これは俺だけの——俺たちだけの推理じゃない。門刈さんの推理でもあると思え……！」

ロナは一度、悔しそうに目を伏せた。

だが、わかっている。一度白手袋を掴《つか》んだなら、この程度ではまだまだ止まれない。

疑問という疑問が尽きるまで、とことん！　やらなければ気が済まない……！

「配信の物音も……宇志内《うしない》さんの目撃証言も、仮に本物だったとしましょう。だとしても毒を飲ませられたのは私しかいない……！　孤立直前の食事に毒が入っていなかった以上、門刈さんが毒を飲める機会は私の怪我《けが》の治療中だけだったのだから！」

「そんなもん誰が決めた？」

「それしかないでしょう！　目撃証言が本物だったなら尚更《なおさら》に、注射器などで直接毒を注入できた人物は存在しない！　**目撃時刻以後には全員にアリバイがあった**のだから！　現場のトイレに吐かれた孤立直前の食事から毒が検出されなかった以上、さらに前に摂取された毒がアレルギー・・・・・・を呼び水に効力を発揮したとしか――」

「吐いた後に毒を飲んだだけだろ、そんなもん!!」

「は……!?」

深紅の丘を風が駆ける。それは火の粉のように舞う夕日の欠片《かけら》を掬《すく》い取《と》り、ロナの周りに渦巻かせていく。

「シンプルな話だよ。吐いたもんの中に毒はなかった！　だから毒は吐いた後に飲んだ！　あっただろうが――門刈さんがトイレで胃の中身を吐いた後、唯一口にしたものが！」

「ま、まさか……！」

「解毒薬だよッ!!」

夕日の渦がロナを覆う。

俺はそれを視界上で掬うように手のひらを掲げ、

「医療鞄の解毒薬が、毒にすり替えられていたんだ！　よくよく考えてみろよ。アレルギーを呼び水に効力を発揮？　それはいつ起こるんだ。正確な時間を計るなんて不可能だろ！　どうやって狙って密室を作る!?　これは〈マクベス〉だぜ、『結果的に生まれた密室』なんて存在しないんだ！

その点、解毒薬をすり替えてたんなら話は簡単だ。アレルギーで体調が悪化した門刈《かどかり》さんに、『お前に毒を盛った』と嘘《うそ》を言って部屋に閉じこもらせれば、自らの手で勝手に毒を飲む！　糸も針も死んだふりもいらない。電話やメッセージを使えばアリバイも完璧！

一番簡単な密室トリックだぜッ!!」

「そんなバカな……！　であれば現場に残っていた小瓶の中に毒物が残留していたはずです！　天下の探偵学園がそれを見逃したと!?」

「見逃したんだよ！　**死体の周りには薬の小瓶とその中身が散らばってた！**　他の薬物と混じっちまったら、簡単な検査キットなんかじゃ検出は困難だ！」

仮に検出できたとしても、床にぶちまけられた他の瓶に入っていた薬物と区別はつかない。薬と毒は紙一重だからな。あれも犯人があらかじめ施した工作だったんだ！

「そ、そんな……。騙《だま》されて、毒を飲んだ……？　医療探偵が……？　ただのアレルギーと誤認させられて？　そんなこと――ッ！」

「騙されて自分を犯人だと思い込んでる人間の言い分だとは思えねえな！　女探偵ッ!!」

ぐっと、拳を握った。

瞬間、ロナの周りで逆巻く夕日の光が、一斉に炎となって燃え上がった。偽物から、本物へ。そうだ、エヴラールたちから散々稚拙だと評されたが、この犯人は嘘だけはうまい。些細《ささい》なきっかけから無実の人間を犯人だと思い込ませてしまうくらいにはな……！

炎が夕空に散ると、後にはふらつくロナだけが残った。彼女は呆然《ぼうぜん》とした目で原っぱに落ちた自分の影を見下ろす。そしてぶつぶつと譫言《うわごと》のように呟《つぶや》くのだ。

「……解毒薬が、毒だった……。いつ、誰が……？」

「**門刈さんは医療鞄《かばん》の中を毎朝チェックすると言っていた。**すり替えたとしたら、その直後——今日の早朝のことだろうな。お前にそれは可能だったか？」

「……私に……忍び込んだ……？　いや、朝に門刈さんの部屋に近づいたことなんて……」

何かしら後ろ暗いことがあったらしい門刈さんが、理由なく自分の部屋への侵入を許すとは思えない。門刈さんが違和感なく他人を自分の部屋に上げそうなタイミングがあるとすれば——そう、例えばそれは、部屋を片付けてもらう時とか……。

「これでわかったか？　ロナ——お前に犯行は不可能だ。受け入れろ。受け止めろ。お前はこの事件の犯人じゃない！」

「う……うううううううううううううううううううっ……！」

ロナは頭を抱えて悶《もだ》え苦しむ。一度は縋《すが》った真実に、今度は立ち向かうために。

俺はゆっくりと前に足を踏み出した。俺に資格はない。俺に権利はない。それでも黙って、側《そば》に立ってやることくらいはできるだろう。それをできるようになるために、俺は今ここにいる。

しかし。

その足が止まった。

……なんでだ……？

ここはロナの推理が作った世界。そのロナが、自分の潔白を信じようとしている今——

なぜその足元に、まだ死体が転がっている？

それは少年だった——小学生くらいの少年だった。

大江《おおえ》ではない。門刈《かどかり》でもない。未遂に終わったエヴラールやフィオ先輩でもない。

俺は知っている。

ロナには10歳の頃まで、双子の兄がいた。


「——惑わされちゃダメだよ、ルース」


気づけば。

それは死体ではなくなっていた。

俺が向かおうとしていたまさにその場所で、頭を抱えるロナに寄り添い、その苦悩を癒《いや》すように柔らかに微笑《ほほえ》んでいた。

「君は一人だけ生き残ったんだ。だから罪を認めなきゃ。責任を果たさなきゃ。いつまでも僕に押し付けていたら、ダメだろう……？」

「……誰だ、てめえは……」

簡素なシャツと半ズボンを着ている。それを真《ま》っ赤《か》な血に染めている。顔立ちは幼いが、確かに目元や髪の色なんかにロナと同じ血筋を感じる。

そいつはくすくすと笑って、俺に流し目を送った。

「僕はもう一人のこの子だよ。この子が自分の行いを受け入れられないあまりに作り出したスケープゴート——都合のいい推理が生み出した幻像さ」

「ほざけよ……。お前はそこにいる！　幻像なんかじゃない。ホログラムを着ているだけの、実体ある人間だ！」

「へえ？」少年は唇を吊《つ》り上《あ》げる。「つまり、君も僕を犯人だと？」

「お前だけが犯人だよ」

「何を証拠に？」

「今この瞬間進行している第四の事件。これがお前の出自を示している——ロナと同い年のアーミッシュだとな」

「面白いね」

くつくつと小さく笑うと、少年はロナを控えさせるように、自ら一歩、俺に向かって踏み出した。

「じゃあ、君にはわかっているわけだ？　第四の事件——この島の惨劇が、どういう風に終幕するのか」

「だからここにいる」

俺はありったけの戦意を込めて、幼い少年に見えるそいつに、まっすぐ指を突きつける。

「終わらせてやるよ。〈マクベス〉も、てめえの下手《へた》くそな茶番も！」

虚飾を剥《は》がし、真実を明かす。

その先にしか、求めた朝日は訪れない。

11　第四場——ロナ・ゴールディ殺し

「大江《おおえ》殺しが『犯行時犯人が室内にいたもの』。門刈《かどかり》殺しが『犯行時被害者が室内にいなかったもの』。そしてフィオ先輩の殺人未遂が『犯行時犯人が室内にいなかったもの』——類別トリック集成の密室トリックは、もう1項目しか残っていない」

最初からわかっていた。最後に持ってくるのはこれしかないと。

「『密室脱出トリック』——お前が今やろうとしているのは大規模なイリュージョンだ。この屋敷に派手に放火するなりして、自分だけが煙のように消える算段——！」

「気が合うね」

余裕たっぷりに少年が言った瞬間、俺は異変に気がついた。

——焦げ臭い。

どこからなのかはわからない。世界を満たすホログラムのせいで、俺は自分が天照館《てんしょうかん》のどこにいるのかもわからない。だが匂いは誤魔化《ごまか》せない！

「今この瞬間進行している第四の事件——君もそう言ったろ？　その通りだよ。同じことを考えてたなんてちょっと嬉《うれ》しいな」

「てめえ――やっぱり最後はロナか！　屋敷ごと焼き殺して――！」

「おっと。不用意に動かないほうがいいよ。もうどこか崩れてるかもしれない」

走り出そうと一歩踏み出した格好のまま、鎖に縛られたように動けなくなった俺を見て、そいつはまたくつくつと笑った。

「ここまで来たければ、推理を完遂《かんすい》することだ。それが探偵のマナーじゃないかな？」

先に暴走したロナの推理を完全に論破してホログラムを消さなければ、見えない穴に落ちたり炎に巻かれたりするかもしれない。戦う準備はできているってわけだ。だから今になって姿を現した……！

「さあ、推理を続けなよ――どうして最後がこの子だってわかったんだい？」

上等だよ。こっちだって最初からそのつもりだ！

「お前がこの事件に込めたテーマ性――メッセージだよ！　これまでの〈マクベス〉は全部、最初の〈マクベス〉に倣《なら》って同じメッセージを事件に潜ませていた。すなわち、『自由』の宣言！　お前もまたこの事件に、そのメッセージを隠していた……！」

「面白いね。またぞろ被害者の頭文字かな？」

「それは鍵に過ぎない。唱え歌に隠された扉を開くためのな！」

ＨＡＬＯシステムが、空中に唱え歌の文面を映し出す。

天照《あまてらす》　従僕ども・は・　通り去り

海で皆　泡雫《あぶくしずく》と　溺れ死に
屍《しかばね》が　月に自ら　道かけて
金の山　朱のたもとに　触れる由

「日本なら日本語、アメリカなら英語、カナダならフランス語――そしてやっぱり、日本なら日本語だ。見ての通り、唱え歌にはお決まりのメッセージが隠されていた！　この『扉』の形から『鍵』を逆算する……！」

続いて空中に記されるのは、これまでの被害者たち、その名前。

それも――**アルファベット表記付きの！**

「大江《おおえ》団三郎《だんざぶろう》――イニシャルは『D』！　アルファベットの4番目！
門刈《かどかり》千草《ちぐさ》――イニシャルは『C』！　アルファベットの3番目！
さあ、もう見えてきたぜ。これらの鍵の使い方がな！」

天a**照**b　**従**c**僕**D**ど**a**も**b**は**C　**通**a**り**b**去**c**り**d
海e**で**f**皆**g　**泡**h**雫**i**と**j　**溺**k**れ**l**死**m**に**n
屍o**が**p　**月**q**に**r**自**S**ら**a　**道**b**か**c**け**d**て**e
金f**の**g**山**h　**朱**i**の**j**た**k**も**l**と**m**に**n　**触**o**れ**p**る**q**由**R

「唱え歌にアルファベットを順番に振り、被害者のイニシャルが来たところを読む！　そのたびにリセットしてもう一度……！　このルールで『僕は自由』のメッセージが浮かび上がるのだとすれば、第三と第四の被害者のイニシャルは『S』と『R』！　ターゲットとなる探偵たちの中に、これらのイニシャルを持つ人間はそれぞれ一人ずつしかいない！」

詩亜《しあ》・E・ヘーゼルダイン──イニシャルは『S』。アルファベットの19番目。

ロナ・ゴールディ──イニシャルは『R』。アルファベットの18番目。

「だから最後の標的はロナなのさ。お前はロナにすべての罪を被《かぶ》せ、自殺に見せかけて焼き殺し！　自分はこっそり逃《に》げ果《おお》せるつもりでいたんだ！　大方、てめえの足元にでも隠し通路があるんだろ！」

ホログラムで正体を隠しているとはいえ、姿を見せたのは逃走ルートを確保しているがゆえの余裕。今更驚きはしないさ。隠し通路の一つや二つ！

俺の推理にHALOシステムが反応する。丘の草が一気に燃え上がり、浜辺の波のように少年に押し寄せた。

だが。

「仮に隠し通路があったとしても、どうやって島の外に逃げるのさ？」

言葉と共に腕を一振り、風が炎を吹き散らす。

「この島はホログラムに覆われている。君たちが謎をすべて解かない限り、犯人であってもそれを解除することはできない。解除して外に逃げたところで、島を包囲している警察に捕まるだけだしね。逃げる方法なんてないように思えるけど？」

「ホログラムを解除せずに逃げればいい。視覚が役に立たない海上なら、そのくらいの隙はいくらでも作れる！」

「無理だね。この島の周りには複雑に入り組んだ岩礁があって、ホログラムがある状態では船で渡ることはできない。ヘリコプターや飛行機を使うのはもっと最悪だよ？　前も見えないのに空を飛ぶなんて、お金のかかる飛び降り自殺でしかないね」

「船だよ。船が通れる道がある。唱え歌が暗示している……！」

祭舘《まつりだて》、お前の推理を借りるぜ……！

「3行目で描写される『月にかかる道』！　月ってことは夜。夜に現れる道――だけど次の4行目では朝になっている！　夜に現れるが、朝にならないと通れない道！　それは物理的じゃない。視覚的な道を指してるんだ……！　そう――お前がさっき言った、岩礁がないルートのことだよ！」

旋風《つむじかぜ》が草を刈り、俺と少年の間に一直線の道を作る。

ホログラムのせいで海を通れないのは岩礁のせいだ。それがないルートがどこかにあったとしたら……!?

「今夜！　夜の間に引き潮が始まり、水面下の岩礁が視認できるようになる……！　それは同時に、岩礁のないルートを視認できるようになることでもある！　だがそれは明かりがあればの話。海の水位が下がったことで岩礁のないルートが浮かび上がったとしても、朝日が昇らない限りそれを見ることはできない！

お前は今日、すべての事件を終わらせた後、島の地下にでも潜り、朝日が昇るのを待つつもりだった……！　それまでに残った探偵たちが謎を解き、ホログラムを解除できるかどうか！　それがお前が企図したゲームだった！

おそらく、島の目立たない洞窟にでも船が隠してあるんだろうな。首尾よく朝まで逃げ切ったら、お前はそれを自分で操縦して島の外に出るつもりだった……。それがお前にとっての、初めての『自由』！

そうだろう？　アーミッシュ――**ロナの双子であるお前もまた、ちょうど明日！　16歳の誕生日を迎え、ラムスプリンガで掟《おきて》から解放されるんだからな!!**」

船という文明の利器。初めて自分の意思でそれを使う！　それがお前にとってのラムスプリンガ――自由な人生を手にするためのイニシエーション！

俺と少年をまっすぐに結ぶ道を、推理を秘めた光の矢が駆け抜ける。

少年は避《よ》けなかった。

少年は防がなかった。

幼い身体《からだ》を、俺の推理が深く貫く。ロナが顔を上げ、間近でそれを目撃した。

ホログラムが、揺らぐ。

真犯人の姿を着ぐるみのように覆い隠す、少年のホログラムが――

「――ロナ。お前の兄貴は生きている」

すべてを明かすために、俺は告げる。

「そいつはお前が生み出した幻像なんかじゃない！　第四の〈マクベス〉で故郷の人間を皆殺しにし！　自分も死んだように見せかけて、大江《おおえ》に〈マクベス〉を持ち込み！　6年間社会から身を隠して、この事件を計画し！　確かに生きて――そこにいる!!」

「――ルース。僕は確かに死んだんだよ」

ホログラムの揺らぎが、止まった。

推理の矢に貫かれてのけぞった幼い身体《からだ》が、ゆっくりと元の姿勢を取り戻す。

そして足元に転がった自分自身の死体を指差して、囁《ささや》くのだ。

「ほら。死体もここにある。君は見たはずだろう？　ＭＩ６の連中が見てなくても、君自身ははっきりと見たはずだ――僕は死んだ。死体が生き返って動くことはない……」

「……お兄……ちゃ……」

「ロナ！　聞くな！　まやかしだ！」

「まやかしなんかじゃないっ!!」

悲鳴みたいに、ロナは叫ぶ。

ブルブルと震える両手で、自分の顔を覆いながら。

「まやかしなんかじゃない……。私は……確かに見た……。血だまりに沈んでいるお兄ちゃん……。どんなに揺さぶっても起きなくて……」

「そうだ……。君は見たんだ……。ルース……それが間違いだっていうのかい？　あれが僕の死んだふりだったっていうのかい？」

そしてそいつは堂々と、白々しくも言ってみせる。

「そんな証拠――どこにあるって言うんだい？」

12　第四の〈マクベス〉――解き放たれる刻《とき》

足がもつれる。

息が詰まる。

冬でもないのに身体が震える。

誰もいなかった……。あんなにたくさん人がいた村から一人一人、知った顔が消えていって……。最後に辿《たど》り着《つ》いたこの丘で、お兄ちゃんまでもが赤く染まっていた。

私は見た。

私は、確かに見たんだ。

お兄ちゃんは血まみれだった……。お兄ちゃんは動かなかった……。当たり前だ、あんなに血が出て動ける人間なんていない。あんなに血が出て生きている人間なんて――

「逃げるな」

どこからか声がする。

「考えることから逃げるな。お前は知っているはずだ。お前は覚えているはずだ。真実は目の前にあるはずだ！」

そうだ、覚えている。

村の人は全員死んだ。生き残ったのは私だけ……。だから、推理の余地もなく——

「もっと脳みそから絞り出せよ！　知らないようなら教えてやる！　最後まで考え続けた人間が探偵なんだ!!」

………最後まで。

……考える………。

「お前の目の前には何がある？」

……お兄ちゃんの、死体……。

「それをお前は、どうやって見つけた？」

この丘にやってきて……つまずいて、**赤い地面にこけて、手をついて**……。

「その後？」

血まみれのお兄ちゃんを揺さぶって、手が……。

「手が？」

手が、汚れた……。

「その時に？」

…………………………………………………………………………

…………………………………………………………………あっ。

「…………**その時だった**……」

遠くて、でも鮮明な記憶の中に隠れていた矛盾を、私は6年越しに見つけ出す。

「私は赤い地面に手をついた――お兄ちゃんの血で染まっていたはずの地面に。でも、その時は手が汚れなかった」

私は立ち上がり、お兄ちゃんの死体に見えるものを見下ろした。

「つまり、地面の血だまりは乾いていた。なのに――」

顔を上げる。

前を向く。

もう一人の私だと嘯《うそぶ》いた少年を、正面から見据える。

「――**お兄ちゃんの服を触った時は、手が汚れた。**つまり、服の血は濡れていた」

その少年は――お兄ちゃんは、私の顔を見て愕然《がくぜん》と目を見開いて、

「それが……それがどうかしたのかい？　服と地面じゃ血が乾くスピードも――」

「それでもまったく手につかないなんてありえない。地面の血だまりは完全に乾いていた。一方、服のほうは今まさに血で濡《ぬ》れたみたいだった。この二つは同じ血じゃない」

「何を言って――ルースッ！」

「地面の血だまりは、もっと前にできたものだった!!」

私はもう逃げない。

自分に罪がないとは言わない。だとしても、目前の罪を見逃していい理由にはならない。

二度と自分みたいな被害者は生みたくない——その願いは、本物なんだから！

「あなたはまったく別の殺人でできた血だまりの上に、自分で血に濡らした服を着て倒れていただけだった!!　幼い私に検死なんてできるわけない！　あなたにとって私は、自分の死亡を証明してくれる都合の良《い》い証言者に過ぎなかったッ!!」

だから生かされた。たまたまじゃない。すべては今日、この日のために！

故に断言できる。


「——私は、犯人じゃないッ!!」


推理が終わる。

私が私の推理を否定することで、根底から崩壊する。

さようなら。昔懐かしい夕焼けの丘よ。

この罪があったおかげで、私は6年間、本物の空っぽではいないでいられた。

でも、私は前に進む。

この事件《過去》に決着をつけて——未来《前》に。

そして、世界が崩れ去った。

13　第五の〈マクベス〉――マクベス・ジャック

夕焼けの丘を構成していたホログラムが砕け散ると、俺たちはダンスホールのような空間に立っていた。

天照館《てんしょうかん》の2階にある部屋なんだろう。立食パーティーができそうなほど広い四角形の部屋で、奥には大きなバルコニーがある。まるで高級ホテルの施設だが、今はその雰囲気を堪能している暇はない。

熱気が充満していた。

世界が真実の姿を取り戻した瞬間にようやく肌が感覚する。熱い。発生源を探すまでもなかった。俺の立っているところから二歩ほど進んだところの床が抜けている。開いた穴から、階下の部屋が赤く照らされているのが見えた。

ちくしょうが……本当に燃やしてやがる！

「ロナ！　早くこっちに！」

バルコニーの近くに立っているロナが振り向いた。その時、天井からバキッと音がした。屋根にも火が回っているのか……!?　石造りのくせになんでこんなに燃える!?　もしかして元々のイベント用の『仕込み』か！

俺はホールの入り口側に立っている。こちらに向かって、ロナが素早く走り始めた。スパイらしい俊足だったが、その行く手を阻むように天井から折れた梁《はり》が――！

ロナの身体《からだ》が床を滑った。

危ない、と叫ぶ間もなかった。野球選手みたいに綺麗《きれい》なスライディングで降り注ぐ木材の下をギリギリ潜《くぐ》り抜《ぬ》けると、ロナは俺の前で立ち上がってスカートの汚れを軽く払った。

そして俺の顔を上目遣いに見つめ、悪戯《いたずら》っぽく微笑《ほほえ》むのだ。

「ドキドキしました？」

「したよ！」

ハニートラップとは全然関係ない意味でだけどな！

ともあれ、後は屋敷を脱出すれば目的は達成だ。……いや、あともう一つ――

崩れ落ちた木材や石材の向こう側に、まだもう一人残っている。

暴走した推理の世界は砕け散ったのに、そいつはまだ10歳の少年の姿のままだった。だが、無傷ではない。真の姿を隠すホログラムはジジッと頻《しき》りにノイズが走り、今にも消え去ってしまいそうだった。

「未咲《みさき》さま――」

ロナが、悲しげな目でそれを見やりながら言う。

「どうか、あなたの手で、トドメを」

……完全に、決着をつけよう。

この事件に、〈マクベス〉という名の呪いに、終止符を打つために――

「……唱え歌のメッセージが示す最後の被害者のイニシャルは『R』。だが、これが『殺人の被害者』ではなく、『トリックの対象者』という意味だと考えたらどうだ?」

高まっていく熱気とは対照的に、俺は淡々と最後の推理を振るう。

「最後の事件のトリックは『密室脱出』――その対象は、殺す相手と、逃げ出す自分自身。そして第一の事件、**死んだふりをした大江《おおえ》の移動を担当したのは、門刈《かどかり》さんともう一人**――続いて第二の事件、門刈さんの医療鞄《かばん》に細工ができるタイミングがあったのは、**早朝に彼女を呼び出しに行き、**片付けなどで部屋に入ることができたたった一人――」

その人物のイニシャルは――『R』。

「お前の正体は――」

「――あのう……」

不意に背後から声が聞こえて、俺もロナも反射的に振り返った。

そこには。

そこには――

「何が、どうなっているんですか……?　なんでこんなに、お屋敷が暑く……?」

竜胆さんが・い・た。

バルコニーの近くでうなだれている少年とは、完全なる別人として。

「「は？」」

この瞬間、ドローンの配信を通じてこの状況を見守っていた全世界の人間たちが、探偵たちが、一斉に異口同音に、声を上げた。

「「「「「「「「は？」」」」」」」」

◆

◆

なん、で……だよ？

あんたが――あんたが真犯人だったはずだろうが!!

「り……竜胆《りんどう》さん！　なんでここに――今までどこに!?」

「え……え？　なんでと言われましても……気づいたら気を失っていて……**目を覚ましたら真っ暗で狭い場所にいて……歩いてみたら食堂に出た**ので、声のするほうに……」

今の今まで気を失ってたってことかよ!?

「――く、く」

うなだれていた少年の肩が――

真犯人キング・マクベスの肩が。

――小さく、上下に揺れた。

「く、く、ふ、は、は、はははふふふふふふははははははは――――っ!!」

高らかに笑う少年の頭上が視界に入り、俺は愕然《がくぜん》として息を詰める。

白い――手袋が。

あたかも少年に手を差し伸べるかのように、ひらひらと舞い落ちてくるのだ。

「本当に演出上手《じょうず》だなあ、ソポクレスさん……。マジのギリギリじゃないか……」

目の前にひらりと舞った白手袋を。

キング・マクベスは、右手で豪然《ごうぜん》と掴《つか》み取る。


「――手掛《シ》か《ヨ》り《ウ》は《ダ》示《ウ》さ《ン》れた」


砕け散るホログラムの欠片《かけら》の向こうで、少年は獰猛《どうもう》に笑っていた。

終わってない。

事件は終わってない。

あいつが誰なのか、まだわからない！

「新たなる証拠を提示する！　**大江団三郎《おおえだんざぶろう》がマイクロチップで常に記録していたバイタルデータ**だ！」

キング・マクベスの言葉に呼応して、HALOシステムが熱気に歪《ゆが》む空中にウィンドウを表示する。映っているのはグラフや数字――

「究極のプライバシーとしてサーバーの奥底で厳重に守られていたこのデータによれば、**大江団三郎《おおえだんざぶろう》の脈拍、呼吸などの生命活動は、君たちの目の前で短剣に突き刺されたその瞬間！　その瞬間に、すべて停止している!!**　よって死んだふりをして君たちを騙《だま》し、死体として移動された後に刺し殺された、という推理は成立しないッ!!」

ウィンドウに表示された脈拍、呼吸のグラフが、食堂で胸を刺された時刻、その瞬間から、完全にゼロになっている。

その厳然たる証拠を見ても、俺には信じられなかった。

本当に……死んでいた？

そんな……そんなはずがねえだろ……。**その時間はこの島の全員にアリバイがあったんだ!!**　こんなデータいきなり出されて信じられるわけ――

「捏造《ねつぞう》なんて冷めることは言うなよ、探偵？」

嗜虐《しぎやく》的に笑いながら、キング・マクベスは俺たちを見やった。

「これはたった今僕の手元に来た、本物のデータさ。さっきも言った通りこの島のサーバーの奥底に隠されていた……。**捏造じゃない！　捏造だと示す証拠もない！**　本当に死んでいたんだよ、大江団三郎は！」

「ば……馬鹿なこと言うんじゃねえよ……！　犯人は――――！」

犯人だと思っていた竜胆《りんどう》さんは、今、俺のすぐ後ろにいる。

本当に、違うのか……。俺たちはみんな！　推理を何もかも外していたのか……！　ただキング・マクベスの側に、それに反論する証拠がなかっただけだったのか⁉

いつの間にか全身に汗をかいていた。炎の熱気のせいか？　いや違う。これは——

「み……未咲《みさき》さま……」

ロナが震えた声で言う。

「竜胆さんが姿を消したのはゲストハウスです……。それ以降、天照館《てんしょうかん》に移動したのはわたくしだけで、もちろんわたくしは気を失った竜胆さんを運んだりはしておりません……。そして竜胆さんが目を覚ましたのが**暗く狭い場所で、そこから食堂に出た……**」

「わかってる！　……わかってる……！」

……隠し通路だ……。

天野《あまの》先生は隠し部屋だと言ったが、その奥にさらに隠された通路があった……。竜胆さんはその中で眠らされ、そこを歩いて天照館まで来た！　ゲストハウスから天照館まで直通の隠し通路で——**曲がりくねった林道**を直進できる隠し通路で——**10分かかる道**を**3分**で移動できる隠し通路で！

そして。

そして、そして、そして。

大江団三郎は、その隠し通路に面した背中を刺されて死んだ。

その時間、ゲストハウスには、３人の人間がいた。

「…………そんなわけ、……そんなわけッ…………!!」

「逃げるなよ」

さっき——俺自身が繰り返した言葉を、キング・マクベスが繰り返す。

「最後まで考え続けた奴《やつ》が探偵、なんだろ？　ご高説を実践してみろよ、不実崎未咲《ふみさきみさき》!!

容疑者は３人だ！　大江団三郎《おおえだんざぶろう》を刺し殺すことができたのは、隠し通路の先にあるゲストハウス！　そこにいた３人ッ——円秋亭黄菊《えんしゆうていおうぎく》！　本宮篠彦《もとみやしのひこ》！　そして宇志内蜂花《うしないほうか》!!　この中の誰が犯人なのか言ってみろおおおおおおおおおおおおおおおおッ——!!」

そんなわけねえだろぉおおおおおおおおおおおおおおおおおッ!!

あいつらは俺が連れてきたんだ！　俺が誘わなけりゃ、こんな事件には関わることすらなかった！　そんな奴らの中に、犯人なんているわけねえだろっ!!

炎がまた、天井の一角を崩す。燃え盛る木材の欠片《かけら》が足元に散らばってくるが、俺にはもうそんなことを気にしている余裕はなかった。

「……まあ、言えなくてもいいさ」

キング・マクベスは炎の熱で姿を揺らめかせながら、麻薬のように優しい声音で言う。

「僕をここに残して、さっさと屋敷の外に逃げればいい。そこに僕はいない——いなかった奴が僕だ。推理なんかいらない。簡単だろ？　……ただ、君たちは僕に負ける」

　くすくすと、くつくつと、密《ひそ》やかに晴れやかに、少年は笑った。

「君たちにはわからなかった。解けなかった。それが結果として残るんだ——それこそ僕の求めるものだ。僕が世界に刻みたかったものだ。あの村では得られなかったものだ」

　だから殺したって？

　俺にはわからない——わかりたくない。でも、それが事実なのだ。真実なのだ……。

　……受け入れるしか、ないのか。

　あいつに背中を向けて、屋敷の外でみんなと合流して、……そこで、真実を知る。それしか、できないのか。

　どうせ真実を突きつけられるなら、俺は——

「未咲さま」

　ロナの声が、俺の名前を呼んだ。

「あなたには、辛い真実かもしれません。受け入れがたい現実かもしれません。ですが——あなたよりももっと、あなたよりもずっと、あの人はその真実を抱え続けていたのです」

　……俺、よりも……。

　顔を上げる。炎が揺らめいていた。瓦礫《がれき》が積み上がっていた。その向こう側で、一人の少年が、まっすぐに俺を見つめていた。

「家族としてお願い申し上げます。——どうか、あなたの手で、引導を」

……そう、か……。

いつかこうなることを、お前はずっと覚悟していた……。わかっていて、この島に来た……。俺たちと一緒にいた……。お前が殺人犯だとしても、それは——

「不実崎《ふみさき》未咲《みさき》」

そいつが言う。

「来い」

——わかった。

友達として——俺がお前に、引導を渡す。

「……第一の事件には、ゲストハウスの3人の中から犯人を特定する手掛かりは存在しない！　だったら違うところを見ればいいだけだ！」

覚悟を決めた瞬間に、頭の中で推理が組み上がっていく。

「第二の事件！　門刈《かどかり》さん殺しの事件には、よくよく思い返してみれば明らかに不自然な点がある！」

残酷なくらいに、完璧に。

「それは門刈さんの医療鞄《かばん》だ！　門刈さんは自分の医療鞄を肌身離さず持っていたが、最後に孤立した時だけは、**ゴミをキッチンに運ぶ**ためにリビングに置いていった！」

外れていてくれと、心の端では思っているのに。

「**それがいつの間にか、門刈さんの部屋に移動していた！**　リビングには人目も多く、気付かれずに持っていくなんてできっこない！　できるとしたら、それは本物そっくりの鞄を用意して門刈さんの部屋に置き、本物はどさくさに紛れてどこかに隠すこと！　部屋に偽物の鞄を置いてくるだけだったら、ゲストハウスを探索した時にでも可能だ！」

　何も言わずに、少年が目を閉じた。

「偽物の医療鞄を島に持ってくるには、もっと大きなバッグの中に入れてしまえばいい！　そして偽医療鞄を取り出した後にできたスペースは図書室の本で埋めた！　**だから図書室の本棚に空白があった！**」

　あいつはもう、あの時にわかっていたんだな。

　だから、図書室に行けって言ったんだな。

「**他の鞄が丸ごと入るほど大きなバッグを持ってきていたのは一人だけだ**――そしてそいつは、第一の事件でも容疑者の中に入っている！　この事件の犯人は――」

　俺は震える手を、それでも、それでも、強引に握り締め、一本の指を伸ばす。

　人を指す指。

　罪を糾弾《きゅうだん》するための指を、そいつに突きつける。

「――本宮篠彦《もとみやしのひこ》ッ‼　お前が犯人だ‼」

　俺の指先から放たれた真実が、少年の形をした虚像を打ち砕く。

崩れ去るホログラムの内側から、見慣れた眼鏡《めがね》が覗《のぞ》いた。

知的な雰囲気を帯びた、涼やかな細面《ほそおもて》。

月明かりに照らされて、細長い手足が露《あら》わになる。

ああ——それは、推理した通りの姿。

俺と同じクラスで、黄菊《おうぎく》と一緒に話しかけてくれて、人に変なあだ名をつける癖があって、賢そうな割に意外と馬鹿で——

なんで。

……なんで、なんだよ……。

「お見事だ、エドモン君」

本宮《もとみや》は薄い唇をほのかに微笑《ほほえ》ませて、空々しい拍手をした。

「そこまで完璧に指摘されては仕様がない。立つ鳥跡を濁さず——素直に負けを認めよう」

「なんでだよ——お前、なんで——！」

「言っただろう？　都会で遊んでいる年上の友人がいた、と。彼の話を聞いていると、自由な生き方に憧れた——ただ、それだけだよ」

炎が広がっている。

天井が高いホールだが、いよいよ煙が俺たちの顔に迫っていた。天井も次々と崩落してくる。壁も炎に侵食されつつある。これ以上この場所にはいられない。

「本宮《もとみや》！　こっちに来いッ！」

言いながら、それが無理であることはもうわかっていた。このホールは広い分、柱が少ない。崩れ落ちた天井が、穴の開いた床が、俺たちと本宮との間を隔てている。そしてそれらから燃え広がった炎が、間もなく壁となってホールを分断するだろう。

「隠し通路があるんだろ!? すぐにそこから出ろ!!」

「残念だが、もうとっくに瓦礫《がれき》で塞がれてしまったよ」

「だ……だったら、そのバルコニーから——」

「下は断崖絶壁だ。飛び降りるのは自殺行為だね」

じゃあお前、なんでこんなことしてたんだよ……。

こんな推理遊びなんかとっととやめて！　さっさと逃げていれば……！

「世界に自分を刻まなければ、生きている価値はない」

すぐ横に燃え盛る瓦礫が落ちてきたのに、平然とした顔で、本宮《もとみや》は言う。

「多くの傑作を残した作家たちのように、世界に何かを残さなければ、生きていても仕方がない——それが僕の考えなんだ。目的は達成された。この事件は歴史に残るだろう」

「そんなことどうだっていい！　どこかから何とかして——」

「言っただろう、エドモン君。**隠し通路は密室脱出トリックだ**」

……あ。

俺は本宮が言わんとすることを察した。**隠し通路は密室脱出トリックに該当する**——昨日図書室で、本宮自身がそう言った。そして、第一の事件で用いられたのは本当は隠し通路で。残る項目は『犯行時犯人が室内にいたもの』だけで。犯人も――被害者も、今、この場所に存在している。

本宮篠彦《しのひこ》という犯人と、本宮篠彦という被害者が――炎の密室の中に。

謎を……解いたから。

俺たちが謎を解かず、大江《おおえ》の死んだふり説が真実だと思い込んだままだったら、本宮はこの密室を脱出することができた――それを、わかっていて。お前は……最後の反論を。

「君たちは早く逃げたまえ」

そう言って、本宮は俺たちに背中を向け、バルコニーから夜空を見上げた。

「もうすぐ日付が変わる……。僕は自由を選択する。それでいい。それでいいんだ……」

「本宮っ!!」

走り出そうとした俺の腕を、ロナが引っ張った。直後、大きな瓦礫が目の前に落下して、俺を嘲笑《あざわら》うように行く手を阻んだ。

「未咲《みさき》さま！　……行きましょう。あなたは自分の役割を全うできたのです」

俺の……役割。

ロナは瓦礫越しに本宮のほうを向くと、深々と頭を下げた。

「さようなら、お兄ちゃん。……ありがとうとは言いません」

そして頭を上げると、竜胆《りんどう》さんの肩を支えながらホールを出ていく。

俺は、その後を追わなければならなかった。

これ以上留《とど》まれば、階段が焼け落ちて下に降りられなくなるかもしれない。一刻も早く、脇目も振らず、全速力で屋敷を出なければならなかった。

だがその前に、一度だけ……後ろを振り返る。

炎の中に佇《たたず》み、静かに星空を見上げている友人を振り返る。

その瞬間、そいつも振り返った。

俺を見て、少しだけ笑って。

そして言う。

「さよならだ、エドモン君。……少しの間だが、楽しかった」

……馬鹿野郎。

俺は今度こそそいつに背中を向け、ロナたちの後を追った。

肌を焼く炎が、俺に涙を流すことすら許さなかった。

14　真の悪

「不実崎《ふみさき》さん！」

「不実崎ぃ！」

煙を突き破って天照館《てんしょうかん》を飛び出すと、エヴラールと黄菊《おうぎく》が駆け寄ってきてくれた。

エヴラールは俺を支えるように肩に手を添えて、言う。

「見ていました。……よく、やってくれました」

「……俺は……」

「不実崎……」

黄菊が低い声を漏らし、俺を見て目を細め、何かを堪《こら》えるように顔をくしゃりと歪《ゆが》める

……それからしばらく目をつむったかと思うと、ゆっくりと俺の身体《からだ》を抱き締めた。

「……お前は、ようやった……。オレは、責めへん……。誰にも責めさせへん……！　お前は悪ないんや……。お前は……くっ……うう……っ！」

俺の肩に顔を押し当て、押し殺すように泣く黄菊に、俺は過ぎ去った悲しみを思う。

これで……良かったのかよ？

俺がなりたかった探偵は……これで……。

そんな時、バラバラバラ!!　と音を立てて、夜空に飛び上がっていくヘリコプターが見えた。

今このタイミングで島を飛び立つそれに、誰が乗っているのか。推理するまでもない。

「……ソポ、クレスッ……!!」

あんたは言った。あんたが言ったんだ。俺に『探偵になれ』と。

その結果がこれか？

こんな悔しくて、悲しくて、当《あ》て所《ど》のない怒りで頭がぐちゃぐちゃになって――

「これでもなれって言うのか、探偵に！　こんな気持ちになってでも、俺に……！　ソポ

クレス!!　ソポクレス――――ッ!!」

俺の怒りを置き去りにするように、ヘリコプターは星空の彼方《かなた》に遠ざかる。
いつか俺を突き動かした言葉が、今更のように――今だからこそ、頭の裏で蘇《よみがえ》った。
――坊ちゃん、探偵におなりなさい
そして、と。
あの言葉は、こんな風に続いたのだ。

――この私を、捕まえてごらんなさい

「……上等だよ……」

静かな決意が、赤く染まった夜に溶けていく。

天照館《てんしょうかん》から立ち上る炎が、遠い月に消えていく。

事件が終わり、未来に進んでいく。

俺の中に『真の正義』と『真の悪』、その両方を残して。

計画書〈マクベス〉――解滅完了

終章　さよなら告げて自由な明日へ

やっとの思いで教室に入った俺に、祭館《まつりだて》が相変わらず机にぐでっとしながら、「おはよー」と手を上げてきた。

「なんか朝から疲れてるねー。夜更かしでもした？」

「むしろ寝すぎたくらいなんだけどな……」

金神島《かながみじま》から帰ってきた後、いろんな疲れがどっと溢《あふ》れてきて、昨日は一日中、寮の部屋で寝転がっていた。顔を合わせたのは甲斐甲斐《かいがい》しく世話を焼いてくれたカイラくらいで、まるっと1日、世界から置き去りにされた気分だ。

するとその1日で、俺の周りの世界は変わっていた。

「朝から遠巻きに指されてこそこそ喋《しゃべ》られたり、なんか謎に肩パンされたり……」

「いつも通りじゃない？」

「そうなんだけどよ、なんかみんな、冷やかしっぽいっていうか、ミーハーっぽいっていうか……」

負の感情ならいつも通りで、正の感情なら前と同じで事件の影響だろうと思うんだが、なんか今回の反応は街中《まちなか》で有名人を見た時みたいなそれなんだよな……。

「そりゃ仕方ないよー。番組であんなに目立ってたんだもん」

「活躍したのは俺だけじゃな――ん？　番組？」

俺は祭舘《まつりだて》ののんきな顔を見た。

「今、番組って言ったか？」

「うん。言ったよ？　ごめんねー、知らずに電話しちゃってさー」

ど……どういうことだ？　もしかして金神島《かながみじま》のあの事件が、ネット番組ってことになってるのか？

「手が込んでるよねー。ガチ探偵とガチ学生を使ってリアリティショーなんてさー。まあリアルすぎたせいで、昨日、会長さんが謝ってたけどー。……不実崎《ふみさき》くん？」

「……はあ～……」

俺は深々と溜《た》め息《いき》をついて天井を仰ぐ。

情報操作、初体験。

確かに〈マクベス〉の拡散をより確実に防ぐためには、フィクションだったってことにしちまうのが手っ取り早い。そして――ちくしょう、生徒会長め！　何が『乗っ取られた〈マクベス〉を乗っ取り返せ』だよ！　番組としてのオチを用意しろって意味だったんじゃねえか！

「……本当のことを暴露するばっかりが探偵の仕事じゃない、か……」

あれだけの事件が、嘘《うそ》みたいに八方丸く収まっちまった。

……でも、嘘にできないこともある。

どれだけ情報操作して本当のことを隠したところで、失ったものは戻らない。

「せめて……俺くらいはちゃんと覚えといてやらないとな……」

「いい心がけだね、エドモン君」

ポンと肩を叩《たた》かれて振り返ると、本宮篠彦《もとみやしのひこ》がいた。

「…………………」

本宮篠彦がいた。

「──お前ええーっ⁉」

俺は椅子から勢いよく飛び上がり、眼鏡《めがね》をかけた美少年の顔をまじまじと見つめた。

「おっ……お、おま……生きてっ……⁉」

「おっ！　真犯人！」

クラスメイトの囃《はや》し立《た》てる声に、本宮は軽く手を上げて答えて、

「まあ落ち着きたまえ。まずは人のいない場所に行かないか」

俺は混乱したまま、本宮に連れられて教室を出た。

ゆ、幽霊……？　それともやっぱり脱出できたのか？　それにしたって普通に登校できてるのはおかしいし……。

人気《ひとけ》のない男子トイレに入ると、本宮は俺に向き直り、単刀直入に言う。

「結論から言うが、僕と君は初対面だ」

「な、何だって……？」

「これまでの約2ヶ月《かげつ》、この学園に通学し、一昨日、二人の人間を殺して天照館《てんしょうかん》と共に燃え尽きた本宮篠彦《もとみやしのひこ》は、整形して入れ替わった偽物だったというわけさ――そして、この僕が本物の本宮篠彦。学園の入試こそパスしていたものの、これまでとある場所に閉じ込められていて、登校することができなかったんだ」

「閉じ込められてたって――まさか〈劇団〉の連中に監禁されて……？」

「似たようなものだね。まあ心配することはない。ちょっと同年代の男女で謎の施設に閉じ込められて、命をかけたゲームをさせられていただけさ」

……デスゲームじゃねえか！

「幸い、とある貧乳だが優秀な女の子と手を組むことができてね。無事ゲームをクリアして、こうして学園に来られたというわけだよ」

「なんつーか……頭が追いつかねえけど……お前は、俺が知っている本宮とは別人なんだな？」

「そう言ったよ。この2ヶ月の偽物の交友関係については大体説明を受けたけどね、細かいところでは矛盾も出てくるだろう。そういう時にはフォローしてもらえるとありがたい」

「……そうか……」

知らず、俺の声は沈んでいた。

たとえあいつが、通算で85人もの人間を殺した大量殺人犯だったとしても——俺にとっては、初めて学校でできた友達の一人だったんだ。

本物の本宮に会ったことで、俺の知るあいつが、本当にいなくなってしまったことを……今更のように、実感してしまっていた。

「……僕も偽物の代わりになるつもりはない」

慰めるように俺の肩を軽く叩《たた》き、本物の本宮は言った。

「だけど、改めて君の友人になることはできる。それからゆっくりと教えてくれ——君の知る本宮篠彦が、どういう人間だったのかを」

「……ああ、もちろんだ」

本宮は一つ頷《うなず》いて、俺の横を通ってトイレの出口に向かう。

その背中を見て、俺は一つ、思いついたことがあった。

「なあ、一つだけ聞いてもいいか？」

「なんだい？」

「好きなおっぱいは？」

「Kカップだ」

……本物のほうが尖《とが》ってんな。

こうして俺は、本と爆乳好きのデスゲーム生還者《サバイバー》——本宮篠彦と、改めて友達になったのだった。

それからおよそ1週間後、俺はようやく日常に戻りつつあった。

とはいえ、あの事件で変わったもの、あの事件で失ったもの、それらが戻ることはない。戻らないということに慣れ、受け入れていく……。そういう1週間だった。

改めて探偵を目指す——そして、あのソポクレスを捕まえる。

本宮《もとみや》のことは全部が全部あの人のせいというわけじゃないんだろう。それでも、あの人がいなければ、〈劇団〉がなければ、違う今もあったはずだ。

そのためには本格的に、この学園でランクを上げていかなければならない。

金神島《かながみじま》での活躍で、俺のランクはついにシルバーに昇格した。だが、ソポクレスと戦うにはこの程度ではまだまだ話にならない。これから先、どうやってランクを上げ、どうやって自分を鍛えていくか——

そんなことを考えながら、通常教室棟の裏庭でパンを頬張《ほおば》っていた時だった。

「シート敷いておいたよ！」「俺の弁当食べる⁉ 自信作なんだけど……！」「いやいや、そんなもんより俺が2時間並んで買ったスイーツをだなあ……！」

芝生《しばふ》の上にレジャーシートを敷いて、数人の男子が気持ちの悪い猫撫《ねこな》で声《ごえ》を発していた。

どうやら男子どもの中心には、一人の女子がいるらしい。男子の背中に隠れて見えないが、甘ったるい声だけが聞こえてくる。

「もう、皆様？ あんまり食べ過ぎるとわたくし、太ってしまいますわ♥」

「あ、ああっ⁉　ごめんねごめんね⁉」「当たり前だろ！　女子はそんなカロリーの爆弾食わねえんだよ！」「俺、代わりの買ってくる！　旨《うま》くて低カロリーのやつ！」

うわあ、あの女子、取り巻きに貢がせてんのか？　あれが噂《うわさ》に聞くオタサーの姫——

「急げ急げ！」「どけ馬鹿！」「ちょっと待っててね、ロナちゃん！」

——うん？

男子たちが猛スピードで購買部のある校舎の中に消えていくと、囲まれていた女子だけがレジャーシートに残された。

その女子と、ベンチに座っている俺の、目が合う。

知っている顔だった。

ついでに知っている名前でもあった。

レジャーシートにお人形のように座っていたのは、ロナ・ゴールディだった。

「おや」

俺は石化したように固まって、ポロリと手からパンを落とす。

するとロナはくすりと微笑《ほほえ》んで、レジャーシートから立ち上がり、俺に近づいてきた。

「1週間ぶりですわね、未咲《みさき》さま」

そして当たり前のように、俺のすぐ隣に座ってくる。

「お加減はいかがですか？　わたくしは見ての通りですわ」

「い、いや……見ての通りじゃねえよ！　なんでいる⁉」

こいつはイギリスのベイカー・ディテクティブ・カレッジの生徒のはず……！　なんでまだ日本に――っていうかこの学園にいる⁉

「これはおかしなことを仰《おつしや》いますわね、未咲《みさき》さま。わたくし、スパイでしてよ？」

「だからそのスパイがなんで――」

「スパイが他国に見つかったら、捕まるに決まってるではありませんの」

……言われてみれば、当たり前だった。

「0013がギリギリまで学園にコンタクトを取らなかったのも、わたくしが日本政府に拘束されるのを嫌ってのことでしたのよ？　世間的には番組の設定ということにはなったものの、当然、政府はわたくしの正体を把握しておりますから」

「それはわかったが……じゃあなんでこの学園に？　スパイが一番いちゃダメな場所だろ」

「これがわたくしの『拘束《マスター》』ですわ」

真理峰探偵学園《まりみねたんていがくえん》の制服の襟を引っ張って、ロナは言った。

「表向きには留学ということになっておりますの。どういう手管《てくだ》を使ってか、会長さまがわたくしの身柄を引き取って、自分の監視下に入れるために、と……。正直、わたくし自身、この処遇に困惑しておりますわ」

「困惑してる割には学園生活をエンジョイしてるみてえだけど？」

「あら。妬《や》いておりますの？」

唇を三日月形に吊《つ》り上《あ》げて、ロナは寄りかかるように肩を俺に押し当てた。

「そういえば申し上げておりませんでしたが、わたくし、処女ですの」

「んぐっ⁉　いきなり何だ⁉」

「男性は女性の初めてになるのが大好きでしょう？　それを利用して男性を虜《とりこ》にし、情報を引き出すのがわたくしのやり方だったのですけれど……このたび16歳になりまして。ご存知《ぞんじ》ラムスプリンガに突入したのです」

「……それで？」

「ラムスプリンガで解放されることの中には、もちろんそういうことも含まれておりまして」

ロナは俺の肩にそっと手をかけ――唇が触れるほどの距離で、小さく俺に耳打ちした。

「(使っていいと、マスターから許可されておりますわ)」

甘やかな声と、それ以上に甘やかな言葉の意味が、俺の脳髄に電流を走らせる。

あまりの刺激に何かのタガが外れかけ、俺は慌てて耳を押さえながら、ベンチから立ち上がってロナから距離を取った。

「おっ、お前……！　いいのかよ⁉　監視中の身でハニートラップなんて……！」

「もちろん――」

ロナはうっすらと微笑《ほほえ》んで、桜色の唇の前に人差し指を立てた。

「――わたくしたちだけの、ナイショですっ♥」

俺にとって学園が様変わりしていく中で、幻影寮《げんえいりょう》だけは事件の前と変わらない毎日を保っていた。

カイラに家事を指導され、エヴラールのゲームに付き合い、そして――

「……先輩」

夜。

布団の中にもぞもぞと動く生き物を感知して、俺は言った。

「何してんすか」

「うみゅ……あれぇ？　助手クン？　間違えちゃったぁ」

「嘘《うそ》つけ」

布団をめくると、案の定フィオ先輩が潜り込んでいた。

もう随分前のことのように思える……。この人がこんな風に布団に潜り込んできたせいで、この人の助手になってあの島に行くことになったのだ。

先輩は俺の胸板の上でにまっと笑うと、俺の身体《からだ》を這《は》い上るようにして、二の腕に頭を乗せた。無理やり腕枕をさせる形だ。

「なんだかんだで言ってなかったなーって」

「何をすか？」

「事件、お疲れ」

存外に普通のことを言ってきたので、俺はむしろ拍子抜けした。

「本当っすよ。俺にレポート全部押し付けて」

「怪我《けが》してたんだから仕方ないじゃーん」

「3日くらいで治ってたじゃないっすか！」

まあまあ、と言って、先輩は俺のほっぺたをぷにぷにとつっつく。

「これからはフィオが助手クンを手伝ってあげるからさ。これからどうするつもりぃ？」

「ランクを上げるつもりっすよ。具体的には決めてないすけど」

「それならまずはプラチナが目標だね。学外の事件で警察に相手してもらえるようになるのがそのくらいからだし、学内での権限もがっつり上がる。捜査資料の閲覧可能範囲が増えたりとか……それに、〈クラブ〉にも参加できるようになるし」

「クラブ？　探偵学園に部活なんかあるんすか？」

「まあまあ、その辺はおいおい」

もったいぶるなあ……。

「それよりも、ご褒美はどうする？」

「はい？」

「ご・ほ・う・び！　フィオのお願いを聞いてくれたお礼に何でもしてあげちゃうよ？」

「何でも？」

「何でも。NGなし！」

フィオ先輩はにやにやと笑って、意味ありげな視線を俺の瞳に送った。

この人は……。どうせあの時のことに味を占めて、エロいことで俺を釣ろうとしているんだろう。同じ手を二度も食う俺ではない。たかだかおっぱいごときで思い通りに動くと思われたら紳士の名折れだ。

「だったらまた何か事件に連れていってくださいよ。俺のレートも上がるし」

「そんなことでいいのぉ？」

「いいんです」

「ほんとにぃ？」

「いいんです」

先輩は急に起き上がったかと思うと、俺の胸に跨《またが》るように膝立ちをして――

「これでも？」

――スカートをまくり上げた。

穿《は》いてなかった。

「むぶぼあぁぁぁ――――――――っ!?」

「はい、論破♥」

ワトソンはホームズには勝てない。

そんなことは百何十年も前から、分かりきっていることだった。

◆

ソポクレスは東京のとある高級ホテルの一室で、ネットニュースを眺めていた。

伝えているのは先日の事件。あまりに手の込んだリアリティショーで世間を混乱させたとして、恋道瑠璃華《れんどうるりか》や大江《おおえ》の会社の重役が頭を下げている写真が掲載されていた。

「……名探偵が口にしたことは間違いでも鵜呑《うの》みにする。都合のいい社会です……」

探偵とは、人類社会の叡智《えいち》を一手に担う者。

衆愚《しゅうぐ》が可視化される現代でこそ洗練されたシステムとして受け入れられているが、それは病巣を放置した対症療法でしかない……。

ソポクレスはニュースを見ていたタブレットPCを置くと、窓際に移動して、テーブルに置いてある小さめのスーツケースに触れる。

二重三重のロックを解除してケースを開くと、そこには古い紙の束が入っていた。

「期待していますよ、坊ちゃん……。そして――」

ソポクレスがあの島で会いたかった人間は、二人いた。

一人は不実崎未咲《ふみさきみさき》。

もう一人は――詩亜《しあ》・E・ヘーゼルダイン。

紙の束の表紙には、こう記されていた。

――『計画書　ロミオとジュリエット』。

MF文庫J

シャーロック+アカデミー
Logic.2 マクベス・ジャック・ジャック

2023年 8月 25日 初版発行

著者 紙城境介

発行者 山下直久

発行 株式会社 KADOKAWA
〒102-8177 東京都千代田区富士見 2-13-3
0570-002-301（ナビダイヤル）

印刷 株式会社広済堂ネクスト

製本 株式会社広済堂ネクスト

Printed in Japan ISBN 978-4-04-682774-6 C0193

INFORMATION

探偵はもう、死んでいる。

好評発売中

著者：二語十　イラスト：うみぼうず

第15回MF文庫Jライトノベル新人賞
《最優秀賞》受賞作

〈第20回〉MF文庫Jライトノベル新人賞

MF文庫Ｊライトノベル新人賞は、10代の読者が心から楽しめる、オリジナリティ溢れるフレッシュなエンターテインメント作品を募集しています！ ファンタジー、SF、ミステリー、恋愛、歴史、ホラーほかジャンルを問いません。
年に4回締切があるから、時期を気にせず投稿できて、すぐに結果がわかる！ しかもWebからお手軽に投稿できて、さらには全員に評価シートもお送りしています！

通期

大賞
【正賞の楯と副賞 300万円】
最優秀賞
【正賞の楯と副賞 100万円】
優秀賞【正賞の楯と副賞 50万円】
佳作【正賞の楯と副賞 10万円】

各期ごと

チャレンジ賞
【活動支援費として合計6万円】

※チャレンジ賞は、投稿者支援の賞です

イラスト：konomi（きのこのみ）

選考スケジュール

■第一期予備審査
【締切】2023年 6月30日
【発表】2023年10月25日ごろ

■第二期予備審査
【締切】2023年 9月30日
【発表】2024年 1月25日ごろ

■第三期予備審査
【締切】2023年12月31日
【発表】2024年 4月25日ごろ

■第四期予備審査
【締切】2024年 3月31日
【発表】2024年 7月25日ごろ

■最終審査結果
【発表】2024年 8月25日ごろ

MF文庫Ｊ
ライトノベル新人賞の
ココがすごい!

年4回の締切!
だからいつでも送れて、
すぐに結果がわかる!

応募者全員に
評価シート送付!
執筆に活かせる!

投稿がカンタンな
Web応募にて
受付!

チャレンジ賞の
認定者は、
担当編集がついて
直接指導!
希望者は編集部へ
ご招待!

新人賞投稿者を
応援する
『チャレンジ賞』
がある!

詳しくは、
MF文庫Ｊライトノベル新人賞
公式ページをご覧ください!
https://mfbunkoj.jp/rookie/award/